Männerfeindschaft

Thriller

Bibliografische Information der Deutschen Nationalbibliothek

Die Deutsche Nationalbibliothek verzeichnet diese Publikation in der deutschen Nationalbibliographie, detaillierte bibliographische Daten sind im Internet über http://dnb.dnb.de abrufbar.

© 2017 Roland Blümel

Herstellung und Verlag:

BoD – Books on Demand, Norderstedt

ISBN: 9783743167704

Inhalt

Kapitel 1 8
Kapitel 2 11
Kapitel 3 18
Kapitel 4 21
Kapitel 5 25
Kapitel 6 29
Kapitel 7 33
Kapitel 8 36
Kapitel 9 41
Kapitel 10 47
Kapitel 11 53
Kapitel 12 61
Kapitel 13 65
Kapitel 14 68
Kapitel 15 71
Kapitel 16 73
Kapitel 17 77
Kapitel 18 81
Kapitel 19 83
Kapitel 20 87

Kapitel 21 90

Kapitel 22 93

Kapitel 23 97

Kapitel 24 100

Kapitel 25 102

Kapitel 26 104

Kapitel 27 108

Kapitel 28 111

Kapitel 29 113

Kapitel 30 115

Kapitel 31 119

Kapitel 32 121

Kapitel 33 124

Kapitel 34 127

Kapitel 35 131

Kapitel 36 134

Kapitel 37 136

Kapitel 38 137

Kapitel 39 143

Kapitel 40 146

Kapitel 41 149

Kapitel 42 152
Kapitel 43 156
Kapitel 44 159
Kapitel 45 162
Kapitel 46 164
Kapitel 47 168
Kapitel 48 173
Kapitel 50 176
Kapitel 51 180
Kapitel 52 187
Kapitel 53 190
Kapitel 54 194
Kapitel 55 198
Kapitel 56 201
Kapitel 57 204
Kapitel 58 207
Kapitel 59 213
Kapitel 60 217
Kapitel 61 219
Kapitel 62 223
Kapitel 63 228

Kapitel 64 232
Kapitel 65 235
Kapitel 66 238
Kapitel 67 240
Kapitel 68 243
Kapitel 69 248
Kapitel 70 250
Kapitel 71 256
Kapitel 72 258
Kapitel 73 260
Kapitel 74 263
Kapitel 75 267
Kapitel 76 271
Kapitel 77 273
Kapitel 78 276
Kapitel 79 282
Kapitel 80 285
Kapitel 81 287
Kapitel 82 289
Kapitel 83 292
Kapitel 84 296

Kapitel 85 299
Kapitel 86 302
Kapitel 87 304
Kapitel 88 306
Kapitel 89 310
Kapitel 90 312
Kapitel 91 315
Kapitel 92 319
Kapitel 93 321
Kapitel 94 325
Kapitel 95 328

Kapitel 1

»Er hat es schon wieder gemacht!« Felix schaute auf sein Smartphone und fluchte laut. Dann knallte er sein Telefon auf den Tisch, so dass man Angst haben musste, es würde in tausend Stücke zerspringen.

»Wer hat was gemacht, mein Schatz?« Johanna besah sich intensiv ihre Fingernägel, denen sie gerade hochkonzentriert einen frischen, roten Anstrich verpasste.

Felix lief unruhig im Wohnzimmer auf und ab. Sein aufgedunsenes Gesicht war vor Wut verzerrt und hatte eine rötliche Farbe angenommen.

»Dieser Mistkerl, dem werde ich es zeigen«, schimpfte er und ballte die Fäuste.

»Alexander?« Johanna pustete auf ihre Nägel, ohne ihren Mann anzusehen.

»Wer sonst?« knurrte er und blieb vor dem Fenster stehen. Sein Blick ging in weite Ferne. Der gepflegte Garten, an dem er sich sonst erfreuen konnte, vermochte ihn heute nicht aufzuheitern. Der graue Himmel über Hamburg tat sein Übriges für Felix´ düstere Stimmung. Er löste sich von dem Anblick und lief unruhig im Wohnzimmer hin und her, blieb dann wieder vor dem Fenster stehen.

»Und was hat er gemacht?« fragte Johanna in

desinteressiertem Ton und wedelte mit ihren Fingern, um den frischen Nagellack endgültig zu trocknen.

Felix riss sich vom Fenster los, ging zum Sofa und ließ sich neben seiner Frau in das Sofa fallen.

»Dieser Hund hat mir wieder mit Dumping-Preisen einen Beratungsauftrag weggeschnappt.« Er goss sich Whisky in ein großes Glas und leerte es in einem Zug. Finster starrte er auf das leere Glas und füllte es dann erneut.

»Sich zu betrinken ist auch keine Lösung.« Johanna zog ihre langen Beine an und begann nun, ihre Fußnägel zu lackieren.

»Das brauche ich jetzt mal, um runterzukommen.« Felix verzog angewidert das Gesicht, als er das dritte Glas geleert hatte. »Und dann überlege ich mir eine Gegenstrategie.« Leicht angetrunken stierte er vor sich hin. »Was der kann, kann ich schon lange. Den mach ich fertig«, brüllte er plötzlich und griff nach Johannas Fuß.

»Vorsicht, mein Nagellack«, rief diese und schob seine Hand beiseite. »Außerdem bist Du betrunken.« Sie rückte ein Stück von ihrem Mann weg und setzte ihre Malerarbeiten fort.

»Oh Mann, Johanna. Du bist auch so schön genug.« Er starrte seine Frau an und versuchte zu lächeln, was ihm nur ansatzweise gelang.

Diese lächelte verschmitzt. »Ich weiß!« Er strich ihr

durch ihr pechschwarzes Haar. Johanna ließ sich bei ihrer Lackierarbeit nicht stören.

»Was willst Du jetzt machen?« Zum ersten Mal seit er sein Telefon auf den Tisch geschmettert hatte, schaute sie ihren Mann an.

»Es der Ratte heimzahlen. Den nächsten Auftrag klau ich ihm. Schmiergeld zahlen kann ich auch. Oder«, sein Gesicht nahm plötzlich einen verschlagenen Ausdruck an.

»Oder was?« hakte seine Frau nach.

»Ein wenig Druck machen. Jeder hat seine angreifbaren Stellen, seine Leichen im Keller.« Ein Lächeln durchzog sein Gesicht.

»Ich glaube, ich möchte lieber nicht wissen, was Du vorhast.« Johanna schüttelte den Kopf und widmete sich wieder ihren Fußnägeln.

»Mein Schatz, sei Du einfach hübsch für mich. Den Rest mach ich schon. Geh shoppen und zerbrich Dir nicht Deinen schönen Kopf.« Er gab ihr einen Kuss auf die Wange. Whisky-Geruch stieg ihr in die Nase. Johanna musste einen Anflug von Übelkeit herunterkämpfen. Wenn Felix doch nur mit seiner Sauferei aufhören würde. Sie stand auf und ging Richtung Badezimmer.

»Ich werde mich dann mal fertig machen und dann in die Stadt fahren.« Felix schaute ihr hinterher. Was war er nur für ein Glückspilz, dass er sich diese Frau geangelt hatte. Alle Männer drehten sich nach ihr um.

Ihr Haar, ihre ebenmäßigen Gesichtszüge, ihre tolle Figur. Er schaute auf sich hinab. Leichter Bauchansatz war stark untertrieben. Das sah schon recht wabbelig aus. Er aß und trank zu viel. Ein wenig Sport könnte ihm sicher gut tun. Aber er hasste Sport. Müde streckte er sich auf dem Sofa aus. ‚Strategische Denkhaltung' nannte er das. Aber nach wenigen Minuten war er fest eingeschlafen.

Als Johanna frisch gestylt aus dem Bad kam, blickte sie nachdenklich auf ihren schlafenden Mann. Was sollte nur dieser dauernde Streit mit Alexander? Die beiden waren doch mal Freunde gewesen. Und dieser Konkurrenzkampf hinterließ bei ihrem Mann deutliche Spuren: Alkohol, zu viel Essen, wenig Bewegung und sicher ein viel zu hoher Blutdruck. Sie warf noch einen genervten Blick auf den schnarchenden Felix, schüttelte den Kopf und verließ die Wohnung. Zumindest ließ er ihr alle Freiheiten. Mehr brauchte sie nicht, dachte sie. Hauptsache, sie hatte genug Geld für ihren teuren Lebensstil.

Kapitel 2

Zufrieden trat Alexander aufs Gaspedal seines Porsches. Der Wagen beschleunigte und er spürte, wie das Adrenalin ihm durch die Adern schoss. So eine weitestgehend freie Autobahn hatte einfach etwas. Nachdem die A7 fertig gestellt und die Dauerbaustellen verschwunden waren, hatte man abends so richtig Platz. Kaum war er auf die Autobahn eingebogen, drückte er aufs Pedal und die Tachonadel schnellte innerhalb kürzester Zeit auf 180. Die Abfahrten flogen nur so an ihm vorbei. Übermütig schrie Alex seine Freude heraus, nahm den Fuß vom Gas, um im nächsten Moment noch einmal Vollgas zu geben.

Sein neuester Vertragsabschluss war ein Grund zu feiern. Wozu solche Beziehungen doch gut waren. Der CEO der Firma war ein guter Bekannter, der ihm noch einen Gefallen schuldete. Es war hilfreich gewesen, die Angebote der Mitbewerber zu kennen, um sie knapp unterbieten zu können. Dass ausgerechnet Felix das bis dahin beste Angebot gemacht hatte und er ihm den Auftrag im letzten Moment wegschnappen konnte, war das Tüpfelchen auf dem I. Er konnte sich Felix´ vor Wut gerötetes Gesicht lebhaft vorstellen. Herrlich! Was war nur aus Felix geworden? Richtig aus dem Leim gegangen war er. Und dass er zu viel trank sah man auf den ersten Blick. Mittlerweile war er eigentlich schon gar kein richtiger Konkurrent mehr. Aber Alex hatte Lust daran gefunden, ihn komplett fertig zu machen, ihn geschäftlich zu vernichten. Er selbst war schon immer der Bessere gewesen.

In rasantem Tempo bog er auf die Ausfahrtsspur,

eine Abfahrt zu spät. Anschließend fuhr er in der Gegenrichtung wieder rauf – noch ein paar Kilometer mehr im Geschwindigkeitsrausch. 15 Minuten später hielt er am Fitness-Studio. Sich so richtig auszutoben und seine Muskeln weiter zu stärken, war genau das, was er jetzt brauchte, um diesen Tag so richtig rund zu machen.

Fröhlich pfeifend griff er sich seine Sporttasche und trat ein.

»Hallo, Herr Mertens«, begrüßte ihn der junge Mann an der Rezeption. »Schön, Sie zu sehen. Ihre Frau ist auch schon da.« Er legte ihm einen Schlüssel auf den Tresen und sah ihn freundlich an. Alexander Mertens war Stammgast und ließ öfter mal ein reichliches Trinkgeld springen. Und auch seine Frau kam regelmäßig, um sich hier fit zu halten. Was für ein nettes und erfolgreiches Paar, dachte der junge Mann.

»Danke!««. Alexander griff sich den Schlüssel und ging in die Umkleidekabine.

Zufrieden betrachtete er sich im Spiegel. Unter seinem Trikot sah man die Muskeln, sein ganzer Körper wirkte durchtrainiert. Abschätzig musste er wieder an Felix denken. Der war schon immer unsportlich, aber hier im Fitness-Studio hatte er ihn schon ewig nicht mehr gesehen. An seiner Stelle würde ich mich hier auch nicht zeigen, dachte Alex. So heruntergekommen wie Felix mittlerweile war. Er konnte ihn sich kaum in Sportsachen vorstellen. Bei dem Gedanken musste Alex unwillkürlich grinsen, warf einen letzten Blick in den Spiegel und betrat den Fitness-Raum. Seine Frau saß auf einem Rad und strampelte mühsam ihre Kilometer runter.

»Hallo Schatz«, begrüßte er sie. Verschwitzt und leicht schnaufend nickte sie ihm zu. Dann stoppte sie und stieg mit einiger Mühe vom Rad.

»Du siehst so zufrieden aus!« Sie sah ihn erstaunt an. »War es ein guter Tag heute?«

»Sarah, man kann sagen: es war ein sehr guter Tag!« Er strahlte. »Wir haben heute mal wieder einen fetten Auftrag reingeholt. Und das Beste: der Ratte den fetten Happen vor der Nase weggeschnappt!« Ein schon fast fies zu nennendes Grinsen durchzog sein Gesicht.

Sarah Mertens verzog leicht die Miene. »Du meinst Felix?!« Das war mehr eine Feststellung als eine Frage.

Sein Grinsen wurde noch breiter. Fast unmerklich nickte er.

»Oh Alex«, seufzte sie. »Könnt Ihr Eure Fehde nicht endlich beenden? Ihr wart doch mal so gute Freunde.« Traurig schaute sie ihren Mann an, der sich mittlerweile eine schwere Hantel gegriffen hatte. Sie wischte mit einem Handtuch ihren Schweiß ab, der immer noch in Strömen floss.

»Waren«, betonte er und stemmte das Gewicht in die

Höhe, wobei er die Zähne zusammenbiss. Dann setzte er das Gewicht ab.
»Aber dieser Mistkerl hat mich hintergangen und so etwas lass ich nicht mit mir machen.« Er schüttelte heftig mit dem Kopf. »Mit mir nicht, verstehst Du?« Er beugte sich zu ihr und ließ seine Muskeln spielen. Sein Ton war plötzlich scharf geworden.
Sarah zuckte mit den Schultern. Anscheinend war er unversöhnlich. Wie sehr hätte sie sich gewünscht, dass die beiden Exfreunde Frieden schließen würden. Dieser Dauerstreit ging ihr an die Nieren. Sie würde noch mal mit Johanna reden. Vielleicht konnten sie ja auf ihre Männer Einfluss nehmen, damit sie miteinander sprachen, um das, was zwischen ihnen stand, aus der Welt zu schaffen.
Sarah ging wortlos in die Umkleidekabine, zog sich aus, nahm sich ein Handtuch und schlang es sich um ihren Körper. Anschließend ging sie in die Sauna. Auf dem Weg dorthin betrachtete sie die Frauen, die sich ungeniert nackt auf den Ruhebänken rekelten. So selbstbewusst konnte sie ihren Körper nicht ausstellen. Schon nackt in der Sauna zu sitzen war für sie eine große Herausforderung. Nur weil sie für ihren Mann attraktiv bleiben wollte, quälte sie ihren Körper und machte Dinge, die ihr eigentlich zuwider waren. Statt drei Mal in der Woche im Studio zu schwitzen, würde sie lieber mal mit Alex ins Kino gehen oder gemütlich zu Hause sitzen und lesen

oder einen Film schauen. Aber für die Art von Freizeitvergnügen war Alex nicht zu haben. Er ging höchstens mal zum Fußball und neuerdings hatte er seine neue Leidenschaft, das Fallschirmspringen entdeckt. Anscheinend brauchte er den Adrenalinkick. Bei dem Gedanken, aus großer Höhe in die Tiefe zu springen, schüttelte es Sarah. Zum Glück hatte er nicht von ihr verlangt, das auch mal zu probieren. Allein als sie einmal dabei zugeschaut hatte, war ihr schon übel geworden.

Sarah betrat die Sauna, ließ ihr Handtuch um den Körper geschlungen und suchte sich einen großzügigen freien Platz auf der Bank. Zwei Männer musterten sie von oben bis unten. Einer der beiden machte eine Bemerkung, die Sarah nicht verstand. Der andere blickte kurz zu Sarah und prustete dann vor Lachen.

Sarah war drauf und dran, die Sauna wieder zu verlassen, als Alexander kurze Zeit später die Sauna betrat. Auf dem Weg dorthin genoss er die Blicke der Frauen, die seinen athletischen Körper bewunderten. Lässig hatte er sein Handtuch über die Schulter geworfen, um den Damen zu präsentieren, was er sonst noch so zu bieten hatte. Zufrieden streckte er sich auf der Bank aus. Mitleidig betrachtete er seine Frau, die ihm gegenüber in ihr Handtuch eingewickelt saß. Was konnte sie doch froh sein, jemanden wie ihn abbekommen zu haben. Andererseits hatte sie auch ihre Vorzüge, weswegen er sie geheiratet hatte. Nicht nur, dass sie eine große Summe Geld mit in die Ehe eingebracht hatte. Trotz seines Selbstbewusstseins brauchte Alex eine Frau, die ihn so akzeptierte wie er war. Und das tat Sarah. Eigentlich musste er nicht den großen Max spielen, damit sie ihn liebte und bewunderte. Wenn er ehrlich zu sich war, musste er zugeben, dass er die eher unscheinbare Sarah liebte, auch wenn es sicher äußerlich attraktivere Frauen gab.

Beinahe anzüglich rekelte er sich auf der Bank, während ihm der Schweiß in Strömen den Körper hinab lief.

Als die Männer die Sauna verlassen hatten, ging Alex zu seiner Frau, zog ihr das Handtuch vom Körper und grinste sie an.

»So saunt man, meine Liebe. Stell Dich doch nicht so an und zeig was Du hast!« Sarah sah ihn ein wenig erschrocken an. Alex ahmte den Gesichtsausdruck nach und lachte lauthals los. Breitbeinig stand er vor ihr, die Hände in die Hüften gestemmt.

»Komm, wir gehen was trinken!« Er nahm sie bei der Hand und zog sie aus der Kabine. Als Sarah nach dem Handtuch griff, um es sich um den Körper zu schlingen, nahm Alex es ihr weg.

»Das brauchst Du nicht. Hier laufen doch alle ohne rum.« Mit hochrotem Kopf folgte Sarah ihrem Mann, der selbstbewusst an den Ruhebänken vorbeilief, seine Frau im Schlepptau hinter sich.

Kapitel 3

Zufrieden legte Felix den Hörer seines Festnetztelefons auf. Wie gut es doch war, bei Leuten zu wissen, wo sie Leichen im Keller hatten. Er war sich sicher: diesen Auftrag würde er bekommen. Herbert Meyer, der Chef der Firma Meyer & Co konnte es sich gar nicht erlauben, ihm den Auftrag nicht zu geben. Oder sollten alle seine Kunden erfahren, dass er sich regelmäßig Frauen nach Hause kommen ließ? Was er dort anstellte, konnte Felix zwar nur ahnen, aber schon die bloße Andeutung hatte gereicht, dass Herr Meyer bei dem Gespräch weich wurde und ihm versprach, dass er, Felix, den lukrativen Auftrag bekommen würde. Endlich konnte er Alex mal wieder einen dicken Fisch wegschnappen. Dafür war ihm fast jedes Mittel recht, auch wenn es darauf hinauslief, ein wenig unfair zu sein. Erpressung? Nein, so würde er das nicht nennen. Er hatte der Entscheidung des Unternehmers nur ein klein wenig nachgeholfen. Außerdem war er überzeugt davon, wesentlich bessere Qualität abzuliefern als sein Konkurrent. Also war das Ganze doch okay, eine Win-Win-

Situation sozusagen.

Felix griff zum Smartphone und rief seine Frau an. Diesen Erfolg musste er einfach teilen, nach den Rückschlägen der letzten Zeit, die er einstecken musste.

»Hallo Schatz«, hörte er sie sagen. Im Hintergrund waren laute Geräusche zu hören. Sie war also wieder shoppen. Bald bräuchten sie zusätzliche Schränke, um den ganzen Krempel unterzubringen, den sie beinahe täglich anschleppte. Aber wenn er sie so bei Laune halten konnte, dann war das in Ordnung. Er liebte seine Frau und war glücklich, dass sie sich vor einigen Jahren für ihn entschieden hatte. Er machte sich keine Illusionen, dass sie weniger ihn, sondern eher seine finanziellen Möglichkeiten attraktiv gefunden hatte. Ihre Eltern waren nicht gerade reich und so hatte die Aussicht, sich vieles leisten zu können, sicher zu ihrer Entscheidung beigetragen. Aber egal. Er liebte sie und war froh, sie an seiner Seite zu haben. Wenn er sie bei Geschäftsessen dabeihatte, was hin und wieder vorkam, dann hatte sie ihm schon bei so manchem Geschäft geholfen, sein unentschlossenes Gegenüber zu überzeugen. Kaum jemand konnte Johannas Charme widerstehen.

Felix lächelte in sich hinein bei dem Gedanken, aber dieses Geschäft jetzt hatte er ganz allein an Land gezogen.

»Hast Du Lust, heute Abend mit mir essen zu gehen? Es gibt was zu feiern!« Bei dieser Frage goss sich Felix erst einmal einen Whisky ein, den er genussvoll in einem Zug leerte.

»Eigentlich wollte ich heute ins Fitness-Studio«, entgegnete seine Frau. »Komm doch mit!«

Felix verzog schmerzhaft das Gesicht. Eine Mucki-Bude war so ziemlich das Letzte, wonach ihm jetzt der Sinn stand. Seine Stimmung sank wieder.

Als er nicht antwortete, hakte Johanna nach. »Ein wenig Sport zum Ausgleich würde Dir guttun. Was meinst Du?«

Ihr Fitness-Wahn ging ihm gewaltig gegen den Strich, aber er riss sich zusammen.

»Ich weiß nicht«, brummte er und goss sich einen weiteren Whisky ein.

»Und Du solltest nicht so viel trinken!«, kam aus dem Hörer. Offenbar hatte sie mitbekommen, dass er sich gerade wieder einen Drink genehmigte.

Trotzig kippte er den zweiten Jim Beam runter und unterdrückte ein Aufstoßen. Heute wollte er nur feiern, und zwar mit seiner Ehefrau.

»Morgen, mein Schatz. Morgen komm ich mit. Aber heute ist mir nach Feiern.« Er griff wieder zur Flasche, ließ sie dann aber stehen. Wenn er seine Frau betrunken treffen würde, wäre sie sicher sauer und es gäbe wieder Streit.

»Was gibt es denn zu feiern?« fragte Johanna wenig

interessiert.

»Ich hab´ einen dicken Fisch an Land gezogen«, berichtete Felix begeistert. Und nach einer kurzen Pause fügte er hinzu: »Und dieser Ratte vor der Nase weggeschnappt.« Er grunzte zufrieden.

»Ach, Ihr Beiden«, stöhnte Johanna. »Könnt Ihr Euch nicht endlich wieder vertragen?«

»Mit dem Mistkerl? Nie im Leben!« Nun griff er doch wieder nach der Flasche und goss sich ein weiteres Glas ein. »Was ist jetzt?« Seine Stimme wirkte schon leicht angeschlagen. Wieder kippte er den Whisky in einem Zug herunter.

»Okay«, seufzte Johanna. »Aber morgen kommst Du mit zum Sport!« fügte sie hinzu. Sie verabredeten Ort und Zeit. »Also bis später.« Sie schaltete ihr Telefon aus.

Ganz schön anstrengend seine Frau, dachte Felix. Aber sie sah verdammt gut aus, das entschädigte für vieles. Er streckte sich auf seinem Besuchersofa aus und schloss die Augen. Nach kurzer Zeit war er eingeschlafen. Noch im Schlaf schmunzelte er zufrieden über das Geschäft, das er seinem Konkurrenten vor der Nase weggeschnappt hatte. Das würde Alex total wurmen, denn verlieren konnte der überhaupt nicht.

Kapitel 4

Als Johanna nach Hause kam, fand sie ihren Mann laut schnarchend in seinem Büro. Voller Verachtung blickte sie auf ihn und ging dann ins Schlafzimmer, um sich umzuziehen. Sie erneuerte ihr Makeup, zog eine frische Bluse und einen kurzen Rock an. Zufrieden betrachtete sie sich im Spiegel. Sie war wirklich eine attraktive Frau, nach der sich die Männer umblickten. Ihre pechschwarzen Haare und ihre dunklen Augen gaben ihr ein südländisches Aussehen. Warum nur nahm Felix in letzter Zeit so wenig Notiz von ihr? An fehlender Attraktivität konnte das nicht liegen. Aber sein Konkurrenzkampf mit seinem einstmals besten Freund Alexander schien ihm alle Kraft zu rauben. Und dazu sein ungesunder Lebensstil. Das Essen: zu oft, zu viel, zu fett. Und außerdem sein Alkoholkonsum, der in den letzten Monaten immer mehr geworden war. Als Krönung des Ganzen: zu wenig Bewegung. Wenn er so weitermachte, würde er irgendwann in nicht allzu ferner Zukunft zusammenklappen. Herzinfarkt oder ähnliches. Zu ihrem eigenen Schrecken musste Johanna feststellen, dass ihr weniger Felix´ Verlust Sorgen bereitete als vielmehr die Frage, wie sie ohne ihn ihren Lebensstandard würde halten können.

Sie rief sich selbst zur Ordnung und ging wieder in Felix´ Büro. Er lag dort immer noch in tiefem Schlaf. Johanna beugte sich über ihn, um ihn zu wecken. Der Geruch nach Whisky stieg ihr in die Nase.

Eigentlich hatte sie ihn mit einem zarten Kuss auf die Wange wecken wollen. Aber der Alkoholdunst ließ sie angewidert das Gesicht verziehen. Also stupste sie ihn nur in die Seite.

»Schatz, aufwachen. Wir wollten doch essen gehen!«

Mühsam öffnete Felix die Augen und blickte seine Frau aus trüben Augen an. Stöhnend richtete er sich auf.

»Oh, ich muss kurz eingenickt sein. Wie spät ist es denn?« Er rutschte vom Sofa, wobei ihm das Hemd aus der Hose glitt. Die Hose hatte er unterhalb seines Bauchs mit dem Gürtel zusammengeschnürt. Ein Schwimmring hing darüber.

»Wenn Du Dich weiter so gehen lässt, brauchst Du bald eine neue Garderobe.« Johanna blickte leicht genervt auf den doch mittlerweile unförmigen Körper ihres Mannes. Ärger stieg in ihr auf.

»Mann, Felix, reiß Dich doch mal zusammen«, herrschte sie ihn an. »Du bist auf dem besten Weg, Deine Gesundheit komplett zu ruinieren. Langsam mag ich mich mit Dir nicht mehr in der Öffentlichkeit zeigen.«

Er grunzte nur zur Antwort und griff nach der Whiskyflasche. Johanna war schneller und schnappte sie ihm vor der Nase weg.

»Wehe, mein Freund. Wenn Du noch einen Schluck trinkst, dann kannst Du unser Ausgehen heute vergessen.« Sie funkelte ihn böse an und stellte die Flasche weg.

»Weiber!« grunzte Felix. »Gut, dann lass uns gehen.« Er stand auf und versuchte, sein zerknittertes Hemd wieder in die Hose zu stopfen.

Johanna schaute ihn fassungslos an. »Du willst doch nicht so mit mir los?!« Felix blickte verständnislos.

»Warum nicht?«, erwiderte er und versuchte weiterhin, das Hemd wieder in die Hose zu stecken. Hinten hing immer noch ein Zipfel heraus. Johanna zog daran und rupfte das Hemd wieder aus der Hose. »Du gehst jetzt ins Schlafzimmer und ziehst Dir etwas Ordentliches an. Du siehst vollkommen zerknittert aus. Und rasieren könntest Du Dich auch. Ein Kamm wäre auch nicht schlecht.« Sie strich ihm übers Haar, was er nur widerwillig geschehen ließ. Murrend schlurfte er ins Schlafzimmer und zog seine Sachen aus. Nur in Unterwäsche ging er ins Bad, um sich zu rasieren. Der Blick in den Spiegel erschreckte ihn. Johanna hatte Recht, er sah momentan wirklich nicht besonders gut aus. Er strich über seinen Bauch, der sich ziemlich nach vorn ausgedehnt hatte.

»Ja, Du solltest wirklich weniger essen und regelmäßig Sport treiben«, sagte er zu sich selbst. Er beschloss, damit anzufangen. Gleich morgen. Aber heute Abend wollte er feiern.

Kapitel 5

Felix und Johanna saßen im Restaurant und brüteten über der Speisekarte. Johanna klappte ihre Speisekarte zu und blickte aus dem Fenster. Felix blätterte die Karte von vorn nach hinten und zurück.
»Du weißt schon, was Du nimmst«, wandte er sich an seine Frau, eher als Feststellung denn als Frage.
»Ich denke, ich nehme den Lachs auf dem Salatbukett. Und Du?« Johanna schaute ihren Mann an, der erneut missmutig die Speisekarte studierte.
»Mir ist nach Festessen, aber was die hier auf der Karte haben ist ja etwas für den hohlen Zahn«, knurrte er. »So was richtig Deftiges finde ich hier gar nicht.« Verärgert blätterte er die Karte ein weiteres Mal von vorn nach hinten durch.
»Vielleicht ist das der Wink, dass Du mal etwas Leichtes und Gesundes zu Dir nimmst und nicht immer nur den fetten Fast-Food-Kram.« Johanna blinzelte ihren Mann an, um ihn ein wenig aufzuheitern. Sie legte ihre Hand sanft auf seine.
»Ich will aber auch satt werden«, protestierte Felix und drehte die Karte wieder um.
»Von Fisch und Salat kann man auch satt werden«, belehrte ihn seine Frau. Ihr oberlehrerhafter Ton verärgerte ihn zusätzlich.
»Du vielleicht, Du Hungerhaken.« Felix wurde immer genervter.

»Ich dachte, ich gefalle Dir so wie ich bin«, protestierte sie.

Felix studierte seine Karte ohne zu antworten. »Na gut, dann nehme ich die Maischolle, aber mit einer doppelten Portion Kartoffeln.« Er klappte die Karte zu und schaute ungeduldig nach der Bedienung. Als diese nicht sofort reagierte, winkte Felix ihr genervt zu.

»Hallo, Bedienung!« Felix rief laut quer durchs Lokal, während Johanna ihn vorwurfsvoll anschaute.

»Felix«, rief sie ihn zur Ordnung. Aber er scherte sich nicht darum.

»Können wir endlich bestellen?« rief er durch das Restaurant.

»Kleinen Moment der Herr«, kam die Antwort zurück. Johanna rollte mit den Augen. Auch die Manieren ihres Mannes waren in den letzten Wochen ziemlich den Bach runtergegangen. Sie hätte sich am liebsten an einen anderen Tisch gesetzt.

»Du bist echt unmöglich«, zischte sie ihn an.

»Was denn? Das ist ja wohl sein Job, sich um die Gäste zu kümmern. Außerdem habe ich Hunger – und Durst«, fügte er nach einer kurzen Pause hinzu. Er griff sich noch einmal die Speisekarte und blätterte zur Seite mit den alkoholischen Getränken.

»Aber bitte, Felix, keinen Whisky mehr heute.« Sie sah ihn eindringlich an.

»Was denn? Man wird ja wohl noch ein wenig etwas

trinken dürfen zur Feier des Tages.« Felix Verlangen nach etwas Hochprozentigem wuchs von Minute zu Minute.

»Ich denke, Du hattest schon genug heute Abend«, maulte Johanna. Langsam ging ihm das Gespräch gegen den Strich.

»>Du redest wie meine Mutter. Ich lass mich von Dir nicht bevormunden.« Die letzten Worte sprach er laut aus und schlug mit der Hand auf den Tisch, so dass die Gläser klirrten. Die anderen Gäste blickten erschreckt zu ihnen hin.

»Weißt Du was, Felix? Du kannst Deine schlechte Laune an jemandem anderen auslassen. Für mich ist der Abend hier zu Ende.« Johanna stand auf, knallte ihre Serviette auf den Tisch und verließ das Restaurant, ohne sich noch einmal umzublicken.

Felix schaute ihr finster hinterher. »Weiber!« knurrte er. Dann bestellte er sein Essen und dazu einen doppelten Whisky.

Leicht schwankend verließ er eine Stunde später das Restaurant. Er kramte in seinen Jackentaschen, um seine Autoschlüssel zu suchen. Endlich fand er sein Schlüsselbund.

Einige Meter weiter saß Alex in seinem Porsche und beobachtete, wie sein Widersacher mit Mühe sein Auto aufschloss und sich hinter das Lenkrad klemmte. Felix startete den Wagen, was ihm erst im vierten Anlauf gelang.

Alex griff zu seinem Telefon. »Hallo. Ja, ich beobachte hier gerade wie jemand die Kieler Straße längs fährt. Ich glaube, der ist nicht ganz nüchtern. Vielleicht überprüfen Sie den mal. Der ist ja eine Gefahr für die Menschheit. Wie bitte? Mein Name: Ja, ich heiße ...« Er drückte auf den roten Hörer seines Smartphones. »Tja, Funkloch!« sagte er laut zu sich selbst und lächelte. So, mein lieber Felix. Ich denke, die nächste Zeit musst Du wohl Taxi fahren. Ein gemeines Grinsen durchzog sein Gesicht. »Versager!« sagte er halblaut. Dann startete er seinen Motor und fuhr in die Richtung, in die Felix unterwegs war. Das Schauspiel wollte er sich doch nicht entgehen lassen. Der gute Felix war ein totaler Verlierer. Dies würde ihm einen weiteren Schlag versetzen. Und der Krach mit Johanna war nicht zu übersehen gewesen. Alex war zufällig an dem Restaurant vorbeigekommen, als Johanna wutschnaubend aufgestanden war und das Lokal verlassen hatte. Eheprobleme hatte sein Konkurrent also auch noch. Das kam ja alles wie gerufen. Er drehte die Musik im Auto auf und sang voller Inbrunst mit: We are the champions von Queen. Wie passend! Er erreichte den Schauplatz gerade noch rechtzeitig. Der Polizeistreifenwagen stoppte Felix kurz bevor dieser sein Haus erreichte.

Kapitel 6

»Guten Abend, allgemeine Fahrzeugkontrolle«, sagte der Beamte als er neben Felix Auto stand und dieser das Fenster auf der Fahrerseite herunterließ. »Führerschein und Fahrzeugpapiere bitte.« Der Beamte hielt die Hände auf.
Felix kramte in seinem Jackett. Ach Mist, er hatte vorhin nur ein wenig Bargeld eingesteckt. Die Papiere waren in dem anderen Jackett, das er auszog als ihn Johanna dazu aufgefordert hatte.
»Äh, ich habe die leider in der anderen Jacke, die zu Hause ist. Aber ich bin fast da, können wir nicht …« Seine Stimme ging schleppender als er gewollt hatte.
»Steigen Sie bitte aus«, unterbrach ihn der Beamte unfreundlich. Breitbeinig nahm er drohend neben dem Auto Aufstellung.
»Aber ich …«, versuchte Felix zaghaft zu protestieren.
»Aussteigen, sage ich.« Der Ton wurde schärfer. Felix öffnete den Sicherheitsgurt und kletterte mühsam aus dem Fahrzeug.
»Haben Sie getrunken?« fragte der Beamte barsch und zog schnüffelnd die Luft ein.
War ja klar, dass diese Frage kommen musste, dachte Felix. Das hatte ihm jetzt gerade noch gefehlt.
»Ja, aber nur ein Glas Whisky«, versuchte er sich zu rechtfertigen.

»Das muss aber ein ziemlich großes Glas gewesen sein. Sie haben eine ganz schöne Fahne. Ich denke, wir nehmen sie gleich mal mit zur Blutprobe. Ihren Fahrzeugschlüssel bitte.«

Scheiße, dachte Felix. Das setzte diesem bescheidenen Abend noch die Krone auf. Dabei war er fast zuhause gewesen. Und eigentlich fühlte er sich klar. Als er in den Streifenwagen stieg, entdeckte er auf der anderen Straßenseite den Porsche. Alex grinste ihn triumphierend an und streckte einen Daumen in die Höhe.

Dieser Mistkerl, dachte Felix ärgerlich. Hat mich der Typ etwa verpfiffen? Zuzutrauen wäre es ihm. Felix streckte ihm die Zunge raus. Unglücklicherweise bezog der Beamte das auf sich.

»Sagen Sie mal, was fällt Ihnen ein. Ich überlege, ob ich Sie auch noch wegen Beamtenbeleidigung verklage!« Unsanft stieß er Felix in den Streifenwagen. Vor Wut konnte Felix nichts sagen, sich nicht einmal rechtfertigen.

Alex startete seinen Wagen, fuhr an dem Streifenwagen vorbei und machte in Richtung Felix eine eindeutige Handbewegung. Als er außer Sichtweite war gab er Gas und stieß einen Triumphschrei aus. Oh, wie er diese Situation genossen hatte. Jetzt war Felix auch noch seinen Führerschein los.

»Selber Arschloch!« knurrte Felix seinem

Kontrahenten hinterher, aber so leise, dass der Polizist das nicht mitbekam. Für heute saß Felix schon tief genug im Schlamassel.

Nachdem seine Personalien aufgenommen waren und er seinen Führerschein abgegeben hatte, bestellte Felix sich ein Taxi, um sich nach Hause bringen zu lassen. Völlig zerknirscht, aber mittlerweile beinahe nüchtern öffnete er die Tür seines Hauses. Es war totenstill im Haus, was nachts um 2 Uhr nicht sonderlich überraschend war. Ungewöhnlich aber war der Wäschehaufen vor ihrem Schlafzimmer. Felix Bettzeug lag dort ziemlich lieblos hingeworfen. Johanna war also ganz schön sauer auf ihn, was Felix im Nachhinein gut nachvollziehen konnte. Ohne viel Hoffnung drückte er die Klinke der Schlafzimmertür herunter. Abgeschlossen! Johanna hatte ihn ausgesperrt. Das passte zu diesem gebrauchten Tag. Er griff sich das Bettzeug und warf es im Wohnzimmer auf das Sofa. Danach zog er sich aus und ging ins Bad. Er warf einen kritischen Blick in den großen Spiegel und erschrak bei dem Bild, das sich ihm bot. Tiefe Ringe unter den Augen, ein aufgedunsenes Gesicht. Er sah aus wie mindestens Ende 40, Anfang 50 und nicht wie Ende 20. Seine Figur war völlig aus den Fugen geraten. Sein Bauch war inzwischen eine richtige Kugel geworden. Zu viel Alkohol und schlechte Ernährung, zu wenig Bewegung. Da hatte Johanna alles auf den Punkt gebracht.

Felix setzte sich auf den Badewannenrand und stützte den mittlerweile brummenden Kopf auf seine Arme. So ging das nicht weiter. Er musste dringend etwas tun. Er setzte sich aufrecht hin und versuchte, die Brust raus und den Bauch rein zu strecken, was ihm nur ansatzweise gelang. Ächzend erhob er sich und betrachtete sich noch einmal naserümpfend im Spiegel. Ab morgen würde es keinen Alkohol mehr geben und er würde sich vernünftig ernähren. Und er würde es dann doch noch mit Sport versuchen.

In Unterwäsche kletterte er im Wohnzimmer unter seine Decke. Das Sofa war zu kurz, aber was sollte er machen? Sein Bett war heute Nacht unerreichbar. Morgen würde er versuchen, sich mit Johanna zu versöhnen und Besserung zu geloben. Hoffentlich gab sie ihm noch mal eine Chance. Das war momentan das Wichtigste.

Stöhnend suchte er sich eine halbwegs bequeme Stellung und machte das Licht aus. Sein letzter Gedanke war: Alex dieser Mistkerl. Das würde er ihm noch heimzahlen. Dann schlief er ein und träumte - von Alex, seinem ehemaligen besten Freund. Wie hatte es nur so weit kommen können? Heute würde er ihn am liebsten umbringen.

Kapitel 7

Sie waren jahrelang die dicksten Freunde. Da war auf der einen Seite Alexander, der Super-Sportler, Schwarm aller Mädchen und Charming-Boy. Es war keine Übertreibung zu sagen, dass er sich mit mindestens drei Freundinnen gleichzeitig vergnügte. In der Schule hatte man den Eindruck, dass ihm alles einfach so zufiel. Ohne groß lernen zu müssen schrieb er pausenlos Bestnoten. Er ging zwar gern auf Partys, trank aber kaum Alkohol und zu rauchen kam für ihn schon gar nicht in Frage, geschweige denn Drogen oder ähnliches zu nehmen. Interessanterweise wurde er aber von niemandem als Spießer angesehen. Dafür war er viel zu selbstbewusst und auch zu stark. Regelmäßig ging er ins Fitness-Studio, joggte fast täglich und hielt sich insgesamt unglaublich fit.
Dagegen musste sich sein Kumpel Felix seine Erfolge hart erarbeiten. Während Alexander alles in den Schoß fiel, musste Felix intensiv darum kämpfen. Er hielt nicht viel von Partys, dafür büffelte er oft fleißig, um annähernd mit seinem Freund mithalten zu können. So kam es, dass beide leistungsmäßig die Spitze ihres Jahrgangs bildeten. Nur nicht im Sport. Da war Alex der absolute König, der unsportliche und eher zu Übergewicht neigende Felix bildete da meist das Schlusslicht.

Als sie irgendwann mal beschlossen, gemeinsam in einen Handballverein einzutreten, war Alex sofort einer der Leistungsträger. Für Felix aber endete das Ganze in einem Desaster. Für das schnelle Spiel war er eindeutig zu langsam. Statt den Ball sicher zu fangen, was bei Alex ganz selbstverständlich aussah, vertändelte er ihn oft. Seine wenigen Würfe auf's Tor waren so kraftlos, dass man sich fragte, ob sie dort überhaupt ankommen würden.

Nachdem er sich das Ganze sechs Wochen lang angetan hatte, beendete Felix seine Sportkarriere und wechselte auf die Zuschauertribüne. Von dort bewunderte er seinen Freund, wie er ihn überhaupt darum beneidete, dass diesem alles so einfach glückte. Und er war stolz darauf, ihn zum Freund zu haben. Die Anerkennung, die Alex genoss, färbte zumindest auch ein wenig auf ihn, Felix, ab. Dafür war er ihm dankbar.

Hin und wieder verteilte Alex ihm gegenüber kleine Spitzen, aber das nahm er ihm nicht weiter übel. Die Chemie zwischen ihnen stimmte ja. Ihre Freundschaft konnte nichts erschüttern, so dachte Felix.

Sie büffelten gemeinsam für's Abitur und schnitten beide glänzend ab. Felix war im Durchschnitt etwas schlechter, aber sie waren die Besten in ihrem Jahrgang. Zur Abiturfeier ließ sich sogar Alexander zum Trinken hinreißen. Ausgelassen feierten sie das

bestandene Abitur. Im angetrunkenen Zustand fing Alex aber plötzlich an, sich über Felix lustig zu machen. Als er ihn »Fettklops« und »unsportliches Schweinchen« nannte, gerieten sie erstmals in Streit. Irgendwann verließ Felix gekränkt die Feier, während Alex es in Hochstimmung noch bis in die frühen Morgenstunden so richtig krachen ließ. Gegen Mittag erwachte Alex in einem fremden Bett mit zwei jungen Damen, die ihm völlig unbekannt waren. An den Abend und vor allem die Nacht hatte er nur bruchstückhafte Erinnerungen und schwor sich, dass er sich nie wieder so gehenlassen würde.
Gegen Abend rief er seinen Kumpel Felix an, der immer noch ziemlich sauer auf ihn war. Alex versicherte ihm glaubhaft, dass er sich nicht mehr an das erinnern könne, was er zu ihm gesagt hatte, dass das aber mit Sicherheit nicht so gemeint gewesen sei, sondern seinem alkoholisierten Zustand geschuldet wäre.
Felix akzeptierte das, ihm war die Freundschaft mit Alex zu wichtig, um sich mit ihm zu verkrachen. Aber seine Bewunderung für Alex hatte, ohne dass er es selbst merkte oder sich selbst eingestehen wollte, einen ersten kleinen Knacks bekommen. Weitere würden folgen, aber das ahnte er zu diesem Zeitpunkt noch nicht.

Kapitel 8

Am Morgen nach seiner Alkoholfahrt saß Felix trübsinnig und zerknirscht am Frühstückstisch als Johanna hereinkam. Sie war frisch geduscht, geschminkt und hatte sich für ihre Stadt-Tour schick gemacht. Wortlos schob sie eine Kapsel in den Kaffeeautomaten, stellte eine Tasse drunter und drückte auf den Knopf. Als die Tasse gefüllt war, nahm sie sie aus der Maschine und machte Anstalten, die Küche ohne ein Wort zu verlassen.
»Johanna!« Felix rief ihr verzweifelt hinterher. Sein Kopf fühlte sich an, als würde ein Umzug darin stattfinden, seine geröteten Augen brannten.
»Was ist?« Ihr Tonfall war überaus gereizt. Der Ärger und Frust über den gestrigen Abend saßen tief. Sie hatte sich zuhause vor den Fernseher gehauen und einen Liebesfilm gesehen. Beim Happyend, als sich die beiden Hauptdarsteller in den Armen lagen und küssten, waren ihr die Tränen in die Augen gestiegen. Wohin hatte sich ihre Ehe nur entwickelt? Felix andauernder Kampf gegen Alex, sein Griff zum Alkohol, sein unmäßiges Essen. Sie musste sich eingestehen, dass sie im Moment nur Abscheu gegenüber ihrem Ehemann empfand. Dabei meinte sie doch, ihn mal geliebt zu haben, zumindest ein wenig. Und nun saß er hier vor ihr, ein Häufchen Elend, ungewaschen, unrasiert, ungekämmt und

stieß eine derartige Fahne nach abgestandenem Alkohol aus, dass ihr beinahe übel wurde.

»Willst Du ausziehen? Willst Du die Scheidung? Oder was?« Nach dem Erlebnis des gestrigen Abends war ihr schon beinahe alles egal. Und bei einer Scheidung müsste er ihr reichlich Unterhalt zahlen. Vielleicht würde sie ihren kostspieligen Lebensstil dann doch gar nicht einschränken müssen. Und sie brauchte dann auch nicht zuzusehen, wie aus Felix allmählich ein körperliches Wrack würde.

»Johanna, bitte. Können wir reden?« Johanna wunderte sich. Das waren ja ganz neue Töne.

»Was ist los?« herrschte sie ihn an. Zu ihrer Verwunderung fiel Felix vor ihr auf die Knie. Johanna hatte das Gefühl zu träumen. Er klammerte sich an ihre Beine.

»Was ist los mit Dir?« fragte sie, eine Spur sanfter.

»Ich habe Mist gebaut«, gestand er mit Tränen in den Augen.

»Einsicht ist der erste Weg zur Besserung.« Johanna entzog sich ihm und ging einige Schritte weg.

»Und nun?« Sie musterte ihn und wartete, was kommen würde. So einfach wollte sie es ihm nicht machen.

»Ich weiß, ich habe mich gestern Scheiße benommen«, begann er.

»Gestern?« unterbrach sie ihn. Entrüstet schüttelte

sie den Kopf. »Gestern?« wiederholte sie.

»Okay, Du hast Recht. Die ganze letzte Zeit habe ich mich wie ein Arschloch benommen. Aber das soll jetzt anders werden. Ich verspreche es Dir!« Er sah sie flehend an und lag immer noch auf Knien vor ihr.

»Was?« Sie blickte ihm fest in die Augen. »Was konkret soll anders werden?« Da sollte er schon deutlicher werden. Einfach nur zu versprechen, dass sich jetzt etwas ändern sollte, war ihr zu unkonkret.

»Alles.« Er wischte seine laufende Nase an seinem T-Shirt ab. Johanna verzog angewidert das Gesicht. Ihre Verachtung wuchs, als sie ihn dort in seinem eigenen Schnodder sah. Was war nur aus ihm geworden?

»Was meinst Du mit ‚Alles'. Werde mal konkret!« Nun hatte sie ihn an der Angel, jetzt war sie am Drücker.

»Ja, eben. Alles. Meine schlechte Laune. Mein mich wie Du es nennst Gehenlassen. Und so!« Hilflos schaute sie ihn an.

»Okay, mein Freund. Dann will ich Dir mal sagen was ‚Alles' ist und was mich ankotzt. Deine schlechte Laune. Dein – man muss es so nennen – Fressen, der Alkohol, dass Du Dich so gehen lässt. Schau Dich doch mal an. So ungepflegt. Und Deine Trägheit. Kein Sport, keine Bewegung. Und das Einzige, was Dich motiviert: Alex auszustechen.« Sie war richtig in Fahrt gekommen. Felix fühlte sich immer kleiner.

»Wenn Du mich wirklich liebst«, trotz der Alkoholfahne kam sie ihm bedrohlich nahe, Nase an Nase, »dann reißt Du Dich zusammen. Erst einmal gehst Du jetzt unter die Dusche, dann versuchst Du, diesen Alkoholgeruch wegzubekommen. Und dann rührst Du keinen Alkohol mehr an. Alles klar?« Felix nickte stumm.

»Versprochen?« hakte sie nach. Felix nickte wieder.

»Sag es!« Ihr Ton wurde noch befehlender.

»Ich verspreche es.« So wollte sie ihn haben.

»Und eine Entschuldigung für gestern wäre auch noch fällig.«

»Entschuldigung.« Felix schluckte. »Ich muss Dir noch etwas beichten.« Felix druckste.

»Was denn noch?« Johanna riss die Augen auf. Was würde nun noch kommen? Sie sah ihn gleichzeitig ernst und besorgt an.

»Kannst Du mich nachher ins Büro fahren?«

»Warum das denn?« Johanna starrte ihn verständnislos an. »Ist was mit dem Auto?«

Felix machte sich noch kleiner. »Ich musste gestern meinen Lappen abgeben.« Johanna rollte mit den Augen. Das durfte doch nicht wahr sein.

»Wie, Du bist nach Deinen ganzen Drinks noch gefahren?« Sie konnte es nicht fassen. Wie konnte man nur so blöd sein?

»Ja, das ging eigentlich noch. Aber Alex, dieser Mistkerl, hat mich verpfiffen.«

»Alex, Alex. Ich kann diesen Namen nicht mehr hören. Hör endlich mit diesem Kleinkrieg auf.«

»Aber ...«, wollte Felix protestieren.

»Schluss jetzt. Geh unter die Dusche, sonst muss ich mich hier noch übergeben. Du stinkst wie eine ganze Kneipe am Tag nach einem Besäufnis.«

Gehorsam stand Felix auf. Als er sich ausgezogen hatte und ins Bad schlurfte, schaute ihm Johanna hinterher. Kein schöner Anblick. Sein Körper war in den letzten Wochen und Monaten endgültig aus der Form geraten. Kein Wunder, dass zwischen ihnen im Bett nichts mehr lief. Johanna musste sich eingestehen, dass sie sich momentan vor ihrem Mann beinahe ekelte. Sie ging zur Hausbar, nahm die drei Flaschen Whiskey, die dort standen, öffnete sie, ging in die Küche und kippte den Inhalt in den Ausguss.

»Und heute Abend geht es wie versprochen zum Sport«, rief sie Felix in die Dusche hinterher.

So muss es sich anfühlen, wenn man zum Schafott geführt wird, dachte Felix und drehte die Dusche auf. Wie er Sport hasste. Aber selbst das würde er tun, um seine Ehe zu retten.

Als er das heiße Wasser über den Körper laufen ließ, erschien das Bild eines großen Glases Whisky vor seinen Augen. Bei dem Gedanken musste er sich erbrechen. Das würde ihm helfen, von dem Zeug wegzukommen. Zehn Minuten später stieg er aus der

Dusche. Er machte sich frisch, zog saubere Sachen an und putzte sich die Zähne. Langsam fühlte er sich wieder als Mensch. Nun würde er sich auf die Arbeit konzentrieren und daran arbeiten, dass Johanna und er wieder eine liebevolle Beziehung bekommen würden. Alex würde er erst einmal links liegen lassen, dachte er.

Kapitel 9

Sarah saß in einem netten Café in den Alsterarkaden und wartete auf Johanna. Die beiden Frauen hatten sich verabredet, zum Quatschen wie Johanna es formuliert hatte. Aber sie wollten vor allem beratschlagen, wie sie zwischen ihren Männern vermitteln konnten, um diesen Kleinkrieg endlich zu beenden. Sarah hatte sich schon mal einen Cappuccino kommen lassen und wartete ungeduldig auf ihre Freundin. Kurzzeitig hatte sie überlegt, sich auch ein Stück Sahnetorte zu bestellen, es dann aber doch lieber sein lassen. Mit viel Mühe, Verzicht und Sport schaffte sie es so gerade, einigermaßen ihre Figur zu halten. Sie wusste, wie wichtig es Alex war, dass sie attraktiv genug blieb. Aber was war schon genug? Mit Schrecken hatte sie heute feststellen müssen, dass ihre schwarze Stoffhose, die sie sich vor etwa sechs Monaten gekauft hatte, ziemlich eng saß. Ein Blick in den Spiegel bestätigte ihr, dass sie ganz schön reingepresst aussah. Also hatte sie sich für den schwarzen Rock entschieden, der doch etwas lockerer saß und ihre Rundungen verdeckte. Außerdem musste sie auch die etwas weitere weiße Bluse wählen, die ebenfalls deutlich luftiger saß. Leider konnte man dann aber sehen, dass sie obenrum ziemlich flach war. Kurzzeitig hatte sie überlegt, hier ein wenig auszuhelfen, in dem sie ihre Oberweite etwas ausstopfte, hatte sich dann aber selbst als albern beschimpft. Sie würde eben noch enthaltsamer leben müssen und noch mehr Sport treiben. Sie seufzte.

Sie blickte verträumt auf das Wasser und überlegte, was sie tun könnten, um ihre verfeindeten Männer zur Vernunft zu bringen.

Als sie in Richtung Jungfernstieg blickte, sah sie Johanna eiligen Schrittes auf sie zukommen. Neidisch blickte sie auf ihre Freundin, die sich total in Schale geworfen hatte. Ein knapper Rock ließ mehr erkennen als er verbarg. Das Rot stand ihr wirklich gut und betonte ihre Traumfigur. Das Oberteil war so ausgeschnitten, dass es tiefe Einblicke in das bot, was Sarah auch gern haben würde. Selbstbewusst kam Johanna auf sie zu und war sich offensichtlich der bewundernden Blicke bewusst, die ihr von diversen Männeraugen folgten. Sie hob den Kopf leicht an, was ihr ein beinahe arrogantes Auftreten gab, aber die Männer konnten sich kaum satt sehen. Johanna schmunzelte und hielt vor Sarahs Tisch.

Sie begrüßten sich mit Küsschen auf die Wangen. Sarah musste sich erst einmal von dem Auftritt Johannas erholen, der sie neidisch gemacht hatte. Als Johanna dann noch einen Milchkaffee und dazu ein Stück Sahnetorte bestellte, verlor Sarah endgültig die Fassung.

»Sag mal, wie machst Du das?« fragte sie und konnte dabei nicht vermeiden, dass Neid aus ihrer Stimme sprach.

»Was meinst Du?« erwiderte Johanna, anscheinend völlig ahnungslos, worauf die andere hinauswollte.

»Du hast so eine Traumfigur, rank und schlank, sportlich, lässt Männerherzen höherschlagen und dann isst Du hier einfach so ein Stück Sahnetorte. Da würde ich sofort aus der Form gehen.« Sarah schüttelte verzweifelt den Kopf.

»Männerherzen höherschlagen?« Johanna sah Sarah erstaunt an. »Wie kommst Du denn darauf?« erwiderte sie scheinbar ahnungslos.

»Hast Du nicht bemerkt, dass Dich die Männer hier mit ihren Blicken fast ausgezogen haben?« Sarah konnte nicht glauben, dass Johanna das nicht bemerkt haben sollte.

Johanna blickte sich in der Runde um und lächelte. Einige der in der Nähe sitzenden Leute schauten sie an. Viele Männer lächelten zurück, manche Frauen blickten ihre Begleitungen böse an.

Johanna beugte sich zu Sarah hin, was noch tieferen Einblick in ihr Dekolleté ermöglichte.

»Das fällt mir schon gar nicht mehr auf. Wenn das meinem Mann nur auch so gehen würde«, fügte sie traurig hinzu und seufzte.

»Wie jetzt?« Sarah konnte es nicht glauben. »Dein Mann …«. Sie beendete den Satz nicht, sondern schaute ihre Freundin fassungslos an.

»Da läuft momentan gar nichts.« Johanna nickte. Der Kellner kam und brachte ihr Kaffee und Torte. Ohne es zu wollen schaute er ihr tief in den Ausschnitt als er den Teller vor Johanna auf den Tisch stellte. Johanna bemerkte es und schmunzelte. Der Kellner errötete und zog sich rasch zurück.

»Er kennt momentan nur seinen Job und die Feindschaft zu Deinem Mann«, setzte sie das Gespräch fort nachdem sich der Ober entfernt hatte. Sie nahm einen Schluck Kaffee und begann, ihre Sahnetorte mit Genuss zu verspeisen.

Sarah sah Johanna neidisch zu wie diese sich die Torte schmecken ließ und überlegte, sich vielleicht doch ein Stück zu bestellen. Dann verwarf sie aber den Gedanken und kam auf das Thema zu sprechen, weswegen sie sich heute getroffen hatten.

»Und gestern ist er noch in eine Polizeikontrolle geraten und musste seinen Führerschein abgeben.« Kopfschüttelnd schob sich Johanna eine Gabel voll

Torte in den Mund.

»Wirklich? Ach du Schande. Und jetzt?«

Johanna grinste. »Nun ist er ganz kleinlaut und verspricht mir alles Mögliche. Er will sich bessern. Ich bin da skeptisch. Auf jeden Fall habe ich ihm geraten, sich endlich in den Griff zu bekommen und sich auch nicht ständig mit Alex anzulegen.« Sie nippte an ihrem Kaffee und schob dann das vorletzte Stück Torte in den Mund.

»Das ist ein gutes Stichwort«, begann Sarah. »Hast Du eine Idee, wie wir die Streithähne dazu bekommen, dass sie endlich Frieden schließen?«

Johanna wirkte zufrieden und zuversichtlich. »Also ich habe meinen Felix momentan an der kurzen Leine.« Sie nippte an ihrem Kaffee und machte eine kunstvolle Pause. Sarah runzelte die Stirn und wartete, dass Johanna fortsetzen würde. Als diese erneut die Gabel zum Mund führte, hielt Sarah es nicht mehr aus.

»Was meinst Du damit?« Johanna lächelte zufrieden.

»Sagen wir mal so, der Felix ist momentan ziemlich klein. Wir hatten einen Riesenstreit, aus dem er als Verlierer hervorgegangen ist. Als er dann wie gesagt noch wegen Alkohol seinen Lappen verloren hat, ist er vor mir auf die Knie gegangen und hat mir Besserung versprochen.« Triumphierend hielt sie die Kaffeetasse in die Höhe und grinste in die Runde.

Einige Köpfe drehten sich zu ihr um, was Johannas Grinsen noch breiter machte.

»Echt?« Sarah blickte ihr Gegenüber erneut neidisch an. »Oh, das könnte unsere Chance sein.«

Johanna nickte. »Jetzt musst Du nur noch Deinen Heißsporn in den Griff bekommen, dann könnte es etwas werden.« Sie trank ihren Kaffee aus. Danach knuffte sie Sarah freundschaftlich in die Seite und lachte. »Also Sarahlein. It's your turn.!« Sarah blickte nachdenklich. Leichter gesagt als getan. Ihr Alex gab sich leider nicht solche Blößen wie Felix, aber irgendetwas musste ihr einfallen.

»Hast Du eine Idee?« Eventuell wüsste Johanna ja einen Rat.

»Vielleicht muss man die beiden einfach mal zusammen in einen Raum bringen. Wenn sie sich direkt gegenüberstehen, möglicherweise kommen sie dann mal dazu, sich auszusprechen. Ich werde Felix auf jeden Fall impfen, dass er sich benimmt. Wer weiß, kann sein, dass Alex das dann auch versöhnlich stimmt.«

Sarah nickte. »Einen Versuch ist es wert. Wann und wo?«

Johanna lächelte. »Felix muss heute Abend mit mir ins Fitness-Studio.« Sie legte Wert auf das Wort MUSS.

»Okay.« Sarah nickte. Danach klatschten sie sich ab. Sarahs Begeisterung bekam allerdings einen

Dämpfer, als sich Johanna noch ein Stück Torte bestellte. Der Ober brachte das nächste Stück. Als er den Teller auf den Tisch stellte, beugte sich Johanna wie zufällig vor, so dass er erneut ihre Auslage bewundern konnte. Mit hochrotem Kopf entfernte er sich rasch, während Johanna ihm hinterher lachte. Sarah schüttelte vorwurfsvoll den Kopf. Wenn man so aussah wie Johanna, konnte man solche Spielchen machen. Ihr würde das nie im Traum einfallen.
Aber nun hatten sie einen Plan, ihre Männer vielleicht zu versöhnen. Gespannt warteten sie auf den Abend im Fitness-Studio.

Kapitel 10

Alex betrat den Schnellimbiss und setzte sich ohne zu zögern zu einem jungen Mann, der in einer Ecke saß und eilig eine Currywurst mit Pommes Frites herunterschlang. Der junge Mann blickte von seinem Essen auf und sah erstaunt zu dem gutaussehenden Mann hin, der sich wie selbstverständlich zu ihm gesellte, obwohl noch jede Menge Tische frei waren. Sein helles Gesicht, das irgendwie typisch für rothaarige Männer war, wurde noch eine Spur blasser angesichts der Dreistigkeit seines Gegenübers.

Denn Alex grinste ihn an und griff sich eine Pommes von dessen Essen. Der junge Mann runzelte die Stirn und setzte zu einem Protest an als Alex den rechten Finger an den Mund hielt und ihm zu verstehen gab, dass er still sein solle. Der Rothaarige griff sich aus Verlegenheit eine Serviette und wischte sich damit etwas Ketchup vom Mund. Alex betrachtete sein Gegenüber. 25 oder 26 Jahre schätzte er ihn. Ein leichter roter Flaum bedeckte seine Oberlippen. Anscheinend hatte er keinen besonders starken Bartwuchs. Insgesamt wirkte er eher wie ein großer Junge als wie ein erwachsener Mann. Seine eher nachlässige Kleidung mit ausgewaschener Jeans und schlabberigem Sweatshirt komplettierte das Bild eines typischen Nerds.

»Schmeckt es?« Alex grinste ihn an. Seine Frage wirkte eher uninteressiert, diente nur dazu, das Gespräch in Gang zu bringen.

Der junge Mann schaute ihn immer noch verwirrt an, wusste offensichtlich nicht, was er von seinem Tischnachbarn halten sollte. Statt einer Antwort nickte er nur stumm. Als Alex nach den nächsten Pommes griff und diese zum Mund führte, regte sich endlich Protest bei ihm.

»Was machen Sie da?« Der junge Mann hatte eine überraschend hohe Stimme. Anscheinend hatte der Stimmbruch vergessen, bei ihm vorbeizuschauen, dachte Alex belustigt. Genussvoll kaute Alex und schaute sein Gegenüber durchdringend an.

»Ich esse Dir Deine Pommes weg, mein Kleiner!« Alex grinste wieder, seinen Essenspartner ganz offensichtlich nicht ernst nehmend.

»Aber ...«. Der junge Mann schaute ihn hilflos an. Er hatte keine Ahnung, was er von diesem Überfall zu halten hatte.

»Du arbeitest für Felix Burmeister, stimmt's?« Alex griff sich die Gabel des Rothaarigen, piekte ein Stück von der Currywurst auf und schob es sich in den Mund.

»Ja, aber ...«. Der junge Mann sah seine Currywurst im Mund seines merkwürdigen Gegenübers verschwinden. Seine Verwirrung wuchs immer weiter. Was wollte dieser Flegel nur von ihm?

»Und wie gefällt Dir der Job?« Das nächste Stück Currywurst wurde verspeist. Der Nerd gewann allmählich seine Fassung wieder.

»Ganz okay. Eigentlich«, erwiderte er vorsichtig.

»Eigentlich?« hakte Alex nach und zog nun endgültig den Teller seines Tischnachbarn zu sich rüber.

»Was geht Sie das denn an?« Der Rothaarige nahm seinen Mut zusammen und versuchte, diese Frage selbstbewusst zu formulieren, was ihm nicht so wirklich gelang.

»Nun«, erwiderte Alex kauend. »Mich würde interessieren, wie viel Dir Dein Job wert ist!« Sein Grinsen wurde breiter und er beugte sich zu dem jungen Mann rüber, schaute ihm dabei tief in die Augen.

»Was meinen Sie?« fragte der nun doch wieder deutlich verunsichert.

»Ich meine, weiß Dein Chef von Deinem kleinen Geheimnis?« Alex blickte ihn verschwörerisch an und schaute sich in dem Imbiss um.

»Was meinen Sie?« Der Nerd rutschte unruhig auf seinem Stuhl herum.

»Ach komm, Du weißt doch wovon ich spreche!« Alex schob den nun leeren Teller zur Seite und griff nach der Dose Cola, die noch unberührt auf dem Tisch stand.

»Wovon sprechen Sie?« Die Stimme des Jungen wurde beinahe zu einem Flüstern.

Alex beugte sich zu ihm rüber und zischte ihm ins Ohr: »Ich sage nur: Kinderpornos!« Der junge Mann wurde blass.

»Aber das ist Jahre her und ich habe meine Strafe dafür …« Seine Tonlage wurde noch eine Idee höher, der Schreck stand ihm ins Gesicht geschrieben.

»Beruhige Dich mein Sohn.« Alex legte ihm beruhigend die Hand auf den Arm. »Dein Chef weiß davon nichts, oder?« fügte er verschwörerisch hinzu.

»Nein, aber ich möchte, dass das auch so bleibt.« Er schaute sich forschend im Imbiss um, ob das jemand mitbekommen hatte.

»Ich doch auch, mein Kleiner.« Alex lehnte sich zufrieden in seinem Stuhl zurück. »Du kannst Dich darauf verlassen, dass ich es ihm auch nicht erzählen werde.« Er blickte ihn lächelnd an.
Der junge Mann ahnte, dass da noch etwas kommen würde.
»Von mir erfährt er nichts, Rainer.« Zum ersten Mal sprach er den jungen Mann mit Namen an. »Du kannst ja als kleine Gegenleistung für mich auch etwas tun.«
Rainer schluckte. Was würde jetzt kommen? Er wartete, was dieser unangenehme Typ jetzt von ihm verlangen würde. Alex nahm die Cola und nippte daran.
»Du bist doch Chefprogrammierer bei Burmeister & Co, richtig?« Jetzt nahm er einen kräftigen Schluck aus Rainers Cola.
Rainer nickte. Ein nervöses Zucken in seinen Augen machte sich bemerkbar, ein untrügliches Zeichen für seine weiterhin steigende Nervosität.
»Du könntest da doch so den einen oder anderen kleinen Fehler einbauen, das Projekt ein wenig aus dem Ruder laufen lassen, oder?«
Rainer schluckte. Sein eigenes Großprojekt sabotieren? Das konnte er nicht tun. Das widersprach seiner Berufsehre. Er schüttelte heftig mit dem Kopf.
»Das kann ich nicht machen!« Ungewollt wurde er

laut. Alex Gesichtsausdruck veränderte sich von einer Sekunde auf die andere. Aus dem Lächeln wurde plötzlich ein eiskalter Blick.

»Doch, Du kannst!« Er zog aus seiner Jackentasche ein paar bedruckte Seiten und legte sie vor Rainer auf den Tisch.

»Hattest Du nicht gesagt, das wäre Jahre her?« Entsetzt blickte Rainer auf die Ausdrucke, die Alex vor ihm ausgebreitet hatte.

»Wo haben Sie das her?« Sein Hals war wie ausgedörrt, seine Augen zuckten wild.

»Du kennst doch wohl den Inhalt Deines Rechners, oder?« Alex Stimme wurde drohend, der Blick immer kälter. Er stand auf.

»Ich denke, wir verstehen uns!« Er wandte sich ab, um zu gehen. Noch im Gehen drehte er sich um.

»Und versuch nicht, mich zu verarschen.« Plötzlich änderte sich der Gesichtsausdruck wieder. »Ach ja, und vielen Dank für das Essen«, fügte er grinsend hinzu und verließ den Imbiss.

Rainer schaute ihm hinterher. Plötzlich merkte er, dass sein Magen anfing zu rebellieren. Mit Mühe schaffte er es auf die Toilette. Viel hatte er von seinem Essen nicht abbekommen. Aber das wenige landete nun im Toiletten-Becken. Anschließend setzte er sich auf die Brille, verbarg das Gesicht in den Händen und weinte. Was sollte er bloß tun? Er hatte keine Ahnung. Nach etwa einer halben Stunde kehrte er in den Imbiss zurück, bezahlte und fuhr anschließend nach Hause. Seinen Kollegen schrieb er eine Mail, dass er sich den Magen verdorben hätte und sich zuhause ins Bett legen würde.

Den ganzen restlichen Tag lag er wie gelähmt in seinem Bett, unfähig, einen klaren Gedanken zu fassen. Entweder er würde sein eigenes Projekt gegen die Wand fahren, was seiner Berufsehre widersprach. Oder. Ja, oder er würde bloßgestellt werden und sicher seinen Job verlieren. Wie er es auch drehte und wendete, er musste zwischen Pest und Cholera wählen.

Er steigerte sich immer weiter in seine Verzweiflung hinein. Am besten, ich mache meinem Leben ein Ende. Das Ganze hat doch keinen Wert mehr. Langsam reifte in ihm eine Entscheidung.

Kapitel 11

Felix saß auf dem Trimm Rad und versuchte, ein gleichbleibendes Tempo zu halten. Johanna saß auf dem benachbarten Rad und strampelte scheinbar mühelos mit hohem Tempo. Felix lief der Schweiß in Strömen die Schläfen herunter. Seine Oberschenkel brannten wie Feuer und er hatte den Eindruck, keine Luft mehr zu bekommen. Johanna lächelte ihm zu und redete auf ihn ein. Felix war so knapp bei Luft, dass er kaum etwas erwidern konnte. Wie machte sie das nur? fragte er sich.

Nach ca. 10 Minuten nahm er die Beine von den Pedalen und stieg mühsam von dem Drahtesel. Ächzend griff er zu einem Handtuch und wusch sich den Schweiß ab. Sein Gesicht war puterrot.

»Schon fertig?« fragte ihn seine Frau, ohne das Tempo zu reduzieren.

»Für jetzt reicht´s«, stöhnte Felix. Sein T-Shirt klebte am Körper und war tropfnass.

»Das glaube ich auch«, hörte er eine Stimme hinter sich sagen. Alex und Sarah hatten gerade den Fitness-Raum betreten und Alex grinste ihn frech an.

»Ganz schön aus der Form, Klopsi!« Alex machte eine Handbewegung, die einen runden Bauch nachahmte und lachte lauthals.

»Heute Kontrast: Trimm Rad statt Gewichtheben?« Alex deutete das Leeren eines Bierglases an.

»Alex, bitte!« flehte Sarah. Felix hatte Mühe, sich zu beherrschen. Ohne es zu merken, ballte er die Fäuste und wäre Alex am liebsten an die Gurgel gegangen.

»Dabei kannst Du doch jetzt ohne Probleme trinken. Autofahren darfst Du doch momentan eh nicht mehr.« Alex Grinsen wurde immer breiter.

»Du Arsch!« stieß Felix hervor. Er drehte sich um und wandte sich einem der Geräte zu, mit denen er seine schlaffen Muskeln trainieren wollte. Alex steuerte auf eines der Laufbänder zu und startete das Gerät. Aus den Augenwinkeln konnte Felix sehen, wie Alex in hohem Tempo auf dem Laufband lossprintete. Ganz schön in Form, musste Felix zugeben. Als er an seinem Gerät das Gewicht auf 40 Kilogramm eingestellt hatte, musste er feststellen, dass er den Bügel nur wenige Zentimeter anheben konnte. Er reduzierte auf 35 Kilogramm, was auch nur knapp besser funktionierte. Bei 25 schaffte er es, das Gewicht hochzubekommen.

»Fang mal lieber mit 5 Kilo an, sonst platzt noch Deine Wampe.« Unbemerkt war Alex plötzlich wieder neben ihm aufgetaucht. Felix sah sich im Fitness-Raum um. Johanna saß immer noch auf dem Rad, von Sarah war weit und breit nichts zu sehen. Er versuchte, seinen Konkurrenten zu ignorieren und stemmte das Gewicht in die Höhe.

Alex hatte sich das Gerät neben ihm eingestellt und stemmte 50 Kilogramm anscheinend problemlos in die Höhe. Felix sah, wie Alex Muskeln sich dabei anspannten und er musste zugeben, dass dieser nicht nur fit, sondern wirklich durchtrainiert war. Er dagegen war total unsportlich, noch mehr als früher schon. Felix beschloss, sich keine weitere Fitness-Blöße zu geben und machte sich auf in die Sauna. Für heute wollte er es gut sein lassen und versuchen, etwas von seinem Überschuss auszuschwitzen.

Er betrat die Sauna. Hier saß nur Sarah, eingewickelt in ihr Handtuch und blickte ihn fragend an.

»Dein Mann ist ein Arsch«, sagte Felix und setzte sich auf die unterste Bank, um nicht zu viel Hitze abzubekommen.

»Ihr Beiden«, seufzte Sarah. »Könnt Ihr Euch nicht endlich vertragen? Dieser Kleinkrieg schadet doch allen.«

»Sag das Deinem Blödmann«, grunzte Felix. »Der provoziert mich am laufenden Band.« Er blickte an sich herab und musste erneut feststellen, dass er von Aussehen und Fitness her mit Alex wirklich nicht mithalten konnte. Aber musste Alex ihm das so unter die Nase reiben? Der wusste doch genau, dass das ein empfindlicher Punkt bei ihm, Felix, war. Vielleicht gerade deshalb.

Die Tür der Sauna ging auf und Alex betrat den Raum. Wie üblich stellte er seine Männlichkeit aus, hatte das Handtuch lässig über die Schulter gehängt.

»Ach, willst Du Dein Fett jetzt rausbrutzeln?« Er warf einen verächtlichen Blick auf seinen Kontrahenten. Felix warf ihm einen feindseligen Blick zu. Vorwurfsvoll schaute er zu Sarah rüber.

»Was habe ich gesagt?« Er sah Sarah an und nickte zu Alex rüber.

»Was?« Alex Ton wurde drohend.

»Nichts!« Felix stand auf und wandte sich zum Gehen.

»Was?« Alex packte ihn am Arm. »Was hast Du gesagt? Hast Du meine Frau angemacht?« Sein Ton wurde immer schärfer, sein Gesicht näherte sich dem von Felix auf wenige Zentimeter.
»Quatsch.« Felix versuchte, sich loszumachen. Alex Griff wurde fester. »Lass mich los, Du Arsch. Du tust mir weh.« Felix verzog schmerzverzerrt das Gesicht.
»Hört auf, Ihr Beiden.« Sarah war aufgestanden und versuchte, sich zwischen die beiden zu drängen. Alex sah Felix an und ignorierte sie.
»Du sagst mir jetzt, was Du zu meiner Frau gesagt hast.«
Sarah schob sich zwischen die Streithähne. »Er hat mich nicht angemacht, Alex.« Sie zog an Alex Hand, der Felix immer noch gepackt hatte.
»Ach, muss sich dieses Weichei jetzt auch noch Unterstützung bei meiner eigenen Frau holen?« Die Verachtung war deutlich aus seiner Stimme zu hören. Sarah verließ die Sauna, als sie die beiden nicht trennen konnte.
»Ich geh Hilfe holen«, rief sie und öffnete die Tür.
»Du bist ja eklig, so wabbelig«, provozierte Alex sein Gegenüber erneut. Die Wut weckte Felix Kräfte. Mit der freien linken Hand schlug er in Richtung von Alex Gesicht. Da er allerdings mit der linken Hand noch weniger Kraft hatte als mit der rechten, gab es nur einen leichten Wischer, der Alex nicht sonderlich beeindruckte. Aber just in dem Moment kam

Johanna dazu und sah nur noch, wie Felix in Alex Richtung ausholte und zuschlug. Hinter ihr kam ein Angestellter des Fitness-Studios. Entrüstet gingen sie auf Felix zu, während Alex die Situation blitzschnell erkannte und so tat, als wäre Felix auf ihn losgegangen.

»Felix, was soll das?« Johanna war aufgebracht, dass sich ihr Mann so hatte gehen lassen.

»So etwas gibt es hier nicht«, fügte Johannas Begleiter hinzu und packte Felix am rechten Arm, der diesem sowieso schon wehtat.

»Aua«, stöhnte Felix.

»Ich muss Sie auffordern, das Studio zu verlassen. Sie haben ab jetzt Hausverbot!« Der Angestellte sah Felix böse an und schob ihn aus der Sauna. Alex grinste ihm, von den anderen unbemerkt, hinterher. Als die beiden draußen waren, wandte sich Johanna an Alex.

»Das tut mir leid, Alex. Felix ist in der letzten Zeit unausstehlich. Ich weiß nicht, was mit ihm los ist.« Sie sah ihr Gegenüber mitleidig an. Alex rieb sich die angeblich schmerzende Gesichtshälfte und schaute sie leidend an.

»Ja, keine Ahnung. Aber ist ja zum Glück nicht so viel passiert.« Er presste ein, anscheinend mühsames Lächeln hervor.

»Du Armer!« Johanna legte mitfühlend ihre Hand auf seine Schulter.

»Danke!« Alex lächelte sie an. »Dann sieh bitte zu, dass mir Dein Mann nicht mehr in die Quere kommt.«
»Das mach ich!« Johanna nickte. »Wirst Du ihn anzeigen?« fügte sie vorsichtig hinzu.
»Ich glaube nicht«, erwiderte Alex gönnerhaft. »Ich vermute, Ihr habt schon genug Ärger.«
»Danke!« Johanna war erleichtert. Eigentlich schien Alex doch ein ganz netter und verträglicher Kerl zu sein. Sie konnte nicht verstehen, warum Felix solch einen Hass auf ihn hatte. Aber eine Versöhnung zwischen den Beiden konnte sie wohl für eine Weile vergessen. Zuhause würde sie Felix erst mal zur Rede stellen. Was war bloß in ihn gefahren, so auf Alex loszugehen? Seine guten Vorsätze schienen sich in wenigen Stunden schon wieder in Luft aufgelöst zu haben.
Alex streckte sich wieder auf der Bank aus. Breitbeinig lag er dort und zeigte seinen muskulösen Körper. Ungewollt blieb Johannas Blick auf ihm hängen als sie die Sauna verlassen wollte. Alex bemerkte das und rekelte sich, wobei er sich ihr zuwandte. Leicht verwirrt verließ Johanna die Sauna. Gegen ihren Willen musste sie Felix mit Alex vergleichen. Wieder kam in ihr Abscheu ihrem Ehemann gegenüber hoch. Wenn sich da nicht bald etwas ändern würde, würde sie ihn verlassen. Sie meinte, in Alex Augen Verlangen erkannt zu haben. Mit Sarah konnte sie allemal mithalten. Aber

überhaupt, die Blicke, die Männer ihr auf der Straße zuwarfen, zeigten ihr, dass sie sicher nicht lange allein bleiben würde.

Also: sie würde Felix ein Ultimatum stellen. Entweder er kam zur Vernunft oder sie würde ihn verlassen. Und das würde teuer für ihn werden. In mehrfacher Hinsicht. Sie duschte ausgiebig, zog sich an und machte sich dann ohne große Eile auf den Weg nach Hause.

Unterwegs musste sie noch einmal an Alex und Sarah denken. Wie es wohl zwischen den beiden lief? Der attraktive Alex und die eher graue Maus Sarah. Wenn sie mit Sarah nicht so gut befreundet wäre, könnte Alex echt ein Thema für sie sein. Aber sie wollte sich nicht dazwischendrängen. Doch ein wenig neidisch auf Sarah war sie schon. Was hatte die nur für einen Traummann abbekommen.

Als sie nach Hause kam, war keiner da. Wo war Felix geblieben? Er würde doch nicht wieder in irgendeine Kneipe gegangen sein? Wenn doch, wäre es das endgültig gewesen. Er hatte mittlerweile genug Porzellan zerschlagen. Sie griff zu ihrem Smartphone und schrieb ihm eine SMS: »Wo bist Du?« Fünf Minuten später kam die Antwort: »Am Wasser, vielleicht gleich im Wasser!!!« Wollte er sich umbringen? Johanna überlegte. Das konnte er nicht tun. Was würde dann aus ihr werden? Im selben Moment rief sie sich selbst zur Ordnung und tippte eine weitere SMS: »Mach keinen Mist. Komm nach Hause!« Sie bekam keine Antwort. Unruhig lief sie im Haus auf und ab. Irgendwann setzte sie sich vor den Fernseher und machte sich einen Film an. Wenn er bloß nicht ... Sie brachte den Gedanken nicht zu Ende. Ohne sich auf den Film konzentrieren zu können, blieb sie vor dem Fernseher sitzen. Es war schon Mitternacht als sie beschloss, ins Bett zu gehen. Sie ließ die Schlafzimmertür offen und auch Felix Bettzeug in seinem Bett. Sie wollte zumindest mitbekommen, wenn er nach Hause kam.

Kapitel 12

Felix saß auf einer Bank im Hamburger Hafen und blickte aufs Wasser. Zu seiner Linken erhob sich die Elbphilharmonie, vor ihm die »Rickmer Rickmers«, das Museumsschiff, das in Hamburg vor Anker lag. Stumpfsinnig starrte er auf's Wasser und dachte über den chaotischen Tag und die Katastrophen der letzten Zeit nach. Und dann diese Szene heute Abend, in der er am Ende plötzlich als der Böse dastand. Seine Frau hatte sich auch noch auf die Seite von Alex geschlagen. Das war das Schlimmste an der ganzen Situation.
Alex, dieser Mistkerl! Den ganzen Abend hatte er ihn provoziert. Wie damals, als sie diese Feier hatten, bei

der Alex zum ersten Mal abfällig über ihn gesprochen hatte. Klar, damals war es unter Alkoholeinfluss passiert. Aber ist Alkohol nicht manchmal in der Lage, die Zunge zu lockern und heraus zu kitzeln, wie jemand wirklich denkt?
Felix fiel ein, wie er am nächsten Tag mit Alex gesprochen hatte und der nur sagte, dass das nicht so gemeint gewesen wäre. Hatte der sich jemals dafür entschuldigt? Felix konnte sich nicht daran erinnern. Aber ihre Beziehung hatte einen ersten Knacks bekommen. Felix war ab dem Zeitpunkt vorsichtiger und beobachtender geworden. Er hatte mehr auf die Feinheiten geachtet, mehr zwischen den Zeilen gelesen. Das Selbstbewusstsein, das Alex an den Tag legte und für das Felix ihn lange bewundert hatte, sah er danach mit etwas anderen Augen. Im Laufe der Zeit erschien es ihm immer mehr als Arroganz. Und dann hatte er die größte Schwäche von Alex entdeckt:
Alex konnte nicht verlieren. Das war Felix früher schon mal aufgefallen, ohne dass er diesem eine größere Bedeutung beigemessen hätte.
Alex war ein absolutes Ass im Schach, wie bei so vielem. Im Sport hatte Felix nie eine Chance gegen ihn. Und auch beim Schach hatte er immer verloren. Bis zu dem Tag, an dem Alex irgendwie abgelenkt war. Was es genau war, wusste Felix im Nachhinein nicht mehr zu sagen. Wie auch immer, nach einem

unüberlegten Zug von Alex verlor dieser seine Dame. Plötzlich wollte er den Zug rückgängig machen, weil er sich vergriffen hätte. Felix blieb hartnäckig, weil er zum ersten Mal seine Chance sah, seinen unschlagbaren Freund zu besiegen.
»Berührt, geführt!« bestand Felix. Ein paar Leute, die in der Nähe saßen und zuschauten, stimmten ihm zu. Alex blickte zornig in die Runde.
»Na gut«, knurrte er. »Ich krieg Dich trotzdem!« zischte er seinen Freund an. Felix versuchte zu grinsen, aber das ernste Gesicht seines Gegenübers, verhinderte, dass er sich über diesen sich andeutenden Sieg wirklich freuen konnte. Alex spielte verbissen weiter, aber seine Lage verbesserte sich nicht. Nach und nach knöpfte Felix ihm Türme, Springer und Läufer ab, bis Alex nur noch zwei Bauern und den König hatte. Kurz bevor Felix ihn endgültig mattsetzen konnte, warf Alex wutentbrannt das Schachbrett vom Tisch und verließ wortlos den Raum. Felix sah ihm betroffen hinterher, die Umsitzenden lachten und riefen Alex hinterher: »Schlechter Verlierer!«
Alex warf ihnen einen vernichtenden Blick zu und knallte die Tür hinter sich zu. Felix zuckte zusammen und überlegte, ob er hinterhergehen sollte.
»Lass ihn, der kriegt sich schon wieder ein!« riet ihm einer der Zuschauer. So blieb Felix sitzen. Einige Tage hörte und sah er von Alex nichts mehr.

Als sie sich das nächste Mal sahen, wirkte Alex tatsächlich wieder ganz normal. Er begrüßte seinen Freund lächelnd mit Handschlag. Der Griff wirkte allerdings härter als sonst, so dass Felix Schmerzen in der Hand verspürte. Er schob es aber darauf, dass Alex sich freute, ihn nach ein paar Tagen wiederzusehen. Felix schaute bei einem Handballspiel von Alex zu. Alex war wieder in Topform. Seine Würfe waren hart und präzise, und er traf genauso oft wie alle seine Mitspieler zusammen. Mitte der zweiten Halbzeit führte Alex´ Mannschaft deutlich, als es zu einem Zwischenfall kam. Auf Höhe der Mittellinie passte Alex zu einem Mitspieler. Doch der Pass war so ungenau und hart, dass sein Mitspieler diesen verpasste. Der knallhart geworfene Ball flog in die Zuschauer und traf einen Besucher, der gar nicht so schnell reagieren konnte, wie ihn die Kugel mit voller Wucht im Gesicht traf.
Dieser Zuschauer war Felix. Er ging zu Boden, die Nase war gebrochen und blutete. Das Spiel ging mit Einwurf für die gegnerische Mannschaft weiter, während Felix verarztet wurde. Alex konzentrierte sich auf den Gegenangriff, während Felix mit dröhnendem Kopf, schmerzender und blutender Nase überlegte, ob dieser Fehlpass etwas mit dem Schachspiel zu tun hatte.
Alex verlor nie ein Wort über diesen Zwischenfall, aber für Felix war klar: ihre Freundschaft hatte einen

ganz schweren Knacks bekommen. Von nun an würde er sich vor Alex noch mehr in Acht nehmen.

Kapitel 13

Trübsinnig starrte Felix weiter auf die Elbe. Die Erinnerung an damals und Alex´ Verhalten danach standen ihm immer noch lebhaft vor Augen. In der Folgezeit war es zwischen ihnen immer schwieriger geworden und nun waren sie quasi Todfeinde. Felix fühlte sich hilflos. Alex war ihm schon immer überlegen gewesen und die Ereignisse der letzten Tage hatten Felix total deprimiert. Seine Frau war ihm auch keine Stütze.
»Mach keinen Mist« hatte sie geschrieben. Machte sie sich Sorgen um ihn oder ging es ihr eher um ihre eigene Bequemlichkeit, ihr luxuriöses Leben? Wenn er sich jetzt das Leben nahm, dann würde sie nicht einmal in den Genuss einer Lebensversicherung kommen. Und Johanna und arbeiten, das konnte er sich beim besten Willen nicht vorstellen. Das hatte sie noch nie getan. Bis zu ihrer Hochzeit hatte sie von dem Geld ihrer Eltern gelebt, die sich krummgearbeitet hatten, um ihrer Tochter das Jurastudium zu ermöglichen. Sicher hatten sie sich gewünscht, dass Johanna später als Anwältin für ihre Eltern Sorgen würde. Aber diese hatte ihr Examen

nur mit Ach und Krach bestanden, sie war lieber auf Partys gegangen und hatte sich von Freunden hofieren und ihren Lebensstandard finanzieren lassen. Als Johanna und er zusammenkamen, hatte Felix sein Glück kaum fassen können. Die Traumfrau, nach der sich die Männer umdrehten, und er, der übergewichtige, nicht besonders attraktive Felix. Er konnte es kaum glauben. In den ersten Monaten trug er sie auf Händen, akzeptierte, dass Johanna das Geld mit vollen Händen ausgab. Dass sie nur mit ihm etwas anfing, um ein sorgenfreies, gut finanziertes Leben zu haben, wollte er sich nicht eingestehen. Als sie dann heirateten, glaubte er, dass das der Beweis dafür war, dass sie ihn wirklich liebte. Er arbeitete wie ein Wilder und sie genoss das Leben. Er freute sich über die hübsche Frau an seiner Seite und hatte das Gefühl, dass viele Erfolge darauf zurückzuführen waren, dass er zum Beispiel bei Geschäftsessen seine Frau dabei hatte und potentielle Partner von ihr fasziniert waren.

Johanna hatte praktisch keine Pflichten. Sie leisteten sich eine Putzfrau, Einkäufe ließ er durch einen Lieferservice kommen. Johannas Hauptbeschäftigung war shoppen gehen, sich mit Freundinnen treffen und das Leben genießen. Erst im Laufe der Zeit begann Felix sich zu fragen, wie seine Frau eigentlich den Tag verbrachte. Als er sie eines Tages zufällig in der Stadt in der Begleitung

eines gutaussehenden Mannes sah, war er zum ersten Mal stutzig geworden. Er hatte sie abends darauf angesprochen, woraufhin sie beinahe ausgeflippt war. Ob er ihr misstrauen, ihr vielleicht sogar nachspionieren würde, hatte sie ihn angeschrien. Felix hatte versucht, zurück zu rudern. Er hätte sie nur zufällig gesehen und den jungen Mann würde er nicht kennen, wer das denn wäre.
»Mein Liebhaber«, hatte sie ihn angefaucht. Als Felix sie aus großen Augen angesehen hatte, hatte sie ihn ausgelacht.
»Das war nur ein Studienkollege von früher, der zufällig in der Stadt war und wir haben über alte Zeiten gesprochen«, hatte sie erklärt und ihn stehenlassen. Felix hatte sich bei ihr entschuldigt, aber ein Samenkorn des Zweifels war gelegt.
In der nächsten Zeit hatte er versucht, sich mehr um sie zu kümmern, hatte immer wieder Blumen mitgebracht, ihr teure Geschenke gemacht. Johanna hatte diese eher ohne große Euphorie entgegengenommen.
Irgendwann hatte Felix damit wieder aufgehört. Das Desinteresse seiner Frau und die Niederlagen, die er immer wieder gegen Alex einstecken musste, hatten dazu geführt, dass er sich mehr und mehr in sich zurückzog. Sein ohnehin geringes Selbstbewusstsein war noch kleiner geworden und er flüchtete sich immer mehr in seine Arbeit und in

den Alkohol.

Das Verhältnis zu Johanna war immer mehr abgekühlt. Je mehr Felix sich gehenließ, desto mehr zog er sich von Johanna zurück, weil er sich für sich selbst schämte. Er träumte von einem erfüllten Liebesleben mit seiner attraktiven Frau, aber er traute sich kaum noch, sie zu berühren. Wie stand es wirklich um ihre Beziehung, um ihre Ehe? Diese Frage stellte er sich immer öfter. Liebte sie ihn wirklich oder war ihr nur an einem unbeschwerten Leben gelegen? Und was war mit ihm? Liebte er seine Frau? Ja, das glaubte er schon. Aber er wünschte sich so sehr, dass sie an seiner Seite stehen würde. Doch die Ereignisse der letzten Tage und gerade von heute zeigten das genaue Gegenteil. Jetzt war er am absoluten Tiefpunkt angekommen. Er blickte auf die Elbe und trat näher ans Hafenbecken. Ein, zwei Schritte nur und alles hätte ein Ende. Er war kein guter Schwimmer und in dem kalten Wasser würde es sicher schnell gehen. Felix überlegte. Mit zitternden Knien ging er noch einen Schritt weiter. Hinter sich hörte er Schritte.

Kapitel 14

Johanna wälzte sich im Bett hin und her. Ihr Blick fiel auf die Uhr. Zwei Uhr dreißig zeigte das Ziffernblatt.

Felix war noch immer nicht nach Hause gekommen. Ob er sich wirklich etwas angetan hatte? Sie stand auf, ging ins Wohnzimmer und setzte sich aufs Sofa. Sie starrte vor sich hin und überlegte, was sie tun könnte. Dann griff sie sich ihr Smartphone und sah auf das Display. Nichts. Keine Antwort, keine Nachricht von Felix. Er würde doch nicht ... Sie wollte den Gedanken nicht zu Ende denken. War es die Sorge um ihn oder doch eher ein egoistischer Gedanke? Sie mussten miteinander reden, so ging es nicht weiter.

Johanna tippte eine Nachricht auf ihr Smartphone: »Komm nach Hause. Lass uns reden!« Sie überlegte, dann fügte sie hinzu: »Bitte!«

Sie legte ihr Telefon beiseite und ging zur Hausbar. Dort standen noch zwei Flaschen Bacardi, eine fast leer, die zweite war noch voll. Sie goss den Rest aus der angebrochenen Flasche in ein Glas und setzte es an den Mund. Der Geruch stieg ihr in die Nase und verursachte Übelkeit. Johanna ging zur Spüle und goss die Flüssigkeit in den Ausguss. Dann nahm sie die volle Flasche, öffnete diese und leerte den Inhalt ebenfalls in die Spüle.

Wieder fiel ihr Blick auf ihr Smartphone. Immer noch nichts. Wo steckte der Kerl bloß? Am Wasser, vielleicht gleich im Wasser. Sie stellte sich vor, wie er ins kalte Nass steigen würde. Er war kein guter Schwimmer. Er würde nicht lange überleben. Und

dann? Wie würde es dann weitergehen?
Ist das normal, dass man sich mit Ende Zwanzig schon Gedanken über den Tod macht? Oder dass man in dem Alter schon Witwe ist? Wieder fiel ihr auf, dass sie gar nicht so sehr an Felix dachte, sondern in erster Linie an sich selbst.
»Ich liebe Dich, tue es nicht!« tippte sie in ihr Smartphone. Sie zögerte, die Nachricht abzuschicken. Stimmte das eigentlich? Liebte sie ihn wirklich noch? Noch? Hatte sie ihn eigentlich jemals geliebt? Sie dachte nach. Die Antwort auf diese Frage war ihr selbst nicht klar.
Aber vielleicht konnten sie noch einmal von vorn anfangen. Möglicherweise war Felix noch in der Lage, sich zu verändern. Entschlossen tippte sie auf die Sendetaste und hoffte, dass es noch nicht zu spät war.
Sie schaltete den Fernseher an, wechselte zu Netflix, suchte sich einen Liebesfilm und startete ihn. Bei der ersten Liebesszene wurden ihre Augen feucht. So sah es aus, wenn zwei sich wirklich liebten. Konnte sie das überhaupt? Ihre Gedanken gingen spazieren. Sie versuchte, sich und Felix in diese Situation hineinzudenken. Als sich die beiden Liebenden voneinander lösten, sah sie in Gedanken die Gesichter der Beiden. Das eine war ihres, das andere war das von Alex. Als ihr das bewusst wurde, erschrak sie. Hilfe, das durfte doch nicht sein.

Plötzlich erschien Alex vor ihrem inneren Auge, wie er sich in der Sauna gerekelt hatte. Sie ging zur Terrasse, öffnete die Tür und ließ die kühle Nachtluft herein.
Johanna, hör auf, daran zu denken. Das darf nicht sein. Gegen ihren Willen stiegen ihr Tränen in die Augen. Was war nur mit ihr los?
Noch einmal griff sie zum Smartphone, rief die Kontaktliste auf, suchte den Eintrag von Alex. Sie gab sich einen Ruck und drückte auf Löschen. Seufzend ließ sie sich auf dem Sofa nieder, zog die Beine an und wartete. Wenn Felix nach Hause kommt, dann sprechen wir uns aus und versuchen es noch einmal, beschloss sie. Dann stand sie auf, ging wieder ins Bett und versuchte einzuschlafen. Es war schon beinahe hell als sie in einen leichten Schlummer fiel.

Kapitel 15

Seit dem Treffen mit diesem arroganten Kerl hatte Rainer zuhause gesessen und verzweifelt nach einem Ausweg aus seiner Misere gesucht. Natürlich könnte er auf den Deal eingehen und sein Projekt an die Wand setzen. Aber einerseits widersprach das seiner Berufsehre und andererseits war er sich ziemlich sicher, dass dieser Typ nicht aufhören würde, ihn zu erpressen. Doch wie war der überhaupt an diese Information gekommen und an seine Fotos? Hatte jemand Zugriff auf seinen Laptop? Das konnte eigentlich nicht sein, er hatte ihn so sicher wie möglich abgeschirmt. Und woher hatte dieser Typ überhaupt gewusst, wonach er suchen musste. Und warum gerade er?

Rainer schaltete seinen Laptop an und ließ sein Virensuchprogramm starten. Nichts. Nach einigen Minuten kam die Nachricht, dass sein Rechner sauber sei. Er öffnete das Verzeichnis mit dem unverfänglichen Namen »Urlaubsfotos«. Merkwürdig, er meinte doch, dieses Verzeichnis verschlüsselt zu haben. Aber nun war es das nicht mehr, wie konnte das sein? Grübelnd öffnete er eines der Bilder. Das war genau eines von denen, die dieser Typ ihm gezeigt hatte. Minutenlang starrte er auf den Bildschirm, konnte sich von dem Foto nicht losreißen. Dann löschte er das Foto und anschließend das gesamte Verzeichnis, wohl wissend, dass ihm das auch nicht mehr helfen würde. Er ging ins Bad, besah sich im Spiegel. So elend hatte er noch nie ausgesehen. Als nächstes ging er an seinen Wohnzimmerschrank und nahm eine Flasche Wodka heraus. Anschließend ging er wieder ins Bad und nahm die Packung mit Schlaftabletten heraus. Er hatte sie sich vor einigen Monaten besorgt, als er nach einem aufwändigen Projekt überhaupt nicht mehr schlafen konnte, hatte damals aber nur eine einzige genommen.

Rainer füllte ein Glas mit Wodka, goss es in einem Zug herunter. Anschließend ließ er Wasser in seine Badewanne und zog sich aus. Er trank noch ein Glas Wodka, griff sich das Tablettenröhrchen, die Wodkaflasche und stieg in die Wanne. Das Wasser war eigentlich zu heiß, aber das war ihm mittlerweile egal. Er legte sich hin, schüttelte die Tabletten in seine Hand und spülte sie mit Wodka runter. Anschließend streckte er sich im heißen Wasser aus und wartete auf das Ende.

Kapitel 16

»Mein Sohn, Du willst doch nicht wirklich in dieses kalte Wasser springen?« Felix erschrak als er diese Stimme hinter sich hörte und drohte, das Gleichgewicht zu verlieren und ins Hafenbacken zu stürzen. Der Mann konnte ihn gerade noch festhalten und zurückziehen.

»Mein Gott, haben Sie mich erschreckt«, antwortete Felix atemlos. Mittlerweile war er beinahe wieder nüchtern. Erst jetzt sah er den Mann an, der ihn vor dem Absturz bewahrt hatte. Er trug einen langen, dunklen Mantel, unter dem ein weißes Hemd herausschaute. Die grauen Haare standen in einem sonderbaren Gegensatz zu dem noch jungen Gesicht.

»Wollten Sie wirklich springen?« fragte der Fremde freundlich und gleichzeitig besorgt. Felix nickte erst, dann schüttelte er mit dem Kopf.

»Ganz ehrlich, ich weiß es nicht. Irgendwie ist momentan alles beschissen.« Felix sah den Mann an, konnte aber dessen Blick nicht standhalten. Dieser sah ihn so eindringlich an, dass Felix das Gefühl hatte, als ob sein Gegenüber in ihn hineinschauen könnte.

»Willst Du mit mir darüber reden, mein Sohn? Ich bin Pastor dieser Gemeinde und würde Dir gern helfen!« Der Geistliche schaute ihn freundlich an und machte eine einladende Handbewegung.

Felix überlegte. Vielleicht war das gar keine schlechte Idee, mal wirklich jemanden zum Reden zu haben, so dass er alles loswerden konnte, was ihn bedrückte. Er gab sich einen Ruck.

»Gern, das würde mir vielleicht helfen.«

»Das freut mich. Ich wohne hier ganz in der Nähe. Lass uns dort hingehen und bei einem Glas Tee erzählst Du mir Deine Geschichte.«

Erst jetzt fiel Felix auf, dass der Pastor ihn einfach duzte, aber das störte ihn nicht, denn er hatte sofort Vertrauen zu ihm gefasst.

»Das ist nett von Ihnen, Hochwürden!« stotterte er. Sein Gegenüber musste lachen.

»So förmlich brauchst Du nicht zu sein, mein Sohn. Pastor Hansen reicht. Komm!« Er ging voraus, Felix folgte ihm gehorsam und war gespannt, ob Pastor Hansen ihm wirklich helfen könnte.
Sie betraten die Wohnung, die klein, aber geschmackvoll eingerichtet war. Das Wohnzimmer wurde dominiert von einer großen Bücherwand, in der sowohl geistliche als auch säkulare Literatur stand. Der Pastor bemerkte Felix staunenden Blick und lächelte.
»Ja, selbst ein Pastor liest nicht nur in der Bibel oder christliche Literatur. Ich bin ein großer Krimifan und lese auch Fantasy-Romane. Einen kleinen Moment, ich setze nur eben den Tee auf und bin dann gleich bei Dir.« Im nächsten Moment hörte Felix ihn in der Küche rumoren. Er selbst setzte sich auf das Sofa und genoss die gemütliche Atmosphäre und den Frieden, den diese Wohnung auf ihn ausstrahlte. Felix betrachtete fasziniert die Bücherwand. Eine ganze Sammlung von Martha-Grimes-Romanen war dort zu finden. Und sogar die komplette Reihe von Harry Potter. Pastor Hansen schien sich nicht nur in der Bibel gut auszukennen.
Als der Pastor mit dem Tee kam und ihnen einschenkte, begann Felix zu erzählen. Er erzählte die ganze Geschichte von vorn bis hinten, ohne seine eigene Rolle zu beschönigen. Pastor Hansen war ein guter Zuhörer. Hin und wieder stellte er

Verständnisfragen, aber meistens ließ er Felix einfach erzählen. Mit jeder Minute, die verging, fühlte Felix sich freier und entspannter. Als er endete und an dem Punkt angekommen war, bei dem er versucht war, sich ins Wasser zu stürzen, hakte der Geistliche ein.

»Mein Sohn, Du musst wissen, dass es immer einen Weg gibt. Als erstes musst Du natürlich entscheiden, ob Du nicht Deine Wut in den Griff bekommen willst. Und natürlich musst Du Deine Beziehung zu Deiner Frau klären. So wie ich das verstanden habe, ist Euer Miteinander sehr ungleichgewichtig. Du versuchst Deiner Frau alles zu ermöglichen, aber sie nimmt nur und fordert. Und gleichzeitig verurteilt sie Dich für Deine Handlungen. Ehrlich gesagt, kann ich sie aber auch gut verstehen. Sicherlich leidet sie unter Deinem Alkoholproblem, Deiner Unzuverlässigkeit und reagiert so. Sie fühlt sich von Dir vernachlässigt. Das musst Du auch verstehen. Auf der anderen Seite kann ich nachvollziehen, dass Dich verletzt, wenn sie Dir in den Rücken fällt und sich auf die Seite Deines Widersachers stellt. Das musst Du ihr klarmachen. Gleichzeitig musst Du natürlich an Dir arbeiten. Alkohol ist nur Flucht. Vertreibe diesen Teufel aus Deinem Leben und konzentriere Dich auf Deine Stärken.«

Felix wurde immer nachdenklicher. Der Pastor hatte ja recht, aber wie sollte er das hinbekommen, wo

sollte er anfangen? Seine Gedanken begannen zu wandern und er versuchte sich vorzustellen, wie es wäre, wenn seine Beziehung zu Johanna so wäre, wie es der Pastor dargestellt hatte.
Es wurde schon hell als Felix sich von Pastor Hansen verabschiedete. Zum Abschied bot dieser ihm noch an, jederzeit Zeit für ihn zu haben und falls Felix sich das vorstellen könnte, auch gemeinsam mit Johanna zu ihm zu kommen. Felix dankte ihm und versprach, darüber nachzudenken. Danach rief er ein Taxi und ließ sich nach Hause fahren.

Kapitel 17

Nach einer kurzen, unruhigen Nacht erwachte Johanna bereits im Morgengrauen. Das Bett neben ihr war leer. Im Haus war es unheimlich ruhig. Felix war also nicht nach Hause gekommen. Hatte er wirklich Schluss gemacht? Johanna war sich im Zweifel über ihre eigenen Gefühle. Hatte sie wirklich Angst um ihn? Fühlte sie doch etwas für ihn? Doch, sie wünschte sich, dass er zurückkäme und sie noch einmal einen Neuanfang machen könnten. Schließlich hatten sie geheiratet und dabei etwas füreinander empfunden oder etwa nicht? Sie ging in die Küche und kochte sich einen Kaffee. Johanna fühlte sich wie gerädert. Als der Kaffee fertig war, nahm sie eine Tasse, goss ein und stellte sich ans Fenster. Zu dieser frühen Morgenstunde war die Straße noch wie leergefegt. Plötzlich bog ein weißer Mercedes um die Ecke, ein Taxi. Der Wagen hielt vor der Tür. Nach kurzer Zeit stieg jemand auf der Beifahrerseite aus. Es war Felix. Zu ihrem eigenen Erstaunen spürte Johanna eine Welle der Erleichterung. Sie wollte gerade zur Tür eilen, um ihren Mann zu begrüßen als ihr bewusst wurde, dass sie ja eigentlich sauer auf ihn sein wollte. Also blieb sie in der Küche stehen und wartete, dass Felix ins Haus kam.

Felix schloss die Tür vorsichtig auf, betrat das Haus und versuchte, möglichst leise zu sein. Als er durch den Flur schlich und an der Küche vorbeikam, erschrak er, als er Johanna dort am Fenster stehen sah.

»Hallo, guten Morgen. Du bist schon wach?« fragte er zögerlich.

»Wie Du siehst«, antwortete Johanna spitz, obwohl sie Felix vor Erleichterung am liebsten um den Hals gefallen wäre. Aber sie wollte in der starken Position bleiben.

»Und wo warst Du?« Ihr Ton war schärfer als sie es eigentlich beabsichtigt hatte.

»Wir müssen reden.« Felix ging nicht auf ihre Frage ein, sondern versuchte sofort, Nägel mit Köpfen zu machen und die Ratschläge von Pastor Hansen umzusetzen.

»Ja, das müssen wir. Aber erst einmal will ich wissen, wo Du diese Nacht gewesen bist. Hast Du Dich vergnügt? Warst Du bei einer anderen Frau? Oder hast Du wieder getrunken?«

Na, das fing ja gut an, dachte Felix. Das Gespräch lief deutlich anders, als er sich das vorgestellt hatte.

»Ich habe nachgedacht und mit jemandem geredet.« Felix versuchte, die Schärfe aus dem Gespräch zu bekommen.

»Aha, mit einer Nutte oder was?« Johanna merkte, dass sie wütend wurde. Die Erleichterung darüber, dass Felix wieder da war, war längst gewichen. Er versuchte, ihr auszuweichen und das gefiel ihr gar nicht.

»Johanna, was soll das? Ich würde Dich nie betrügen.« Nein, das Gespräch verlief überhaupt nicht so, wie Felix es sich vorgestellt hatte. »Ich habe ernsthaft darüber nachgedacht, alles wegzuwerfen, mich wegzuwerfen. Aber dann habe ich einen Pastor getroffen und mit ihm über das ganze Dilemma gesprochen und ...«

»Mit einem Pastor?« schnaubte Johanna ungläubig.

»Ja, und da ist mir so manches deutlich geworden. Ich weiß, dass ich viele Fehler gemacht habe und das tut mir auch total leid. Ich möchte mich dafür bei Dir entschuldigen.«

»Und das hält dann bis zum nächsten Absturz?«

Johanna verschränkte die Arme vor der Brust. So einfach würde sie es ihm nicht machen.

»Nein, ich werde mich wirklich ändern, aber für mich ist es wichtig, dass Du mir vertraust, dass Du hinter mir stehst und mich unterstützt. Ich liebe Dich und brauche Dich.« Felix nahm ihre Hand, was Johanna nur zögerlich geschehen ließ. Er wartete auf eine Antwort, irgendeine Reaktion seiner Frau, aber da kam nichts. Enttäuscht ließ er ihre Hand los.

»Gut, überlege es Dir. Ich gehe jetzt mal duschen und mache mich fertig fürs Büro.« Im Hinausgehen wartete Felix immer noch auf eine Antwort von seiner Frau, aber die blieb stumm und trank nur ihren Kaffee.

Felix ging ins Bad, zog sich aus und stellte sich unter die Dusche. Er beschloss, um seine Frau zu kämpfen, auch wenn sie momentan anscheinend zweifelte, dass es ihm wirklich ernst war.

Johanna aber gingen die Worte von Felix durch den Kopf. Sollte er es wirklich so meinen, wie er es gesagt hatte? Sie würde sich noch einmal mit Sarah treffen und schauen, ob sie nicht doch noch mal einen Ansatz versuchen sollten, die beiden Streithähne miteinander zu versöhnen. Anscheinend war Felix zu einem Friedensangebot bereit. Sie griff sich ihr Smartphone, um Sarah anzurufen. Dass es erst 5.30 Uhr morgens war, war ihr gar nicht bewusst.

Kapitel 18

Rainer lag auf seinem Bett und fühlte sich einfach nur elend. Als er die Tabletten mit dem Wodka runtergespült hatte, rebellierte sein Magen und er erbrach sich in die Badewanne. Er ekelte sich vor sich selbst, als er aus der Wanne stieg und das Wasser mitsamt den Tabletten und dem Wodka ablaufen ließ. Anschließend stieg er wieder in die Wanne und spülte seinen Körper ab. Rainer war verzweifelt. Nicht einmal seinem Leben ein Ende machen konnte er. Welche Alternativen hatte er? Sollte er sich die Pulsadern aufschneiden? Nein, dazu fehlte ihm der Mut. Was also konnte er tun?
Zunächst einmal würde er sich weiter krank melden. Damit würde er erst einmal Zeit gewinnen. Aber was dann? Sein Magen rumorte, sein Kopf brummte. Er lag auf dem Bett und zermarterte sich das Gehirn. Ernsthaft überlegte er, sich mit diesem Typen noch mal zu treffen. Am liebsten würde er den Menschen ermorden, aber auch das war keine ernsthafte Option. Also blieb eigentlich nur, tatsächlich sein Projekt zu boykottieren. Aber würde dieser fiese Erpresser dann wirklich Ruhe geben? Würde es nicht immer so weitergehen?
Ein letzter Ausweg fiel ihm ein. Er könnte kündigen. Aber da er sechs Wochen Kündigungsfrist hatte, musste er bis dahin durchhalten. Oder, ja oder

krankgeschrieben sein. Aber dazu müsste er eine plausible Krankheit haben, die ihn wirklich daran hinderte zu arbeiten. In seiner Verzweiflung fühlte er die Bereitschaft, sich selbst Schmerzen zuzufügen, um aus dieser Zwangslage herauszukommen.
Um einen klaren Kopf zu bekommen, beschloss er, eine Runde spazieren zu gehen. Vielleicht würde ihn das auf eine Idee bringen.
Er verließ das Haus und überlegte, wohin er gehen könnte. Langsam und in Gedanken ging er seine Straße entlang. Vor seinem inneren Auge liefen alle Möglichkeiten ab, wie er es hinbekommen könnte, für einige Wochen arbeitsunfähig zu sein, ohne dass es zu sehr schmerzen würde. An der nächsten Kreuzung überquerte er die Straße, ohne sich umzuschauen. Ein Laster, der abbiegen wollte, übersah den rothaarigen Mann, der langsam die Fahrbahn überquerte. Ohne zu bremsen, selbst ohne es zu bemerken, fuhr der Laster den jungen Mann an, der in die Luft geschleudert wurde und blutend auf dem Pflaster liegenblieb. Bevor er das Bewusstsein verlor dachte Rainer noch, dass er sich nun keine Gedanken mehr machen musste, womit er die Krankschreibung hinbekommen würde. Dann wurde alles schwarz vor seinen Augen.

Kapitel 19

Nach dem Anruf am frühen Morgen war Sarah zunächst sauer, dass Johanna sie so früh aus dem Bett geholt hatte. Aber nach einem kurzen Gespräch hatten sie sich zum Mittag bei einem Italiener verabredet. Sarah war anschließend wieder eingeschlafen, während Johanna keine Ruhe finden konnte. Ihr waren die Ereignisse der letzten Tage durch den Kopf gegangen. Wie sehr sehnte sie sich danach, dass wieder Ruhe einkehren, dass Felix zur Vernunft kommen würde und sie wieder unbeschwerter ihrer Lieblingsbeschäftigungen nachgehen könnte. Eigentlich war die Zeit mit Felix ganz nett, sofern er sie wieder bewundern, ihr wie früher jeden Wunsch von den Augen ablesen würde und ihr ein Leben ermöglichte, in dem sie in den Tag hineinleben und sich alles leisten könnte, wonach ihr der Sinn stand. Aber Felix´ Absturz und seine Dauerfehde mit Alex stellten wirklich eine Bedrohung dar. Von daher lohnte es sich, jede Anstrengung zu unternehmen, um das Problem zu beheben.

Dieses Mal war Johanna als erste im Lokal in der Nähe der Alster. Sie war bereits 15 Minuten vor der vereinbarten Zeit in dem Restaurant, bestellte sich ein Wasser und wartete auf ihre Freundin. Der Kellner, ein gutaussehender, dunkelhaariger junger Mann war bereits drei Mal an ihrem Tisch gewesen und hatte gefragt, ob sie einen Wunsch hätte. Dabei hatte er jeweils seine Hand wie zufällig auf ihre Schultern gelegt. Da Johanna nur ein knappes Oberteil trug, hatte er dabei ihre nackte Haut berührt, was jeweils zu einem leichten Schaudern bei ihr geführt hatte.

Beim letzten Mal hatte er sich dann sogar zu ihr an den Tisch gesetzt, da im Restaurant nicht viel Betrieb herrschte. Mit italienischem Akzent machte er ihr Komplimente und ließ durchblicken, dass er an einem privaten Treffen durchaus großes Interesse hätte. Johanna lächelte ihn an, ging nicht direkt darauf ein, ließ aber offen, ob sie es sich vorstellen könnte. Als der junge Italiener seine Handy-Nummer auf eine Serviette schrieb und sie Johanna gab, betrat Sarah das Restaurant. Bedauernd räumte der Ober den Platz, nicht ohne Johanna im Vorbeigehen noch einmal die Hand auf die Schulter zu legen.

»Was war das denn?« flüsterte Sarah, als der Ober in der Küche verschwunden war. »Hat er Dich angebaggert?« Sie sah Johanna fragend an, die nur vielsagend schmunzelte und an ihrem Wasser nippte.

»Sag mal, bist Du treu? Oder willst Du Dich mit dem Typen treffen?« Sarah schwankte zwischen Entrüstung und Neid. Ehe Johanna etwas erwidern konnte, tauchte der Kellner mit den Speisekarten auf.

»Senoras, die Menü.« Galant legte er die Menükarte

vor Johanna hin und schickte einen schmachtenden Blick in ihre Richtung.

»Prego!« Sarah erhielt ebenfalls eine Karte, allerdings ohne dass der Kellner seinen Blick von Johanna abwendete. Beinahe schwebend verschwand er wieder in der Küche. Sarah blickte ihm kopfschüttelnd hinterher.

»Du willst doch nicht wirklich?« Sie brachte den Satz nicht zu Ende.

Johanna lachte. »Wer weiß!«, antwortete sie vielsagend. »Was möchtest Du essen?«, wechselte sie abrupt das Thema.

Sarah merkte, dass sie von ihrer Freundin keine Antwort bekommen würde und so studierten beide die Speisekarte. Als der Kellner zurückkam bestellten sie das Essen. Johanna nahm »Vitello tonato«, während Sarah sich wegen der Sorge um ihre Figur mit einem Salat begnügte.

Während des Essens berichtete Johanna Sarah von der vergangenen Nacht, dem kurzen Gespräch mit Felix und seiner Bereitschaft zu einem Neuanfang.

»Also ich denke, von Felix´ Seite sollte die Bereitschaft zur Versöhnung da sein. Jetzt müssen wir nur sehen, wie wir den Zorn von Alexander abgekühlt bekommen. Gerade nach der Szene von gestern Abend ist das schon eine Herausforderung, was meinst Du?« Johanna schob die letzten Reste ihres Essens auf die Gabel und schaute Sarah auffordernd an. Diese knabberte an ihren Salatblättern. Eigentlich hasste sie Salat, aber was tat man nicht alles, um in Form zu bleiben.

»Es war schon komisch. Ich dachte gestern nach der Szene im Fitness-Center, dass Alex total sauer sein müsste. Aber der war so gut drauf, dass ich schon gedacht habe, er hätte einen Riesenabschluss im Geschäft gemacht. Anschließend haben wir, naja, Du weißt schon.« Sarah schmunzelte. »Also, ich könnte mir vorstellen, dass Alex durchaus bereit ist für ein Friedensangebot.« Sie nickte und bestätigte sich noch einmal selbst. »Doch, ich denke schon.«

Johanna musste noch einmal an den gestrigen Abend denken. Alex hatte doch sehr gut reagiert auf die Szene. Die Tatsache, dass er auf eine Anzeige verzichtete und anscheinend hinterher gutgelaunt war, machte ihr durchaus Mut.

»Wollen wir uns nicht mal zu viert treffen, ganz zwanglos. Es wäre doch toll, wenn die beiden Männer sich vertragen und vielleicht sogar kooperieren würden.«

»Gute Idee, lass es uns versuchen. Ich spreche mal mit Alex und dann laden wir Euch ein.« Sarah war begeistert von der Idee. Beide waren überzeugt, nun einen Weg gefunden zu haben, um die Fehde zu beenden. Sie ahnten nicht, wie sehr sie sich täuschen sollten.

Kapitel 20

Felix betrat voller Tatendrang sein Büro. Ab heute sollte alles anders und besser werden. Fröhlich begrüßte er seine Sekretärin, die sich darüber wunderte, wie gut ihr Chef drauf war. Trotz der schlaflosen Nacht fühlte sich Felix frisch und schaute in das Büro seiner Programmierer.
»Guten Morgen, Klaus«, begrüßte er seinen zweiten Programmierer, der kurz von seinem Bildschirm aufsah, dann aber wieder auf den Bildschirm blickte.
»Wo ist denn Rainer?« fragte Felix und deutete auf den leeren Schreibtisch, wo der Rothaarige normalerweise saß.
»Der hat sich gestern Nachmittag krankgemeldet. Hat sich wohl den Magen verdorben.« Klaus blickte wieder auf seinen Bildschirm, offensichtlich mit einem komplizierten Problem beschäftigt.
»Oh, Mist. Hoffentlich fällt er nicht für länger aus. Wir haben ja ziemlichen Druck mit dem Projekt.« Felix sagte das mehr zu sich selbst, denn Klaus war schon wieder in sein Programm vertieft.
Felix setzte sich in sein Büro und schaute seine Post durch. Anschließend rief er sein Mailprogramm auf und checkte den Posteingang. Ah, da war ja eine Mail seines neuesten Auftraggebers, der Firma Peters & Co., mit der er vor einer Woche den Vertrag mündlich abgeschlossen hatte. Bestimmt war das

jetzt die schriftliche Bestätigung, freute sich Felix, bevor er die Mail öffnete. Allerdings wunderte er sich, dass die Mail keinen Anhang enthielt.

Er las:

»Sehr geehrter Herr Burmeister,
noch einmal vielen Dank für unser aufschlussreiches Gespräch in der letzten Woche und Ihr überaus interessantes Angebot für die Durchführung des Projektes in unserem Haus. Wir haben dies intern noch einmal überprüft, müssen Ihnen aber leider mitteilen, dass sich unser Vorstand mehrheitlich nun doch für einen Mitbewerber entschieden hat. Wir bedanken uns für Ihr …«. Den Rest des Textes nahm Felix schon gar nicht mehr wahr. Das konnte nicht wahr sein, er hatte doch die mündliche Zusage und schon die entsprechenden Ressourcen dafür geplant. Ihm wurde schwindelig. Was war denn da jetzt passiert und an wen hatten sie den Auftrag vergeben?

Kurz entschlossen griff Felix zum Hörer, um seinen Gesprächspartner bei Peters anzurufen. Er landete im Vorzimmer, wo ihn die Sekretärin abwimmeln wollte. Felix blieb hartnäckig und verlangte, zu seinem Gesprächspartner, Herrn Kaiser, durchgestellt zu werden.

Nach gefühlten fünf Minuten meldete sich dieser.

»Herr Burmeister, guten Tag. Was kann ich für Sie tun?« Seine Stimme klang unverbindlich.

»Herr Kaiser, ich habe gerade Ihre Mail bekommen und ehrlich gesagt, verstehe ich das nicht. Wir waren uns doch in der letzten Woche einig, Sie hatten sogar schon zugesagt.« Felix spürte, dass sein Hals immer trockener wurde. Sein Körper verlangte nach etwas Hochprozentigem.

»Nun ja, Herr Burmeister, eine Zusage war das nicht. Ich hatte lediglich gesagt, dass ich mich für Sie einsetzen würde«, wich sein Gesprächspartner aus.

»Nein, Herr Kaiser, Sie haben wörtlich gesagt: Sie haben den Auftrag.« Bei der nun folgenden Aussage wuchs Felix´ Empörung noch mehr.

»Da haben Sie etwas missverstanden, Herr Burmeister. Schließlich waren Sie ja, ich sage mal, bei unserem Gespräch nicht mehr ganz nüchtern.«

Felix explodierte: »Das ist ja eine Frechheit. Ich war total nüchtern und weiß, was ich gehört habe.« Sein Blutdruck stieg spürbar.

»Also Herr Burmeister, wir hatten ehrlich gesagt ein wenig Zweifel an Ihrer Zuverlässigkeit und das Angebot von Herrn Mert..., äh ich meine eines Wettbewerbers war einfach besser.«

»Haben Sie eben Mertens gesagt?« Jetzt sah Felix rot. »Hat der den Auftrag bekommen und hat der gesagt, ich wäre unzuverlässig?« Felix gute Vorsätze waren vergessen.

»Das tut nichts zur Sache, Herr Burmeister. Es tut mir leid, dass wir Ihnen den Auftrag nicht geben konnten.

Ich wünsche Ihnen auf jeden Fall weiterhin alles Gute.«
Ehe Felix antworten konnte, hatte Herr Kaiser aufgelegt. Düster starrte Felix auf den Hörer, knallte ihn auf, stand auf und ging zum Fenster.
»Alex, Du hast es so gewollt. Nun ist der Krieg endgültig eröffnet.« Wie ein Tiger lief er in seinem Büro auf und ab. Was konnte er nun tun? Wie könnte er Alex am meisten schaden? Er überlegte, was Alex´ größte Schwäche war. Irgendwann kam ihm eine Idee. Er setzte sich an seinen Laptop und rief die Google-Seite auf. Ja, das könnte klappen. Die nächste halbe Stunde war er beschäftigt.

Kapitel 21

Alex rekelte sich auf dem Sofa und schaute sich einen Action-Film an. Er war mit sich und der Welt zufrieden. Felix war in den letzten Tagen deutlich in die Defensive geraten. Erst der Führerscheinentzug nach der Alkoholfahrt, dann die Geschichte im Fitness-Center und zuletzt der Auftrag bei Peters & Co. Mit diesem Auftrag hatte Felix fest geplant und, wie Alex herausgefunden hatte, bereits Ressourcen eingekauft. Dass Felix´ Sekretärin Alex´ Charme erlegen war und bereitwillig ausgeplaudert hatte, welchen Auftrag Felix gerade an Land ziehen wollte, war das Tüpfelchen auf dem I. Er konnte sich lebhaft vorstellen, wie sein Kontrahent geschäumt hatte, als ihm der Auftrag bei Peters durch die Lappen gegangen war. Und außerdem hatte er ja auch noch diesen rothaarigen Nerd in der Hand, der das laufende Projekt in den Sand setzen musste, um nicht wegen Kinderpornographie belangt zu werden. Es lief richtig gut. Alex schmunzelte in sich hinein, als seine Frau das Wohnzimmer betrat.

»Oh, gibt es etwas zu feiern? Du liegst da so entspannt und zufrieden.« Sarah hoffte, dass Alex in der milden Stimmung war, so dass sie den Vorschlag mit dem Treffen mit Felix und Johanna machen konnte.

»Das kann man wohl sagen. Setz Dich doch zu mir und trink ein Glas Rotwein mit.« Wenn Alex mal ein Glas Rotwein trank, musste er wirklich einen sehr guten Tag gehabt haben. Sarah setzte sich auf den Sessel, aber Alex nahm die Beine vom Sofa und zog sie zu sich. Er küsste sie wild und stürmisch.

»Ich habe es dieser Null heute noch mal richtig gezeigt«, verkündete er stolz. Sarahs Optimismus sank ein ganzes Stück. Das konnte nur wieder eine neue Konfrontation mit Felix bedeuten.

»Was ist den passiert?« fragte sie vorsichtig und löste sich aus Alex´ Umarmung.

»Peters & CO., Du hast schon mal von denen gehört?« Er grinste und trank einen Schluck Rotwein.

»Das ist doch diese Logistik-Firma, oder?« Sarah hatte den Namen schon mal gehört, aber bisher hatte Alex mit der Firma noch gar nichts zu tun gehabt.

»Genau. Und weißt Du was?« Alex strahlte über das ganze Gesicht und machte eine Kunstpause. »Letzte Woche ist unser Looser davon ausgegangen, dass er von denen einen Großauftrag bekommt.« Er lachte lauthals los.

»Und jetzt doch nicht?« Sarahs Frage konnte sie sich im Prinzip selbst beantworten.

»Ich habe sie ihm«, Alex schnippte mit den Fingern. »schwupps, vor der Nase weggeschnappt.«

Sarah schwieg, konnte die Freude ihres Mannes nicht teilen.

»Naja, wer will auch mit einem Alki solche Geschäfte machen.« Alex grinste und nippte an seinem Wein.

»Wieso Alki? War er betrunken, als er mit denen verhandelt hat?« Sarah hoffte, nicht die Antwort zu bekommen, die sie erwartete, wurde aber enttäuscht.

»Nun ich würde es mal so formulieren: Sie haben etwas von seiner nächtlichen Fahrt mitbekommen.« Er lehnte sich zufrieden in seinem Sofa zurück und verschränkte die Arme.

»Du hast doch nicht etwa?« Sarah brachte den Satz nicht zu Ende.

»Pssst.« Alex legte die Finger vor seine Lippen. »Ich bin halt besser und habe mich mehr im Griff.«

Wieder zog er Sarah zu sich heran und küsste sie

wild. Sarah ließ es ohne große Begeisterung geschehen. Alex schien das aber nicht zu bemerken. Er hob seine Frau hoch, trug sie ins Schlafzimmer und zog sie aus. Als er sich auf sie legte, vergaß Sarah für einige Minuten, dass sie eigentlich den Vorschlag für ein Treffen machen wollte. Nachdem Alex neben ihr eingeschlafen war, lag sie noch lange wach. Sie betrachtete ihren Mann. Einerseits war sie glücklich, dass dieser Traummann sich ausgerechnet für sie entschieden hatte. Aber manchmal machte seine Skrupellosigkeit ihr Angst. Geschäftlich ging er wirklich über Leichen. Sie hoffte inständig, dass das nur im übertragenen Sinne so war. Gleichzeitig erschrak sie über ihre Zweifel, dass dies auch buchstäblich der Fall sein könnte.
Wie auch immer, eine Versöhnung mit Felix war wieder in weite Ferne gerückt.

Kapitel 22

Nachdem Felix seine Recherchen beendet hatte, fand er es an der Zeit, sich wieder um seine Arbeit zu kümmern. Er ging zu seiner Sekretärin, um sich zu erkundigen, ob sich Rainer gemeldet hatte.
»Tut mir leid, Herr Burmeister, aber Herr König hat bisher nichts von sich hören lassen.« Sie schüttelte den Kopf und sah ihn bedauernd an.

»Merkwürdig, er ist doch sonst so zuverlässig und kommt normalerweise auch mit dem Kopf unterm Arm zur Arbeit.« Felix wunderte sich. Seine Sorge galt allerdings mehr seinem Projekt als seinem Mitarbeiter. Wenn dieses Projekt jetzt auch noch den Bach runterging, dann hätte er ein echtes Problem.

»Versuchen Sie mal, ihn auf dem Handy zu erreichen, Frau Möller«, bat er seine Sekretärin.

»Das habe ich schon, aber da ist nur die Mailbox.« Nachdenklich ging Felix wieder in sein Büro. Unruhig lief er auf und ab. Schließlich hielt er es nicht mehr aus und ließ sich ein Taxi rufen. Er fuhr zu Rainers Wohnung und klingelte. Nichts! Er klingelte noch mal und lauschte. Dann klopfte er an die Tür und rief laut, ob alles in Ordnung sei. Immer noch nichts.

»Was veranstalten Sie hier für einen Lärm?« Aus der gegenüberliegenden Wohnung schaute eine ältere Dame zur Tür heraus, die sie aber nur einen Spalt geöffnet hatte.

»Ich wollte zu Herrn König, aber der scheint nicht zu Hause zu sein.« Felix trat näher zu der Tür der Frau, was diese dazu veranlasste, die Tür noch ein wenig weiter zu schließen, so dass er nur noch ein Auge von ihr sehen konnte.

»Sind Sie verwandt?« fragte die Dame misstrauisch.

»Nein, ich bin sein Chef und vermisse ihn seit gestern.« Felix kam sich etwas blöd dabei vor, mit ihr durch die fast geschlossene Tür zu reden, konnte

aber die Vorsicht der Frau verstehen. Die Wohngegend hier machte nicht den vertrauenerweckendsten Eindruck.
»Unfall!« antwortete die Frau.
»Wie bitte?« Felix hoffte, sich verhört zu haben. »Was haben Sie gesagt?«
»Er hatte, glaube ich, einen Unfall. Gleich hier um die Ecke!«
Felix bekam einen gehörigen Schreck.
»Oh, wissen Sie das genau? Ist ihm etwas passiert?« Das konnte doch nicht wahr sein.
»Keine Ahnung. Ich schnüffle doch meinen Nachbarn nicht hinterher. Guten Tag!« Entrüstet schloss sie die Tür und ließ den ratlosen Felix im Flur stehen. Er spürte, dass er von der Frau nicht mehr erfahren würde und überlegte, wie er herausbekommen könnte, wie es Rainer ging. Sicher war er im Krankenhaus. Er beschloss, in die nächste Asklepiosklinik zu fahren und sich zu erkundigen, ob Rainer dort lag und wenn ja, wie es ihm ging.
Der Eingang der Klinik roch so, wie es im Krankenhaus eben riecht. Irgendwie nach Desinfektionsmittel und Krankheit, dachte Felix. Er steuerte auf den Empfang zu und richtete seine Frage an die Dame, die dort saß.
»Entschuldigung«, begann er und versuchte, sein freundlichstes Lächeln aufzusetzen. »Mein Freund Rainer König hatte einen Unfall und ich weiß nicht,

ob er in dieses Krankenhaus eingeliefert wurde. Könnten Sie bitte mal nachschauen, ob er hier ist?«
Die Dame am Empfang sah aus, als ob sie zum Lachen in den Keller gehen würde. Ihre straff nach hinten gebundenen Haare verstärkten ihren strengen Gesichtsausdruck. Sie blickte den Besucher ausdruckslos an und schaute wortlos in ihren Rechner.
»Rainer König, sagten Sie?« Felix staunte über die Tiefe ihrer Stimme. Deswegen redete sie anscheinend nicht so viel.
»Ganz richtig. König, Rainer König. Finden Sie ihn hier?« Am liebsten hätte er selbst auf den Bildschirm geschaut, was natürlich nicht ging.
Die Frau schaute prüfend auf ihren Bildschirm.
»Ja, da ist er«, brummte sie. »Er liegt auf der Intensivstation.«
»Oh danke, wo ist das?« Felix war schockiert, das war schlimmer als befürchtet.
»Station 7, aber da dürfen Sie nicht rein, wenn Sie kein Angehöriger sind.« Wenn die Situation nicht so ernst gewesen wäre, hätte er über die Bass-Stimme der Frau gelacht. So aber bedankte er sich nur und machte sich auf die Suche nach Station 7.
Wie befürchtet bekam er keinen Zutritt, sondern lediglich die lapidare Antwort, dass sich der Patient in einem kritischen Zustand befinde. Mehr konnten und durften die Ärzte ihm nicht mitteilen. Bedrückt

machte sich Felix auf den Rückweg ins Büro. Nun kam aber auch alles zusammen. Mit Rainer war also länger nicht zu rechnen, wenn er überhaupt je wieder würde arbeiten können. Er brauchte dringend Ersatz, doch woher sollte er den so schnell nehmen. Es schien sich alles gegen ihn verschworen zu haben. Wie gern hätte er sich jetzt einen Whisky gegönnt, aber zumindest den Vorsatz, nichts mehr zu trinken, wollte er noch aufrechterhalten.

Kapitel 23

Sarah wachte am späten Vormittag auf und fühlte sich unwohl. Als Alexander sie ins Bett getragen hatte, konnte sie für eine kurze Zeit ihre Sorgen und Zweifel beiseiteschieben. Ihr Ehemann war wirklich ein toller Liebhaber. Doch seine Rücksichtslosigkeit gab ihr zunehmend zu denken. Die Szene in der Sauna ging ihr nicht aus dem Kopf. Als sie die Kabine verlassen hatte, war es Alex gewesen, der Felix provoziert hatte. Außerdem war Alex viel durchtrainierter und kräftiger als Felix. Dass dieser ihren Mann angegriffen hatte und dafür aus dem Fitness-Center geflogen war, konnte sie nicht so wirklich nachvollziehen. Was war dort tatsächlich passiert?
Und nun hatte Alex seinem Kontrahenten einen

weiteren Tiefschlag verpasst. Sarah konnte Alex´ Triumph nicht wirklich mitgenießen. Schließlich hatte er ganz offensichtlich mit unfairen Mitteln gearbeitet und Felix verleumdet.

Ihr Kopf dröhnte fürchterlich. Das lag wohl einerseits an dem Rotwein von gestern Abend, den sie nicht besonders vertragen hatte, doch sicherlich auch an den Gedanken, die ihr durch den Kopf gingen. Wie sollten sie es bloß schaffen, die Fehde der beiden Männer zu beenden? Sie griff zu ihrem Smartphone, um Johanna anzurufen und ihr von den neuesten Verwicklungen zu berichten. Das, was sie geplant hatten, konnten sie vergessen.

»Hallo Sarah«, meldete sich Johanna, nachdem ihr Telefon gefühlte zehn Mal geklingelt hatte. Im Hintergrund war Gespräch und Geschirrklappern zu hören.

»Hallo Johanna, kannst Du reden?« Sarah war etwas irritiert durch die Hintergrundgeräusche, die ziemlich laut durch das Telefon verstärkt wurden.

»Ist momentan etwas schwierig.« Italienisch klingende Worte waren zu hören. In Sarah keimte ein Verdacht auf.

»Bist Du in einem Restaurant?« Konnte es wirklich wahr sein?

»Ja, warum?« antwortete Johanna spitz.

»Sag mal, Du triffst Dich doch nicht etwa mit diesem Gigolo?« Sarah war entsetzt.

»Was geht Dich das an?« Johanna hörte sich beleidigt an. Sarah war sprachlos. Wenn Felix das mitbekam, würde ihm das den Rest geben. Nun betrog ihn auch noch seine Frau.
»Also, was willst Du?« Die Stimme ihrer Freundin klang beinahe aggressiv. Sarah fand langsam ihre Sprache wieder.
»Du kannst mich ja zurückrufen, wenn Du fertig gebalzt hast«, rief sie patzig ins Telefon und beendete das Gespräch.
Ratlos starrte sie vor sich hin. Ihre Kopfschmerzen waren stärker geworden. Sie fühlte sich plötzlich völlig alleingelassen. Ihr Mann war ihr fremd geworden, der Konflikt mit Felix nahm zu viel Platz in ihrer aller Leben ein und nun war auch noch ihre beste Freundin auf Abwegen. Anscheinend war sie die Einzige, der dieser Dauerstreit wirklich auf der Seele brannte.
Sarah ging zum Apothekerschrank und nahm ein Aspirin heraus. Sie spülte die Tablette herunter und wartete, dass die Wirkung einsetzte. Eigentlich war das mit der Treue ja Johannas Sache, aber merkte die nicht, in welch verzweifelter Situation sich ihr Mann befand? Wie konnte sie nur so locker damit umgehen und sich dann auch noch in ein amouröses Abenteuer stürzen?
Als die Kopfschmerzen nachließen beschloss sie, ihrer Freundin ins Gewissen zu reden und zu

versuchen, ihr die Augen zu öffnen.

Kapitel 24

Als Sarah mit der schnippischen Bemerkung das Telefonat beendet hatte, war Johanna zunächst sauer auf ihre Freundin gewesen. Was bildete die sich eigentlich ein, so mit ihr zu reden? Was sie tat, war doch wohl ihre Privatangelegenheit. Während des Gesprächs hatte Alessandro, der Kellner des italienischen Restaurants sie die ganze Zeit staunend betrachtet. Offenbar war er fasziniert davon, wie sie ihre Freundin am Telefon abgefertigt hatte. Schon als er sie das erste Mal gesehen hatte, hatte er sich total in sie verschossen. Was für eine Rassefrau und anscheinend einem Abenteuer nicht abgeneigt.
Als das Gespräch beendet war, nahm er ihre Hand, küsste sie und fragte: »Ärger?«
»Ach, meine Freundin dreht ein wenig durch.« Johanna schüttelte mit dem Kopf, zog ihre Hand aber nicht zurück. Alessandro machte ein mitfühlendes Gesicht.
»Nichte zornig sein. Alessandro ist gute in trösten.« Er küsste wieder ihre Hand. Johanna musste schmunzeln.
»Das glaube ich Dir aufs Wort.« Was war dieser

Italiener nur für ein Schleimer. Offenbar würde er gleich zum Angriff übergehen.

»Wir wollen gehen eine andere Ort?« Aha, jetzt war es so weit. Das hörte sich zwar verlockend an, aber Johanna hatte beschlossen, mit dem Feuer zu spielen, es dabei aber auch zu belassen. Die Bewunderung dieses hübschen Italieners war das, was sie suchte. Zum Äußersten aber wollte sie nicht gehen. Sollte Sarah denken, dass sie Felix betrog. Das war ihr egal. Ihr reichte es, immer wieder bestätigt zu werden, dass sie eigentlich jeden haben konnte, wenn sie mit den Fingern schnipste.

»Tut mir leid, aber ich habe noch eine andere Verabredung.« Sie versuchte nun, ihre Hand aus der Umklammerung Alessandros zu lösen, aber der ließ sich nicht so leicht abschütteln.

»Aber wir könne viele Spaß haben«, versuchte er die hübsche junge Frau zu locken.

»Das glaube ich, aber tut mir leid. Es geht wirklich nicht.« Der Dackelblick, den der Italiener ihr zuwarf, ließ Johanna laut loslachen. Alessandro verstand das Zeichen offenbar falsch, denn nun wurde er deutlich.

»Ich habe ein ganze gemutliche Wohnung, wo niemand uns störte.« Auffordernd stand er auf und versuchte, Johanna mit sich zu ziehen. Es kostete sie einige Mühe, ihn abzuwimmeln.

»Nein, Alessandro, wirklich nicht!« Sie entzog sich

seinem Griff und wandte sich zum Gehen.

»Wir uns sehen wieder?« startete Alessandro einen letzten Versuch.

»Vielleicht.« Johanna war sich nicht im Klaren, ob sie wirklich noch mal ein Treffen mit ihm wollte. Langsam wurde er ihr eine Spur zu zudringlich. Sie wollte ihm zum Abschied die Hand geben, aber er zog sie einfach an sich und gab ihr einen langen Kuss auf dem Mund. Johanna war so überrascht, dass sie gar nicht so schnell reagieren konnte. Als sie sich überrascht und atemlos von ihm löste, grinste er sie an.

»Ich habe noche mehr davon.« Offenbar war er überzeugt, dass er sie schon noch rumkriegen würde.

»Ciao«, beeilte sich Johanna zu sagen, um sich dann schnell davon zu machen. Es würde noch einiges an Arbeit bedeuten, diesen Typen loszuwerden.

Kapitel 25

Völlig fertig kehrte Felix in sein Büro zurück. Wo sollte er nun so schnell einen Ersatz für seinen Chefprogrammierer herbekommen? Wie konnte Rainer ihm das antun, dachte er. Eigentlich konnte der ja nichts dafür, aber trotzdem war Felix wütend auf ihn, fühlte sich im Stich gelassen. Gerade jetzt, wo ihm ohnehin das Wasser bis zum Hals stand, ließ ihn sein verlässlichster Mitarbeiter im Stich.

Im nächsten Moment richtete sich seine Wut aber wieder auf Alexander. Der hatte ihm doch diesen ganzen Schlamassel eingebrockt, als er ihm das Projekt bei Peters weggeschnappt hatte. Plötzlich fiel ihm wieder das Ergebnis seiner Recherche ein. Er rief noch einmal die Internetseite auf, die er gefunden hatte. Dann griff er sich sein Telefon und wählte die Nummer, die ihm auf dem Bildschirm angezeigt wurde.

Nach dem dritten Klingeln meldete sich eine sympathische Frauenstimme: »Hallo, hier ist Sabrina. Was kann ich für Dich tun?«

Felix schluckte kurz und trocken.

»Ja, äh, hier ist Felix.« Absichtlich ließ er wie seine Gesprächspartnerin seinen Nachnamen weg. »Haben Sie noch Kapazitäten frei? Ich hätte da eventuell etwas, bei dem Sie mir helfen könnten.« Warum war er nur so unsicher? Seine Stimme klang beinahe zittrig.

»Natürlich, Süßer«, säuselte Sabrina. »Worum geht es denn?« Felix spürte beinahe so etwas wie Verlegenheit bei der erotischen Stimme, die seine Gesprächspartnerin plötzlich an den Tag legte.

»Äh, das möchte ich nicht unbedingt am Telefon besprechen?« Felix überlegte fast, wieder aufzulegen, weil er plötzlich Skrupel bekam.

»Du kannst gern zu mir kommen. Ich wohne in Eppendorf. Wann passt es Dir denn?«

Felix überflog seinen Kalender. Kurzentschlossen schlug er den späten Nachmittag vor.

»Prima! Um 17 Uhr?« Sabrina schien sich den Termin bereits in ihren Kalender zu notieren.

»Äh, wie sieht es denn mit den Kosten aus?« fügte Felix noch hinzu.

»Ach, mein Süßer, das kommt auf die Leistungen an, die Du von mir haben willst. Lass uns das nachher besprechen. Ich freu mich. Ciao.« Sie hatte aufgelegt.

Felix blieb noch einen Moment sitzen. Schweiß lief ihm den Nacken runter, obwohl es in seinem Büro gar nicht so heiß war. Wieder überkam ihn Unsicherheit. Sollte er das wirklich tun?

Noch einmal betrachtete er Sabrinas Internetauftritt. Leider gab es kein Bild von ihr. Aber ihre Stimme hatte schon mal verheißungsvoll geklungen. Egal, dachte er. Seine Lage war so ausweglos, dass es darauf nun auch nicht mehr ankam. Er würde sich mit Sabrina treffen.

Kapitel 26

Alex beschloss, bei dem rothaarigen Programmierer noch mal ein wenig Druck zu machen. Nicht, dass der Typ am Ende noch versuchte, ihn zu verarschen. Also würde er noch ein wenig die Daumenschrauben ansetzen.

Er rief im Vorzimmer an, um sich zu dem jungen Mann durchstellen zu lassen.

»Möller, Vorzimmer von Herrn Burmeister, was kann ich für Sie tun?«

Ach ja, das war ja die Dame, der er schon mal die wichtige Information über den Vertragsabschluss entlockt hatte.

»Oh, Sie haben aber eine angenehme Stimme. Da fühlt man sich ja gleich um einiges besser«, schleimte er ins Telefon. Bei der Frau verfing das, wie er schon aus ihrem ersten Gespräch erfahren hatte.

»Hier ist Paulsen, Fred Paulsen«, log er. »Guten Tag, Frau Möller, ich müsste mal kurz mit ihrem Chefprogrammierer sprechen. Ist der im Moment am Platz?« Er behielt seinen schmeichelnden Ton bei.

»Das tut mir leid, Herr König ist krank. Soll ich Sie mit seinem Kollegen verbinden?« Frau Möller wirkte geschäftig.

»Oh, krank, was hat er denn?« Alex stutzte. Wollte der Kerl etwa auf Zeit spielen.

»Nein, er hatte einen Unfall und liegt im Krankenhaus. Das war natürlich ein ziemlicher Schock für uns. Es steht wohl ziemlich schlecht um ihn. Der Chef war heute im Krankenhaus, aber da

Herr König auf der Intensivstation liegt, hat man ihn nicht zu ihm gelassen.« Schön, wie auskunftsfreudig die gute Frau doch war. »Soll ich Sie vielleicht mit Herrn Schiller verbinden?«

»Nein, ich müsste das schon mit Herrn König besprechen. Aber das ist ja schrecklich, was Sie mir da erzählen. In welchem Krankenhaus liegt er denn?« Er musste doch am Ball bleiben. Falls der Rothaarige wieder aus dem Krankenhaus entlassen wurde, müsste er ihn noch mal an ihren Deal erinnern.

»Wenn ich den Chef richtig verstanden habe, liegt Herr König in der Asklepios Klinik in St. Georg.«

Diese gesprächige Frau war einfach Gold wert. Vielleicht sollte er sich mal mit ihr verabreden. Die würde ihm schon aus der Hand fressen. Und so würde er immer genau mitbekommen, was bei Felix so los war.

»Dann hoffen wir mal, dass es ihm bald besser geht.« Er machte eine Kunstpause. Frau Möller wartete.

»Kann ich sonst noch etwas für Sie tun?« Sie wirkte leicht verunsichert. Alex räusperte sich, tat verlegen.

»Ich weiß gar nicht, ob Sie mich vielleicht für aufdringlich halten, aber.« Er schwieg noch einmal, als ob er sich fragte, ob er sich traute, die nächsten Worte auszusprechen.

»Ja?« erwiderte Frau Möller als er schwieg. Alex

grinste.

»Ihre Stimme klingt so, dass ich Lust hätte, mal die Person kennenzulernen, die sich dahinter verbirgt.«

»Oh«, war alles, was von ihr kam. Alex konnte sich lebhaft vorstellen, wie sie gerade errötete. Bestimmt ist das so eine graue Maus, mit der ich leichtes Spiel habe.

»Hätten Sie nicht Lust, dass wir uns mal irgendwo zum Essen treffen?« schlug er vor.

»Ich weiß nicht, wir kennen uns doch gar nicht«, wandte sie zögernd ein.

Bingo, dachte Alex. Wenn sie abgeneigt gewesen wäre, hätte sie sofort abgelehnt.

»Das können wir doch ändern.« Alex grinste. Er spürte, dass er sie schon an der Angel hatte.

»Darf ich Sie fragen, wie Sie mit Vornamen heißen?« schob er nach.

»Carola«, stotterte Frau Möller.

»Okay, Carola. Dann ist das abgemacht. Haben Sie heute Abend schon was vor?« Ohne eine Antwort abzuwarten schob er nach. »Ich kann Sie gegen 20 Uhr abholen. Wo wohnen Sie?«

Carola Möller war sichtlich überrumpelt. »Ich habe eine kleine Wohnung in Hamm.« Sie gab ihm die Adresse.

»Ich freue mich. Also ich heiße Alex, bis dann.«

»Ich dachte, Sie heißen Fred?« Sie stutzte. Oh, Mist, dachte Alex. Was für ein Patzer. Wie hatte er sich

noch mal gemeldet vorhin.
»Ja, heiße ich auch, aber alle meine Freunde nennen mich Alex.« Hatte sie das geschluckt. »Also bis um 20 Uhr. Ich freue mich!« Eilig beendete er das Telefonat. Das hatte ja prima funktioniert, aber mit welchem Namen hatte er sich bloß vorhin gemeldet? Man musste sich einfach besser vorbereiten. Aber die Idee mit dem Treffen war ihm einfach spontan gekommen. Sie hatte sich seinen Namen bestimmt gemerkt. Irgendwie würde er es schon herausbekommen. Zufrieden lehnte er sich in seinem Bürostuhl zurück und legte die Füße auf den Tisch. Momentan lief wirklich alles perfekt. Jetzt musste er sich nur erst mal überlegen, wie er an diesen rothaarigen Nerd herankommen konnte. Sollte er warten, wie sich die Dinge dort entwickelten oder lieber aktiv werden? Die Dinge laufen zu lassen, widerstrebte ihm eigentlich. Also musste er es doch in die Hand nehmen. Ihm würde schon etwas einfallen. Der nächste Schlag gegen Felix war vorbereitet.

Kapitel 27

Froh darüber, diesen zudringlichen Italiener abgeschüttelt zu haben, beschloss Johanna, sich erst einmal mit ihrer Lieblingsbeschäftigung abzulenken, Shopping. Sie schlenderte durch das Europa-Center und steuerte zielgerichtet auf ihre Lieblingsboutique zu. Hier würde sie schon etwas Nettes finden, um ihre ohnehin üppige Garderobe weiter aufzustocken. Felix verdiente genug, also konnte sie es sich leisten. Und da er ja derzeit auf dem Trip war, sich zu ändern, würde er keine Einwände erheben, wenn sie mal wieder mit vollen Taschen nach Hause käme. Sie probierte diverse Oberteile mit möglichst gewagten Ausschnitten. Zufrieden betrachtete sie sich im Spiegel. Kein Wunder, dass bei diesem Italiener die Hormone durchgegangen waren. Doch so zudringlich, wie er zum Schluss geworden war, hatte er alle Chancen auf ein weiteres Treffen verspielt. Sie war es gewohnt, die Regeln vorzugeben und dagegen hatte er verstoßen. Nachdem sie Felix´ Konto um einige hundert Euro erleichtert hatte, verließ sie den Laden. Plötzlich fiel ihr wieder der Anruf von Sarah ein. Was bildete die sich eigentlich ein und ihr in ihr Leben reinzureden? Was konnte Johanna dafür, dass ihre Freundin so eine graue Maus war? Vorne flach wie ein Brett, aber ständig mit Problemen, ihr Gewicht zu halten.

Okay, es war sicher nicht in Ordnung, so abfällig über ihre Freundin zu denken, aber sie schob es auf ihre Verärgerung über Sarahs Anruf. Andererseits wollte sie es sich mit ihr nicht verderben, schließlich kannten sie sich schon lange und wussten so viel über einander. Und so viele Freundinnen hatte Johanna nicht.

Sie stellte ihre Taschen ab und rief Sarah an.

»Hallo, Sarah, Süße. Tut mir leid wegen vorhin, aber ich war beschäftigt.« Sie war um einen besonders netten Ton bemüht.

»Hast Du Dich von Deinem Gigolo gelöst?« Sarah konnte sich diese bissige Frage nicht verkneifen. Johanna beschloss, sich von Sarahs schlechter Laune nicht anstecken zu lassen.

»Ja, war ganz nett«, log sie. »Was wolltest Du denn?« Sollte Sarah von ihr ruhig denken, was sie wollte. Bestimmt hätte sie auch gern ein Date mit dem Italiener gehabt.

»Eigentlich wollte ich mich mit Dir treffen und über unsere Männer reden«, erwiderte Sarah, immer noch mit verärgerter Stimme.

»Dann lass uns das doch machen. Ich bin gerade im Europa-Center. Komm einfach vorbei, und wir trinken einen Kaffee.« Johanna war auf Versöhnung aus.

»Okay«, lenkte Sarah ein. »Ich bin in einer halben Stunde da.«

Eine halbe Stunde, dachte Johanna. Da könnte ich noch mal ein paar Schuhe ausprobieren. Sie steuerte auf das nächste Schuhgeschäft zu. Felix´ Kreditkarte gab sicher noch ein wenig her.

Kapitel 28

Nach einem langen Gespräch mit seinem zweiten Programmierer war Felix klar, dass er ein ernstes Problem hatte. Ein weiteres ernstes Problem. Charly, sein zweiter Mann, hatte ihm deutlich zu verstehen gegeben, dass er Rainers Job nicht übernehmen konnte. Leider hatte Rainer alles in Eigenregie programmiert, nichts dokumentiert und schon gar nicht irgendetwas an Charly weitergegeben.
»Meine Programme dokumentieren sich von selbst«, hatte Rainer stolz verkündet.
Ohne Rainers Input sah der sich nicht imstande, an dem Projekt weiterzuarbeiten.
Laut fluchend war Felix wieder in sein Büro gegangen, nicht ohne vorher seine Sekretärin anzuschnauzen, die mit verklärtem Blick vor ihrem Bildschirm saß.
»Ich bezahl Sie nicht dafür, dass Sie hier vor dem Bildschirm träumen«, blaffte er sie an.
Was war nur mit der Frau los, die war doch sonst so fleißig. Kopfschüttelnd ging er in sein Büro. Was sollte er bloß tun? Es war wie verhext. Wenn er nur wüsste, wie es Rainer ging und ob er mit einer baldigen Rückkehr rechnen konnte. Es blieb ihm nichts übrig. Er musste schnellstmöglich einen Ersatz suchen und notfalls mussten sie noch einmal von vorn anfangen. Wie er das allerdings seinem

Auftraggeber vermitteln sollte, war ihm schleierhaft. Dass Rainer aber auch so ein verschlossener Nerd war, der nichts hinterlassen, niemandem auch nur eine klitzekleine Information gegeben hatte, war unverantwortlich. Er, Felix, hätte das niemals erlauben dürfen, er hätte sich mehr kümmern müssen. Er musste es sich eingestehen. Die nächste Katastrophe stand unmittelbar bevor.

Er ging zu seinem Schreibtisch. Da lag die nächste Ausschreibung, die er beantworten musste, schon längst hätte beantworten müssen. Doch ihm war einfach zu viel dazwischengekommen. Wann war Einsendefrist? Er blickte auf das Schreiben, dann auf den Kalender. Schon in zwei Tagen. Wie sollte er das nur schaffen? Er vergrub das Gesicht in den Händen. Nach einiger Zeit griff er sich die Ausschreibungsunterlagen. Mühsam versuchte er zu verstehen, was gefordert war. Nur langsam konnte er sich auf den Text konzentrieren. Ich muss diesen Auftrag bekommen, sagte er zu sich selbst. Zunächst machte er sich Notizen. Schließlich berührte er seine Computer-Maus, um den Bildschirmschoner zu beenden. Die Internet-Seite von Sabrina erschien.

Ach ja, da war ja was. Er schaute auf seine Uhr. 15 Uhr. Okay, knappe eineinhalb Stunden hatte er noch Zeit, bevor er dann zu Sabrina aufbrechen musste. Er öffnete sein Wordprogramm und begann zu schreiben. Dieser Treffer musste sitzen. Und wehe

Alex würde ihm wieder dazwischenkommen. Dieses Mal nicht, mein Feind. Verbissen hämmerte er auf seine Tastatur.

Kapitel 29

Pünktlich dreißig Minuten später traf Sarah im Europa-Center ein. Johanna begrüßte sie als wäre nichts gewesen. Küsschen links, Küsschen rechts.
»Schön, Dich zu sehen«, begrüßte sie ihre Freundin, die immer noch eher distanziert war.
»Na, konntest Du Dich von Deinem Date lösen?« Sarah war also immer noch sauer, aber Johanna ließ sich nicht provozieren.
»Themenwechsel. Was hat Dein Mann gesagt?« Sie wollte Sarah gern im Ungewissen lassen, wie es mit Alessandro gelaufen war. Schließlich war das ja wohl ihre Privatangelegenheit.
»Ein totaler Reinfall, aber lass uns erst mal irgendwo hinsetzen.« Sie betraten ein Kaffee und ließen sich an einem der Bistrotische nieder. Johanna verstaute ihre Einkäufe neben sich.
»Sag mal, wie viele Klamotten kaufst Du Dir eigentlich?« Sarah nahm erst jetzt den Berg an Tüten wahr, den ihre Freundin dabeihatte.
»Man kann ja nie genug Auswahl haben«, antwortete sie und lächelte. Sie bestellten einen Cappuccino

und Sarah begann, vom gestrigen Abend zu berichten. Johanna biss sich auf die Lippe. Da würde ihr Gatte ja wieder kräftig auf Zinne sein. Von seinen guten Vorsätzen würde sicher nicht mehr viel übrig bleiben. Hoffentlich griff er nicht wieder zur Flasche.

»Und nun?« fragte Johanna als ihre Freundin zu Ende berichtet hatte.

»Ich weiß es echt nicht. Ich hatte wirklich gedacht, dass Alex jetzt besser drauf ist, als ich gestern nach Hause kam. Er sah so zufrieden aus, dass ich dachte, er wäre in versöhnlicher Stimmung. Aber dann lag es nur daran, dass er Felix wieder bei einem Kunden ausgestochen hatte.« Sie ließ die Schultern hängen. »Es ist hoffnungslos. Ich weiß einfach nicht mehr weiter.«

»Ich denke, momentan müssen wir wohl eher versuchen, dafür zu sorgen, dass sich die beiden nicht mehr in die Quere kommen.«

»Aber wie? Bei jedem Geschäft kreuzen sie die Klingen.« Beide sahen nachdenklich vor sich hin.

»Übrigens«, ergänzte Sarah vorsichtig. Johanna sah sie auffordernd an.

»Was?« fragte sie in der Erwartung, dass es noch mal einen Nachsatz zu ihrem amourösen Abenteuer geben würde.

»Mit der Geschichte in der Sauna.« Sarah holte tief Luft. »Ich glaube, Du tust Deinem Mann da etwas unrecht. Alex hat ihn vorher ganz schön provoziert.«

»Echt?« Johanna war erstaunt. »Vielleicht. Aber das ist doch kein Grund, gleich auf ihn loszugehen.«
»Naja, wie soll ich es ausdrücken. Alex kann manchmal auch ganz gut schauspielern.«
Nahm Sarah gerade Johannas Mann in Schutz und fiel ihrem eigenen in den Rücken? Was sollte das denn? Tat Felix ihr etwa leid? Ein Unschuldslamm war Alex sicher nicht, allerdings. Sie brachte den Gedanken nicht zu Ende
»Okay, vielen Dank für die Information. Dann lass uns mal überlegen, wie wir weitere Eskalationen verhindern können.« Sie diskutieren und dachten nach, aber so richtig wollte ihnen keine Lösung einfallen. Sie verabredeten lediglich, vermehrt ein Auge auf ihre jeweiligen Ehemänner zu haben.

Kapitel 30

Es war genau 16.25 Uhr als Felix sein Dokument abspeicherte. Nach gewissen Anlaufschwierigkeiten war er ganz gut in die Thematik hineingekommen und hatte einen nach seiner eigenen Einschätzung guten Ansatz gefunden. Er nahm sich vor, am nächsten Tag an dem Schreiben zu feilen, eine Aufwands- und Kostenschätzung zu machen und war sich sicher, ein passables Angebot präsentieren zu können.

Nun aber war es Zeit, sich auf den Weg zu Sabrina zu machen. Er ging noch schnell zu dem Waschbecken, das sich in seinem Büro befand, wusch sich, sprühte sich mit Deodorant ein und putzte sich die Zähne. Als wenn ich zu einem Rendezvous gehe, dachte er. Dann rief er ein Taxi und ließ sich zu der von Sabrina angegebenen Adresse fahren. Er war erstaunt, dass es ein gewöhnliches Wohnhaus war, vor dem ihn das Taxi absetzte. Eigentlich hatte er eher etwas Auffälligeres, vielleicht sogar ein Etablissement erwartet. Stattdessen stand er hier vor einem alten Backsteingebäude, in dem er eher mit älteren Leuten rechnete als mit einer jungen Frau wie Sabrina. Zumindest hatte ihre Stimme jung geklungen und Felix hatte versucht, sich ein Bild von ihr zu machen. Brünette Haare, stämmige Figur, etwas zu viel Oberweite. So in etwa. Schüchtern blickte er auf die Klingelschilder. Ganz unten erblickte er den Namen S. Köster. Konnte das Sabrina sein? Er hatte ganz vergessen zu fragen, wo er klingeln sollte. Kurzentschlossen betätigte er die Klingel. Kurz darauf meldete sich eine Stimme, die aber wegen der knarzenden Übertragung nicht zu deuten war.

»Ähm, ich wollte zu einer Sabrina. Bin ich da richtig?« Felix kam sich wie ein kleiner Schuljunge vor.

»Ja, Süßer, hier bist Du richtig«, knarzte es aus dem

Lautsprecher und der Summer des Türöffners wurde betätigt. Zögernd betrat Felix das Haus. Es ging eine halbe Treppe nach oben und in der linken Tür erwartete ihn eine Frau. Da es ziemlich dunkel war, konnte er sie noch nicht wirklich erkennen. Erst als er die Wohnung betrat, sie die Tür hinter ihm schloss, hatte er Zeit, sie zu betrachten und mit dem Bild zu vergleichen, das er im Kopf hatte.

Er staunte nicht schlecht. Sabrina entsprach so gar nicht dem Bild, das er sich von ihr gemacht hatte. Lange, blonde Haare, ein ebenmäßiges Gesicht, eine schlanke Figur und keine riesige Oberweite. Felix konnte den Blick gar nicht von ihr lassen und sah ziemlich überwältigt aus. Als sie ihn anlächelte, wirkte sie überaus sympathisch. Sabrina bemerkte seinen erstaunten und gleichzeitig bewundernden Blick und musste schmunzeln.

»Du hattest etwas Anderes erwartet, oder?« Auch jetzt blieb sie bei dem Du, was Felix nicht unangenehm fand. Er konnte zur Antwort nur nicken, kam sich selbst ziemlich hölzern vor.

»Ja, das kenne ich.« Sabrina lachte. »Manche erwarten eine Sexbombe oder einen männerverschlingenden Vamp.« Sie deutete auf einen Sessel, nahm selbst auf einem Stuhl ihm gegenüber Platz.

»Aber in meinem Beruf wäre das eher kontraproduktiv. Und dass ich kein Bild von mir ins

Internet stelle, versteht sich bei meinem Job von selbst.« Felix nickte. Nach wie vor war er von dem Anblick dieser Schönheit so überrascht, dass er ganz vergessen hatte, weswegen er gekommen war.

»Möchtest Du etwas trinken?« Sabrina war bemüht, seine Verlegenheit aufzubrechen und ihm Gelegenheit zu geben, sich zu fangen. Felix nickte.

»Ja, Whis.., äh ich meine Wasser wäre gut«, stotterte er. Sabrina stand auf und ging in die Küche. Felix sah ihr nach, konnte den Blick gar nicht von ihr lösen.

»Hier, bitte!« Sie reichte ihm das Glas, das er leicht zitternd nahm.

»Also Felix, kommen wir zum Geschäft. Was kann ich für Dich tun?«

Felix trank sein Glas in einem Zug leer. Plötzlich war ihm heiß. »Kann ich vielleicht mein Jackett ablegen?« Krächzte er. Es war eine Schnapsidee, hierher zu kommen. Am liebsten wäre er wieder gegangen, obwohl ihn der Anblick dieser jungen Frau unglaublich faszinierte.

»Ja, gern. Mach es Dir ruhig bequem.« Sie stand auf und half ihm, sich seines Jacketts zu entledigen. Als sie ihn dabei berührte, lief ihm ein Schauer über den Rücken. Er lockerte seine Krawatte, um besser Luft zu bekommen.

»Also Felix, dann lass es mal raus«, forderte sie ihn geduldig auf. Felix schluckte noch einmal und begann zu erzählen, weswegen er gekommen war.

Kapitel 31

Johanna betrat die Firma ihres Mannes und ging zielstrebig auf sein Büro zu. Die Sekretärin nahm sie nur im Vorbeigehen wahr, während diese ihr erstaunt nachblickte.
Was wollte denn die Frau des Chefs hier, die tauchte doch nur alle Jubeljahre mal auf, dachte die Sekretärin.
Johanna betrat das Büro, um ihren Mann zu begrüßen, aber er war nicht da. Fragend verließ sie das Büro und baute sich vor der Sekretärin auf.
»Ist mein Mann nicht da?«
»Guten Tag, Frau Burmeister«, antwortete Frau Möller. »Nein, er hat das Büro vor ca. einer halben Stunde verlassen.« Carola Möller versuchte, höflich zu sein, auch wenn die Frau des Chefs es nicht einmal für nötig befunden hatte, sie zu grüßen.
»Wissen Sie, wo er hingegangen ist, Frau ...«. Sie stutzte.
»Möller«, antwortete diese. Also wusste sie nicht einmal ihren Namen. »Nein, tut mir leid. Ihr Gatte hat das Haus verlassen, anscheinend zu einem Auswärtstermin, aber er hat keine Nachricht hinterlassen.«
Und anscheinend auch nicht damit gerechnet, dass

seine Frau sich dafür interessieren würde, fügte sie in Gedanken hinzu. Oft hatte sie Frau Burmeister bisher nicht gesehen, aber ihre Abneigung gegen diese hochnäsige Pute wuchs von Mal zu Mal.
»Aha, nun gut«, antwortete diese und rauschte grußlos hinaus.
Manieren sind das, dachte die Sekretärin und schüttelte den Kopf. Aber komisch war es schon, dass der Chef gegangen war, ohne ihr zu sagen, wohin. Das war sonst nicht seine Art.
Sie nahm ihren kleinen Taschenspiegel und betrachtete sich noch einmal. Ich werde bald in den Feierabend gehen und mich zuhause noch ein wenig hübsch machen, dachte sie. Bei dem Gedanken an ihre Verabredung spürte sie ein leichtes Kribbeln. Hoffentlich war dieser Fred oder Alex nicht enttäuscht, wenn er sie sah. Eigentlich fand sie sich selbst nicht unbedingt hübsch, aber wer weiß, vielleicht legte er ja auf andere Dinge wert.
Sie fuhr nach Hause, nahm ein Bad, rasierte ihre Beine, putzte ihre Zähne, legte ein nach ihrer Einschätzung dezentes Makeup auf und stand dann ratlos vor ihrem Kleiderschrank. Was wäre angemessen für diesen Abend? Worauf stand dieser Alex wohl? Zumindest ihre Beine konnten sich sehen lassen. Also entschied sie sich für einen knappen Rock. Dazu wählte sie eine hellblaue Bluse und ein buntes Tuch. Vor Aufregung beschloss sie, sich ein

kleines Glas Sekt zu gönnen. Anschließend putzte sie noch einmal die Zähne und blickte dann auf die Uhr. 19.30 Uhr. Noch eine halbe Stunde. Ungeduldig wartete sie, dass der Mann bei ihr klingeln würde.

Kapitel 32

Als Sarah nach Hause kam, stand ihr Mann gerade unter der Dusche. Sie rief kurz ins Bad, dass sie jetzt zuhause sei und ging dann in die Küche, um sich einen Tee zu kochen. Einen Augenblick später kam Alex nur mit einem Handtuch um die Hüften aus dem Bad und gab ihr einen flüchtigen Kuss.
»Willst Du heute Abend ins Fitness oder wollen wir zuhause einen Film anschauen?« Sarah hatte wie Johanna beschlossen, bei ihrem Mann nahe dran zu bleiben.
»Tut mir leid, mein Schatz, aber ich habe heute noch eine wichtige Verabredung.« Er nahm das Handtuch und rubbelte sich die Haare damit ab. Wie locker er hier nackt durch die Wohnung laufen kann, dachte Sarah.
»Eine Verabredung, mit wem denn?«
»Was Geschäftliches«, antwortete Alex unverbindlich.
»Ein neuer Kunde?« hakte sie nach.
»So was Ähnliches.« Er ließ sich nichts entlocken,

was die Neugier seiner Frau anstachelte. Was hat er vor? grübelte sie.

»Schade. Na, dann wünsche ich Dir viel Erfolg.« Das klang selbst in ihren Ohren unehrlich. Sollte sie sich an seine Fersen heften? Aber das wäre natürlich ein Vertrauensbruch. Andererseits, wenn er die nächste Gemeinheit gegen Felix aushecke, wollte sie versuchen, das zu verhindern.

»Und was machst Du heute Abend?« Alex hatte mittlerweile zumindest einen Slip an und kämmte sein dichtes Haar.

»Ach, vielleicht mache ich es mir hier zu Hause gemütlich. Oder kannst Du mich bei Deiner Verabredung gebrauchen?«

Alex zuckte mit den Schultern. »Nein, ich glaube, das kriege ich allein hin.« Er ging wieder ins Bad. Sarah hätte zu gern gewusst, was er heute vorhatte, traute sich aber nicht, weiter nachzuhaken. Doch irgendwie tat er etwas geheimnisvoll.

Alex stand im Bad vor dem Spiegel und rasierte sich. Warum fragte Sarah so intensiv nach, mit wem er sich heute Abend treffen würde? Sie interessierte sich doch sonst nicht dafür. Sie würde ihm am Ende doch nicht etwa hinterherschnüffeln? Das konnte er nun heute auf keinen Fall gebrauchen. Sie könnte das nur missverstehen. Er musste auf Nummer sicher gehen. Aus dem Toiletten-Schrank nahm er eine Schlaftablette und verbarg sie in der Hand. Halb angezogen ging er in die Küche, in der Sarah immer noch stand und ihren Tee trank. Er nahm ihr die Tasse aus der Hand und umarmte sie mit beiden Armen, um sie zu küssen. Hinter ihrem Rücken ließ er die Tablette in die Teetasse fallen. Er löste sich von ihr, lächelte sie an und gab ihr die Tasse zurück. Lächelnd sagte er: »Ich hätte den Abend viel lieber mit Dir verbracht«, log er, »aber das ist wirklich ein wichtiger Termin«. Sarah versuchte zu lächeln, aber ihre Zweifel blieben. Innerlich rang sie immer noch mit sich, ob sie ihm nicht doch folgen sollte.

Alex ging ins Schlafzimmer, um sich fertig anzuziehen. Da er ja etwas von einem Geschäftstreffen erzählt hatte, musste er sich natürlich entsprechend seriös anziehen.

Inzwischen hatte Sarah ihren Tee ausgetrunken. Doch, es ließ ihr keine Ruhe. Sie würde ihm nachfahren, wenn er sich auf den Weg machte. Aber der Tee hatte etwas merkwürdig geschmeckt und sie spürte eine leichte Müdigkeit aufkommen. Das lag bestimmt an dem frühen Anruf von Johanna. Sie legte sich aufs Sofa, um einen Augenblick die Augen zuzumachen.

Als Alex sich von ihr verabschieden wollte, fand er seine Frau in tiefem Schlaf im Wohnzimmer. Er grinste. Falls Du heute Abend etwas vorhattest, musst Du das wohl verschieben, mein Schatz. Er zog die Haustür hinter sich zu, stieg in seinen Wagen und

fuhr zu seiner Verabredung.
Mal schauen, was das für eine graue Maus ist, dachte er. Dem Erfolgreichen steht alles offen. Überschwänglich drehte er das Radio auf, kurbelte sein Seitenfenster herunter und genoss die Fahrt.
Felix, Du wirst Dich noch wundern, dachte er. Und das ist erst der Anfang dessen, was Du noch erdulden musst. Erst die Firma, dann die Sekretärin und dann Deine Prinzessin. Am Ende wirst Du nichts mehr haben. Mit diesem Gedanken hielt er vor dem Haus von Carola Möller. Er stieg aus, ging zur Haustür und klingelte.

Kapitel 33

Allmählich hatte Felix seine Fassung wiedergefunden und war nun in der Lage, sein Anliegen vorzutragen.
»Ein ehemaliger Freund von mir hat sich mittlerweile als ganz mieser Charakter herausgestellt. Geschäftlich und privat haben wir nur noch Stress, aber mir tut seine Frau einfach leid.« Felix wusste, dass er ziemlich an der Wahrheit vorbei argumentierte, aber er wollte seine wahren Beweggründe nicht offenlegen.
»Ich gehe davon aus, dass er seine Frau betrügt, aber die will das nicht glauben. So bin ich jetzt auf

Sie als Treuetesterin gekommen.«

Sabrina nickte. »Okay, Du möchtest also, dass ich mich an den Mann heranmache und abchecke, ob er für ein Abenteuer zu haben ist!«

»Genau!« Felix schluckte. »Ich weiß jetzt nicht, wie weit Sie in Ihrem Job gehen«, er schluckte, bevor er weitersprach. »Aber was ich brauche, sind kompromittierende Fakten, irgendwas, mit dem ich seiner Frau die Augen öffnen kann.«

»Du meinst, ob ich auch mit ihm ins Bett gehe?« Sabrina musste schmunzeln. Felix nickte.

»Also ich bin keine Nutte, wenn Du das meinst«, sagte sie und zum ersten Mal sah sie ihn ernst an. Merkwürdigerweise beruhigte Felix das ein wenig. Die Frau war ihm sympathisch und der Gedanke, dass sie für Geld mit fremden Männern ins Bett gehen würde, war ihm unangenehm.

»Was möchtest Du als Beleg haben? Fotos? Videos?« Ihr Ton wurde zunehmend geschäftlicher.

»Was ist denn so üblich?« fragte Felix. »Fotos?«

»Das ist möglich, Videos sind etwas teurer. Auf jeden Fall muss Robert, mein Fotograf mit eingebunden werden.«

»Robert?« Felix runzelte die Stirn.

»Robert!« rief Sabrina. Ein junger Mann betrat den Raum. Felix musterte ihn. Der Mann sah beinahe wie ein Schuljunge aus. Halblange, leicht zottelige Haare, relativ schmächtig. Insgesamt eine unauffällige Erscheinung.

»Das ist Robert«, stellte Sabrina ihn vor. »Er hält sich dezent im Hintergrund und schießt Fotos, die dann den jeweiligen Frauen oder Männern vorgelegt werden können.«

Felix nickte. »Ich verstehe! Können wir dann über Zeit und Kosten sprechen?«

Sie wurden sich schnell einig. Das Geld war es ihm allemal wert, wenn er Alex damit einen kleinen Schlag verpassen konnte. Wenn Sarah die Untreue ihres Mannes mitbekäme, würde sie ihn sicher verlassen. Niederlagen aber konnte Alex nicht akzeptieren und dann würde er Fehler machen, da war sich Felix sicher.

Er gab noch Details zu Alex weiter, überließ ihr aber, wie und wann sie sich an ihn ranmachen würde.

Bevor er sich verabschiedete, betrachtete er Sabrina noch mal intensiv. Dieser Frau konnte Alex mit Sicherheit nicht widerstehen. Wenn er ehrlich war, ging es ihm genauso. Nicht nur, dass sie ausnehmend hübsch war. Sie hatte insgesamt einfach Stil und war ihm vom ersten Moment an sympathisch. Wie hatte sie nur einen solchen Job wählen können? Nun gut, für seine Belange war sie natürlich genau die Richtige. Beim Abschied hätte er ihr am liebsten einen Kuss auf die Wange gegeben, beließ es dann aber bei einem Händedruck. Sie packte kräftig zu, was er ebenfalls angenehm fand.

Draußen blieb er noch eine Weile nachdenklich stehen, ehe er sich ein Taxi rief, um nach Hause zu fahren.

Kapitel 34

Alex hatte kaum den Finger auf der Klingel gehabt, als auch schon der Türsummer betätigt wurde. Anscheinend hatte Carola Möller schon am Fenster gestanden, als er eingeparkt hatte. Er stieg die Treppe hoch zu ihrer Wohnung, wo sie ihn schon an der Wohnungstür empfing. Alex nahm sich kurz Zeit, sie zu mustern. Am auffälligsten und schönsten waren ihre Beine. Sie trug einen äußerst knappen Rock, der den Blick auf ihre langen, schlanken Beine ermöglichte. Er ließ seine Augen hochwandern. Die Figur war auch gar nicht so übel, stellte er fest. Schließlich sah er ihr ins Gesicht und musste feststellen, dass dies mit dem sonst doch sehr ansehnlichen Körper nicht mithalten konnte. Er sortierte sie eher in der Kategorie »graue Maus« ein. Die Nase war etwas zu groß geraten, die Wangenknochen standen vor, die Augen wirkten eher leblos, was sie durch etwas zu viel Makeup zu kaschieren versuchte. Und ihr Mund wirkte eher hart, was auf viele Enttäuschungen schließen ließ.

Alex erinnerte sich, weshalb er gekommen war und zauberte ein strahlendes Lächeln auf sein Gesicht.

»Hallo, da hat die Stimme ja nicht zu viel versprochen, Carola. Ich darf Sie doch Carola nennen, oder?«

Die Sekretärin war sichtlich verlegen, aber andererseits durch sein Strahlen hoffnungsvoll, dass es ein netter Abend werden könnte.

»Wollen Sie nicht hereinkommen, Herr Paulsen?« Sie trat einen Schritt beiseite und ließ ihn herein.

Ach ja, Paulsen hatte ich mich genannt. Alex war froh, dass sich das so schnell geklärt hatte. Er betrat ihre kleine Wohnung, die einen sehr gemütlichen Eindruck machte. Die Frau hatte Geschmack, zumindest was ihre Wohnungseinrichtung anbelangte.

»Wollen Sie sich nicht setzen und vielleicht etwas trinken, Herr Paulsen?« Sie wirkte immer noch sehr unsicher.

Alex ließ sich auf das Zweier-Sofa fallen. »Alex, nennen Sie mich doch Alex. Das andere klingt so förmlich.« Wieder strahlte er sie an, was sie sichtbar zum Schmelzen brachte.

»Was möchten Sie denn haben? Ein Bier vielleicht, ich habe etwas besorgt«, fügte sie hinzu.

»Carola, haben Sie vielleicht Sekt? Zur Feier des Tages sozusagen?«

Mist, daran hatte sie nicht gedacht. Sie schüttelte bedauernd den Kopf.

»Ach, macht nichts, Carola. Wir können uns ja auch gleich auf den Weg in ein nettes Restaurant machen.« Alex stand auf und nahm sie bei der Hand. Sie hatte das Gefühl, einen Stromstoß zu bekommen. Wann hatte sie das letzte Mal ein Mann so berührt? Das war schon Jahre her. Und solch ein attraktiver Mann wie dieser Herr Paulsen schon gar nicht.

Sie gingen zur Tür, wobei Alex seinen Arm um ihre Schulter legte. Carola konnte nur mit Mühe die Augen offenhalten, ihr wurde leicht schwindelig. Das Ganze war für sie wie ein Traum.

Sie fuhren in ein teures Restaurant im Hafen und aßen jeder ein Fischmenü. Zunächst plauderten sie unverbindlich, wobei Alex darauf achtete, ihr Glas mit Rotwein immer wieder nachzufüllen. Carola Möller hatte mittlerweile schon ein ziemlich gerötetes Gesicht und einen leichten Schwips. Nach dem Essen schlug Alex vor, sie nach Hause zu bringen, um dort noch einen Absacker zu sich zu nehmen. Sie stimmte gerne zu. Ihretwegen hätte der Abend endlos sein können.

Sie betraten Carolas Wohnung. Sie schwankte leicht, fühlte sich aber einfach herrlich. Alex zog sein Jackett aus und beide nahmen auf dem Sofa statt.

»Das war ein schöner Abend mit Ihnen, Herr

Paulsen.« Sie war in leutseliger Stimmung.

»Willst Du nicht Alex zu mir sagen?« Es wurde langsam Zeit, Nägel mit Köpfen zu machen. Er legte seinen Arm um sie. Nur zu gern ließ sie sich in seine Arme fallen.

»Meinen Sie wirklich?« Sie konnte es kaum glauben. Alex gab ihr einen zärtlichen Kuss. »Alex und Du, schaffst Du das?« Ihr wurde leicht schwindelig.

»Ja«, hauchte sie. Ihr Herz klopfte. Das Herzklopfen steigerte sich, als Alex begann, ihre Bluse aufzuknöpfen. Dabei knabberte er an ihrem Ohr, was sie kaum ertragen konnte. Als er ihr die Bluse und den BH auszog, war es um sie geschehen.

Eine halbe Stunde später lagen sie nebeneinander in ihrem Bett. Carola hoffte, dass er endlich mit ihr schlafen würde, aber Alex verfolgte ganz andere Ziele.

»Erzähl mir doch von Deiner Arbeit. Was macht Ihr so?« Nun kam er zu dem eigentlichen Zweck seines Treffens.

Carola fühlte sich im siebten Himmel. Noch voller Glückshormonen merkte sie nicht, dass Alex sie nach Strich und Faden aushorchte und sie alle möglichen Geschäftsgeheimnisse ausplauderte.

Nachdem sie noch den Absacker getrunken hatten, wobei Alex seinen allerdings in einer Blumenvase entsorgt hatte, konnte sie die Augen nach so viel Alkohol nicht mehr wachhalten und war fest eingeschlafen.

Alex war sehr zufrieden. Zwar war er kein Kostverächter, aber mit dieser grauen Maus zu schlafen, hätte ihn doch sehr viel Überwindung gekostet. Er stieg vorsichtig aus dem Bett, zog sich an und verließ lautlos die Wohnung. Zum Glück wusste sie weder seinen Namen, noch wo er wohnte. Es bestand also kaum die Gefahr, sie noch einmal wiederzutreffen.

Zufrieden parkte er seinen Wagen in der Garage und schloss die Haustür auf. Sarah lag immer noch in tiefem Schlaf. Er horchte auf ihre Atemzüge und war beruhigt, dass sie so friedlich dalag. Er duschte lang und heiß, um den Geruch dieser grauen Maus abzubekommen. Anschließend legte er sich ins Bett und schlief zufrieden ein. Morgen würde er überlegen, was er mit den Informationen von Frau Möller anfangen könnte.

Kapitel 35

Als Felix nach seinem Besuch bei Sabrina zuhause ankam, war niemand da. Bestimmt war seine Gattin wieder unterwegs. Wofür sie diese ganzen Klamotten nur immer brauchte? Ihr Schrank war voll, so viele Sachen konnte man doch gar nicht tragen. Bei seiner derzeitigen Auftragslage musste er sie wohl in der nächsten Zeit ein wenig bremsen. Da würde der Ärger wieder vorprogrammiert sein.

Eigentlich wäre der Zeitpunkt gekommen, wo sie auch mal Geld verdienen und nicht nur ausgeben sollte. Aber Johanna und arbeiten, das konnte er sich irgendwie nicht vorstellen. Wenn sie doch zumindest hinter ihm stehen würde. Er musste wieder an das Gespräch mit dem Pastor denken. Das kam ihm schon so ewig lange her vor. Ob er sich noch mal mit ihm treffen sollte? Dann fiel ihm ein, was er gerade durch seinen Besuch bei Sabrina in Gang gesetzt hatte. Das würde der Pastor bestimmt nicht gutheißen.

Solche Skrupel kannte Alex sicher nicht. Und um nicht völlig am Boden zu liegen, musste er eben selbst zu Maßnahmen greifen.

Felix ging zur Hausbar, um sich einen Drink einzugießen. Er stutzte. Die Bar war leer. Aber er wollte ja auch mit dem Trinken aufhören. Vermutlich hatte Johanna sicherheitshalber die Flaschen versteckt. Das war auch besser so.

Er holte sich ein Glas, eine Flasche Mineralwasser und setzte sich aufs Sofa. Langsam kam doch die Müdigkeit durch und er sackte auf dem Sofa zusammen. Fünf Minuten später war er fest eingeschlafen.

Einige Zeit später kam Johanna nach Hause und fand ihren Mann schnarchend im Wohnzimmer. Sie schnüffelte, aber es war kein Alkoholgeruch wahrnehmbar. Sollte er es tatsächlich geschafft haben, einen Tag ohne durchzuhalten? Sie setzte sich in den Sessel und betrachtete ihn. Tausend Gedanken gingen ihr durch den Kopf.

War es tatsächlich so, dass nicht nur er der Böse war, sondern dass auch Alex Mitschuld trug, indem dieser ihn provoziert hatte? Gab es nicht doch noch eine Chance, diese Dauerfehde zu beenden? Wohin war Felix heute Nachmittag verschwunden? Warum wusste seine Sekretärin nichts über den Termin?

Dann fiel ihr wieder das Treffen mit Alessandro ein. Warum hatte sie sich darauf eingelassen? Wonach suchte sie? Und was empfand sie wirklich für Felix? Liebte er sie? Liebte sie ihn?

Je mehr sie darüber nachdachte, desto mehr zweifelte sie, ob sie überhaupt jemanden lieben konnte. Schon als Kind wurde sie von ihren Eltern auf Händen getragen und verwöhnt. Ihren Vater konnte sie um den Finger wickeln und alles haben, was sie sich wünschte. Mangel hatte sie nie gelitten, auch wenn ihre Eltern nicht gerade vermögend, sondern eher sparsam waren. Hatte sie ihre Eltern geliebt? So lange die taten, was sie wollte, sicher. Johanna erschrak ein wenig bei dem Gedanken. Was war mit ihr los, dass sie plötzlich so ehrlich zu sich selbst war?

Felix grunzte und bewegte sich auf dem Sofa, ohne

wach zu werden. Er bräuchte sie, hatte er gesagt. Was hatte er damit gemeint? Sie war doch da, wenn er Treffen hatte, bei denen sie dabei sein sollte. Da hatte sie sich doch nie entzogen. Was sollte sie tun? Sie würden wirklich noch einmal miteinander reden müssen. Anscheinend lief es bei ihm momentan nicht wirklich gut, so dass ihr Lebensstil unter Umständen in Gefahr war. Das durfte auf keinen Fall passieren. Vielleicht müsste sie eine Weile etwas kürzertreten.

Sie stand auf, um ihre Einkäufe wegzuräumen. Felix lag weiterhin in tiefem Schlummer. Sie würde ihn noch eine Stunde schlafen lassen und dann wecken. Es interessierte sie doch zu sehr, wo er nachmittags gewesen war. Und dann würde sie nach seinen weiteren Plänen fragen.

Im Schlafzimmerschrank war wenig Platz. Sie schob Felix Anzüge zur Seite, um ihre neuen Sachen hineinzubekommen. Vermutlich war wohl doch ein zusätzlicher Schrank nötig. Aber da Felix zugenommen hatte, würden ihm ja einige seiner Anzüge nicht mehr passen. Die könnten ja erst mal in eine Kiste ausgelagert werden, bis er sie wieder tragen konnte. Gleich morgen würde sie sich darum kümmern.

Kapitel 36

Nur mit großer Mühe kam Sarah wieder zu Bewusstsein. Eigentlich hatte sie sich nur kurz hinlegen wollen, weil sie plötzlich eine bleierne Müdigkeit verspürt hatte. Aber dann musste sie fest eingeschlafen sein und jetzt war es stockdunkel. Sie richtete sich langsam auf und warf einen Blick auf die Uhr. 4.40 Uhr zeigte ihre Armbanduhr. Sie fühlte sich wie gerädert. Was war nur los mit ihr?

Eigentlich hatte sie ja Alexander verfolgen wollen, aber daraus war leider nichts geworden. Sie tappte vorsichtig ins Schlafzimmer. Da lag er in tiefem Schlaf. Sein Anzug hing sauber über dem Herrendiener. Einem plötzlichen Impuls folgend schnupperte sie daran. Ein dezentes Parfum war noch zu erkennen. Anscheinend hatte er sich mit einer Frau getroffen, denn der Duft war in jedem Fall weiblich. Er hatte doch etwas von einem Geschäftstreffen gesagt. War seine Geschäftspartnerin ihm so nahe gekommen, dass er nach ihrem Parfum duftete? Nicht zum ersten Mal befürchtete Sarah, dass ihr Mann sie betrügen würde.

Sollte sie ihn darauf ansprechen? Irgendwie wollte sie es einerseits wissen, andererseits hatte sie Angst davor, dass sich ihr Verdacht bestätigen würde.

Vorsichtig zog sie ihre Sachen aus, schlüpfte in ein kurzes Nachthemd und stieg vorsichtig zu ihm ins Bett. Alex gab einen kurzen Ton von sich, drehte sich dann zu ihr und legte noch im Schlaf den Arm um sie. Hoffentlich stimmt mein Verdacht nicht, dachte Sarah. Zwar ist mir mein Mann manchmal unheimlich, aber ich liebe ihn und will ihn nicht verlieren. Mit diesen Gedanken fiel sie in einen leichten Schlummer, immer noch auf eigenartige Weise etwas benebelt.

Kapitel 37

Es war schon hell als Carola Möller aus ihrem Schlaf erwachte. Immer noch hatte sie ein wohliges Gefühl, wenn sie an den gestrigen Abend und die Nacht mit diesem Mann dachte. Bevor sie die Augen öffnete, tastete sie nach der Seite, aber ihr Griff ging ins Leere.
Oh, Alex ist schon aufgestanden, dachte sie. Wo er wohl ist? Sie schälte sich aus dem Bett und ging in ihr kleines Wohnzimmer. Da war er auch nicht. Sie ging ins Bad und erst jetzt bemerkte sie, dass sie gar nichts anhatte. Eilig zog sie einen Bademantel über und ging in die Küche. Anscheinend war er schon gegangen. Sie suchte überall, ob er ihr einen Gruß oder etwas Anderes hinterlassen hatte. Aber da war nichts. Erst jetzt fiel ihr auf, dass sie außer seinem Namen nichts von ihm hatte. Keine Telefonnummer, keine Mailadresse, keine Anschrift.

Ich hätte ihn danach fragen sollen. Gut, dass ich zumindest seinen vollständigen Namen habe. Wenn er noch mal anruft, werde ich ihn um seine Telefonnummer bitten. Sie ging noch mal ins Bad, um sich für die Arbeit frisch zu machen. Beim Blick auf die Uhr erschrak sie. Schon 10 Uhr, normalerweise war sie bereits um 8.30 Uhr im Büro. Eilig beendete sie ihre Morgentoilette und machte sich auf den Weg zur Arbeit. Immer noch spürte sie seine Hand auf ihrem Körper. Hatten sie eigentlich miteinander geschlafen? Sie wusste es nicht mehr. Vermutlich hatte sie zu viel getrunken. Schade! Hoffentlich meldete er sich bald, dachte sie. Sie konnte eine Fortsetzung kaum erwarten und dann würde sie nicht so viel trinken, nahm sie sich vor.

Kapitel 38

Felix kam ziemlich übel gelaunt gegen 9.30 Uhr im Büro an. Der Vorabend hatte mit einem großen Knall geendet, was seine Stimmung am nächsten Tag noch ziemlich stark bestimmte.
Nachdem ihn Johanna abends relativ unsanft aus dem Schlaf gerissen hatte, ging der Streit ziemlich schnell los. Zunächst hatte sie nachgebohrt, wo er denn nachmittags so plötzlich verschwunden sei. Felix hatte ziemlich pampig geantwortet, dass sie

sich doch sonst auch nicht für seine Termine interessierte, was seine Frau vehement bestritten hatte. Das Ganze steigerte sich bis zu der Aussage, dass sie ein Auge auf ihn haben müsse, weil er anscheinend momentan wegen seiner Sauferei nichts auf die Reihe bekommen würde. Er hatte darauf reagiert, dass sie, statt ihn zu unterstützen, lieber ihr Geld zum Fenster rauswerfen würde. Da war sie völlig in die Luft gegangen und hatte ihm vorgeworfen, dass er ihr ja nicht die kleinste Freude gönnen würde. Das hatte Felix zunächst sprachlos gemacht. Danach hatte er losgepoltert, dass andere Frauen glücklich wären, ein solches Leben führen zu können, ohne auch nur einen lackierten Finger dafür rühren zu müssen. Als sie darauf erwiderte, dass andere Frauen nicht täglich einen wabbeligen Säufer ertragen müssten, war er handgreiflich geworden und hatte sie voller Wut am Arm gepackt. Johanna löste sich aus seinem Griff und gab ihm eine Ohrfeige. Ehe Felix sich versah, war sie ins Schlafzimmer gelaufen, hatte die Tür zugeknallt und abgeschlossen. Er hatte sich die schmerzende Wange gehalten. Was hätte er nun für einen Whisky gegeben, aber es war nichts im Haus. Als er sich ein wenig beruhigt hatte, zog er sich aus und legte sich in Unterwäsche aufs Sofa. Diese Aussprache war ja nun gründlich in die Hose gegangen. In düsterer Stimmung schlief er nach langer Zeit ein.

Mit diesen trüben Gedanken im Kopf war er am nächsten Morgen im Büro eingetroffen und hatte sein Vorzimmer leer vorgefunden. War Frau Möller krank? Der Anrufbeantworter blinkte. Er hörte ihn ab. Der Chef der Firma, für die Rainer programmiert hatte, fragte nach, ob der Liefertermin nächste Woche eingehalten würde. Ihn durchfuhr ein eisiger Schreck. Nächste Woche schon? Und er hatte noch keinen Ersatz. Er zermarterte sich das Gehirn, was er tun konnte. Erst einmal musste er um Aufschub bitten.

Wo blieb nur seine Sekretärin? In seinem Büro griff er zum Hörer und rief seinen Kunden an. Vorsichtig versuchte er, seinem Gesprächspartner beizubringen, dass es krankheitsbedingt eine Verzögerung geben würde und er noch keinen neuen Termin nennen könne.

»Herr Burmeister, Sie haben den Termin fest zugesagt.« Der Tonfall war alles andere als freundlich, was zu erwarten gewesen war.

»Ich weiß, aber das ist leider höhere Gewalt. Ich werde alles tun, um das Thema so schnell wie möglich ...«.

»Sie wissen, dass wir für den Fall eine Vertragsstrafe verabredet haben?« unterbrach ihn sein Gesprächspartner. Felix schluckte. Auch das noch.

»Ja, ich weiß, aber wir werden ganz bestimmt eine Lösung finden«, versuchte er zu retten, was zu retten war, wohl wissend, dass er momentan mit leeren Händen dastand.

»Wenn Sie in vier Wochen nicht liefern, habe ich das Recht vom Vertrag zurückzutreten und die Mehrkosten bei einer Beauftragung eines anderen Unternehmens in Rechnung zu stellen.« Der Mann war knallhart.

»Hören Sie, ich tue alles in meiner Macht …«.

»Anscheinend ist das nicht genug«, fiel ihm der Mann ins Wort. »Bis Freitag erwarte ich eine verbindliche Zusage, ansonsten geht der Auftrag in vier Wochen an einen Mitbewerber.« Felix sackte in sich zusammen.

»Sie hören spätestens Freitag von mir. Auf Wiederhören!« Er beendete das Gespräch und blickte verzweifelt aus dem Fenster. Der nächste Tiefschlag drohte.

Kurz darauf hörte er, dass sich nebenan die Tür öffnete. Er ging hin und sah gerade noch, wie seine Sekretärin ihren Mantel aufhängte.

»Guten Morgen, Herr Burmeister. Sorry, ich habe …«, begann sie und lächelte vorsichtig.

»Wo kommen Sie jetzt her?« polterte Felix.

»Entschuldigen Sie, ich habe leider verschlafen«, erwiderte sie kleinlaut.

»Hier geht alles drunter und drüber und die gnädige Frau frönt ihrem Schönheitsschlaf!« Er sah sie böse an. Carola Möller setzte sich an ihren Schreibtisch.

Die gute Laune von heute Morgen war mit einem Schlag verschwunden. Warum musste ihr Chef nur seine schlechte Laune an ihr auslassen? Anscheinend hatte es zuhause mal wieder Krach gegeben. Lange würde sie das nicht mehr mit sich machen lassen.

Das Telefon klingelte. Sie ging ran. Felix stand noch in der Tür und beobachtete sie. Er sah, wie sie den Mund öffnete und ihr Gesicht blass wurde. »Oh Gott!« war alles, was sie sagen konnte, bevor sie auflegte.

»Was ist?« fragte Felix. Anscheinend gab es noch mehr schlechte Nachrichten.

»Rainer, ich meine Herr König«, stotterte sie. »Er ist letzte Nacht gestorben.« Ihr schossen die Tränen in die Augen.

Wortlos ging Felix in sein Büro, setzte sich wie in Trance an den Schreibtisch und schlug die Hände vors Gesicht. Er wusste nicht, wer ihm mehr leid tat, sein Programmierer oder er sich selbst.

Nach einigen Minuten hatte er einen Entschluss gefasst. Das Leben ist zu kurz, um nur im Streit zu leben. Er griff zum Hörer und rief Johanna an. Kurz berichtete er ihr von dem Todesfall. Gleichmütig hörte sie zu.

»Und ich möchte mich bei Dir entschuldigen«, setzte er fort. »Ich weiß, dass Du von mir enttäuscht bist. Aber gib mir bitte noch eine Chance. Ich stehe mit

dem Rücken zur Wand. Bitte hilf mir. Meinetwegen kannst Du das Leben genießen, aber ich möchte, dass Du mir vertraust und wir uns wieder vertragen.«
»Okay, versuchen wir es«, kam die knappe Antwort.
»Danke, ich liebe Dich!« Er meinte es wirklich ernst.
»Ich warte heute Abend auf Dich«, gab sie ihm zur Antwort.
»Ich freue mich«, sagte er noch und beendete das Gespräch.
Anschließend setzte er sich an seinen Laptop, um das Angebot von gestern zu überarbeiten. Hoffentlich war das Tal nun erreicht und es konnte wieder aufwärts gehen.
Zwei Stunden später hatte er das Angebot fertig. Er gab es seiner Sekretärin, damit sie das in die Post geben konnte.
»Übrigens«, schloss er. »Ich wollte mich für vorhin noch entschuldigen. Meine Reaktion war wohl etwas übertrieben Als Wiedergutmachung können Sie gern heute Nachmittag freinehmen.«
Sie sah ihn erstaunt an. Anscheinend konnte er auch mal ganz nett sein.
»Danke, Herr Burmeister, ich mach die Post noch fertig und geh dann. Vielen Dank!«
Irgendwie sieht sie heute anders aus, dachte Felix als er in sein Büro zurückkehrte. Er überlegte, wie anders. Aufgeblühter, ja, das war das richtige Wort. Hatte die schüchterne Frau Möller etwa eine

Eroberung gemacht? Naja, vielleicht würde er das irgendwann erfahren.
Er setzte sich an seinen Schreibtisch und überlegte, wie er das kritische Projekt retten könnte.

Kapitel 39

Alex war schon etwa zwanzig Minuten auf dem Laufband unterwegs als ihm die hübsche junge Frau auffiel, die das benachbarte Laufband betrat und sich mit der Bedienung herumquälte. Er betrachtete sie genauer, als sie leicht verzweifelt auf das Display schaute. Lange, blonde Haare, ein ebenmäßiges Gesicht, eine schlanke Figur. Insgesamt gut gebaut und wirklich überaus ansehnlich, fand er.
»Neu hier?« fragte er, ohne das Tempo zu reduzieren. Sie lächelte ihn an.
»Merkt man das?«
»Naja, Du bist mir zumindest noch nicht aufgefallen. Und außerdem warst Du anscheinend noch nie auf einem Laufband.« Er reduzierte das Tempo seines Laufbands.
»Das stimmt«, sagte sie und blickte wieder hilflos auf die Anzeige.
»Komm, ich helfe Dir.« Alex stoppte sein Laufband und griff zu ihrem Display. Ihr dezentes Parfum stieg ihm in die Nase. Der Geruch gefiel ihm.

»Hier!« Er betätigte einige Knöpfe, so dass sich das Band in Bewegung setzte. »Hiermit kannst Du die Geschwindigkeit regulieren.« Er zeigte auf einen der Schalter.

»Danke, junger Mann«, strahlte sie ihn an.

»Alex«, er strahlte zurück. »Ich heiße Alex und immer gerne.« Er sah sie erwartungsvoll an.

»Sabrina. Ich bin neu hier in der Stadt.« Die Masche funktionierte meistens.

»Oh, ganz neu.« Vielleicht ergab sich da was. Alex beschloss, vorsichtig vorzugehen. Wenn sie neu in der Stadt war, so war sie bestimmt auf der Suche nach Kontakten. Er konnte es also ruhig angehen lassen. Aber diese Schönheit gefiel ihm.

»Man sieht sich«, sagte er und ging zu den Gewichten.

»Man sieht sich«, antwortete sie und schaute ihm nach.

Die nächste halbe Stunde beobachtete sie Alex, der sich nach und nach die einzelnen Geräte vornahm. Er sah schon klasse aus, fand sie. Schade, dass sie einen Auftrag hatte und ihn nicht einfach so näher kennenlernen konnte.

Irgendwann war Alex verschwunden. Sabrina vermutete ihn in der Sauna und beschloss, ihm wie zufällig zu folgen. Sie zog sich rasch aus und setzte sich in die Sauna. Alex war nicht drin, nur eine Frau mit langen hellbraunen Haaren, die sie zu einem

Pferdeschwanz hochgebunden hatte. Sie hatte ihr Handtuch um den Körper geschlungen. Sabrina wunderte sich. In der Sauna und dann zu schüchtern, um sich nackt auf die Bank zu setzen.

Kurz darauf betrat ein Mann die Kabine. Alex. Lässig legte er das Tuch auf die oberste Bank und legte sich seitlich hin, breitbeinig, so dass sie seine Ausstattung sehen konnte.

»Alex, ich geh schon mal duschen!« Die andere Frau stand schweißüberströmt auf und verließ die Kabine.

»Deine Frau?« fragte Sabrina, als die andere draußen war.

»Eine Bekannte«, antwortete Alex. Sein Blick ruhte auf Sabrina. Anscheinend kannte er keine Zurückhaltung.

»Und Du bist ganz neu hier in der Stadt?« begann er. Aha, dachte Sabrina, es geht los.

»Ja, ganz frisch zugezogen und kenne noch keinen Menschen hier.« Die Angel war ausgelegt.

»Soll ich Dir mal ein wenig die Stadt zeigen?« Er lächelte sie an und richtete sich auf.

»Gern, wenn Du Zeit hast.« Sie bemühte sich, nicht zu positiv zu reagieren.

»Morgen Abend?« Das ging ja schneller als gedacht.

»Hört sich gut an. Wann und wo?«

»Soll ich Dich abholen?« Das wollte sie lieber nicht. Erst einmal sollte er nicht wissen, wo sie wohnte.

»Lass uns lieber irgendwo in der Stadt treffen«,

schlug sie vor.

»Verstehe, Du bist lieber erst mal vorsichtig!« Alex grinste. Wie recht er hatte.

»Um 20 Uhr am Jungfernweg?« Der Versprecher war immer gut, täuschte Unwissenheit vor.

Alex lachte. »Jungfernstieg meinst Du. Alles klar, wir treffen uns am Alsteranleger.«

Er stand auf und verließ die Kabine. Sabrina schaute ihm hinterher. Das klappte ja wie am Schnürchen. Es könnte ein interessanter Abend werden. Sie musste sich nur daran erinnern, dass das ein Job und kein Date war. Dass er eine Frau hatte, schien ihn aber nicht wirklich zu stören. Anscheinend hatte er wohl kein Interesse mehr an der. Naja, was interessierte es sie. Sie hatte einen Auftrag und den würde sie so gut es ging erfüllen.

Kapitel 40

Alex und Sabrina standen eng umschlungen an der Alster und blickten auf den See in der Hamburger Innenstadt. Wie erwartet und geplant hatte Alex nicht lange gezögert und war nach dem Essen und ihrem Spaziergang gleich aktiv geworden. Schnell war es zum ersten Kuss gekommen, dem weitere gefolgt waren. Sabrina musste sich eingestehen, dass sie seine Umarmung und seine Küsse mehr genoss, als es gut für ihren Auftrag war. Alex war charmant, zuvorkommend und man konnte sich gut mit ihm unterhalten. Beinahe war sie dabei, ihre Vorsätze sausen zu lassen. Doch als sie bei einem ihrer feurigen Küsse kurz die Augen öffnete, fiel ihr Blick auf Robert, der aus einiger Entfernung Fotos schoss. Vorsichtig löste sie sich aus Alex Umarmung.

»Ich glaube, ich muss jetzt nach Hause, bevor ich noch etwas Dummes tue«, sagte sie noch etwas atemlos. Alex lachte.

»Was sollte das denn sein?« Er musterte sie.

»Ich bin keine Frau, die mit einem fremden Mann schon am ersten Abend im Bett landet.« Sabrina sah ihn ernst an, aber in ihrem Innern herrschte ein Kampf.

»Okay, eine Frau mit Grundsätzen«, scherzte er.

»Gut. Sehen wir uns wieder?«

»Ich ruf Dich an. Gib mir Deine Nummer.« Alex griff zu seinem Handy, rief seine eigene Nummer auf und gab sie ihr. Er war froh, mehrere Prepaid-Handys in petto zu haben, so dass er trennen konnte, wer welche Nummer kannte und so mit ihm kommunizierte.

»Es war ein schöner Abend«, schloss Sabrina. Fast zu schön, dachte sie. Wenn die Fotos etwas geworden waren, dann würde das wohl eine einmalige Angelegenheit gewesen sein.

»Das fand ich auch. Und es schreit nach einer

Fortsetzung.« Alex küsste sie noch einmal.

»Ja«, hauchte sie. »Bis dann!« Sie wandte sich zum Gehen.

»Soll ich Dich nicht nach Hause bringen?« startete er einen letzten Versuch.

»Nein, danke. Ich kann noch ein wenig Ablenkung gebrauchen.« Und möchte nicht in Versuchung kommen, fügte sie in Gedanken hinzu.

»Na dann.« Alex nahm sie noch mal in den Arm. »Bis bald!«

»Ja, bis bald.« Sabrina machte sich in Richtung S-Bahn auf den Weg. Alex winkte ihr hinterher und ging dann zu seinem Wagen. Die würde er noch herumbekommen, da war er sich sicher.

Kurz vor der Haltestelle holte Robert Sabrina ein.

»Mensch, das sah richtig echt aus«, ereiferte er sich.

»Hör bloß auf«, brauste sie auf. »Heute habe ich meinen Job zum ersten Mal gehasst.« Sie blieb stehen und schaute ihn wütend an.

»Upps, der Typ hat es Dir angetan?« Er musterte sie. »Scheiße«, sagte er, als er ihren Blick deutete. »Mensch, Sabrina, das ist ein Job.«

»Ich weiß«, fauchte sie. »Sind die Bilder was geworden?«

Er blätterte die Bilder schnell durch. Zwei davon waren gut brauchbar. Die anderen zeigten entweder nur Sabrina oder waren verwackelt, in jedem Fall nicht so verfänglich wie gewünscht.

»Gut, ich frag den Auftraggeber morgen, ob ihm das reicht und dann ist das Thema abgehakt.«
»Na hoffentlich«, seufzte Robert. Die jüngste Entwicklung gefiel ihm überhaupt nicht. Sie fuhren ein Stück gemeinsam, bevor sich ihre Wege trennten.

Kapitel 41

Am nächsten Morgen rief Sabrina Felix an.
»Hallo, ich habe mich gestern Abend mit dem Mann getroffen.« Ihre Stimme klang seltsam belegt.
»Und?« Felix spürte Unruhe in sich aufkommen. »Konnten Sie ihm näherkommen?«
»Ja, wir haben auch ein paar Fotos gemacht.« Merkwürdigerweise klang sie gar nicht so zufrieden.
»Aber?« hakte Felix nach.
»Nichts aber. Die Fotos sind ganz gut geworden. Du kannst sie Dir abholen.«
»Sehr schön!« Felix war begeistert. »Sind Sie zuhause? Dann würde ich gleich vorbeikommen.«
»Okay«, war die knappe Antwort.
Anscheinend hatte sie keinen guten Tag, dachte Felix. Aber egal, Hauptsache sie hatte ihren Auftrag erfüllt. Er bestellte sich ein Taxi und fuhr sofort zu ihr. Im Bademantel öffnete sie ihm die Tür. Auch das fehlende Makeup tat ihrem guten Aussehen keinen

Abbruch. Bei der Frau könnte ich auch schwach werden, dachte Felix als er das Wohnzimmer betrat und sich in einen Sessel fallen ließ.

»Hier!« Sabrina gab ihm zwei Fotos. »Die beiden Aufnahmen sind ganz brauchbar. Reicht Dir das?« Felix stutzte ein wenig bei ihrem geschäftsmäßigen Ton als er die Fotos an sich nahm. Die beiden Aufnahmen zeigten Alex und Sabrina in enger Umarmung, sich wild küssend. Ungewollt wallte Eifersucht in ihm hoch. Da hätte er doch gern mit Alex getauscht. Doch Sabrina hatte das ja als Job gemacht, brachte er sich in Erinnerung. Aber es sah ziemlich echt aus. Sie war eben ein echter Profi.

»Nicht schlecht«, lobte er. »Das ist genau das, was ich brauche. Vielen Dank!« Er holte seine Brieftasche heraus, entnahm ihr ein paar Geldscheine und gab sie Sabrina. Beinahe teilnahmslos nahm sie die entgegen und steckte sie in die Tasche ihres Bademantels.

»Wollen Sie nicht nachzählen?« fragte Felix leicht irritiert.

»Wird schon stimmen«, entgegnete sie. »Sonst noch was?« Das hörte sich beinahe nach einem Rauswurf an.

Er wurde aus der Frau nicht schlau. Sie wirkte gegenüber dem letzten Treffen völlig verändert. Schnell verabschiedete er sich, froh darüber, die beiden Fotos in der Hand zu haben, aber gleichzeitig enttäuscht über ihre frostige Art.

Als er draußen war, fühlte sich Sabrina elend. Bis zum Schluss hatte sie mit sich gerungen, ob sie ihm die Fotos überhaupt geben sollte. Dieses Gefühl kannte sie gar nicht. Zum ersten Mal hatte sie den Eindruck, ein »Opfer« hintergangen zu haben. Sicher, Alex war ein verheirateter Mann, der dabei war, seine Frau zu betrügen. Der das gestern wahrscheinlich schon gemacht hätte, wenn sie selbst ihn nicht gebremst hätte. Andererseits war ihr in den letzten Stunden klargeworden, dass etwas in ihr passiert war. Da hatten sich Gefühle geregt, die sie bisher in der Form nicht gekannt hatte. Konnte es sein, dass sie sich in Alex verliebt hatte? Sie hatte die Zeit mit ihm genossen und alles in ihr verlangte nach einer Wiederholung. So wie er sich gestern benommen hatte, glaubte sie auch bei ihm gespürt zu haben, dass er nicht nur auf ein flüchtiges Abenteuer aus gewesen war. Sie beschloss, ein heißes Bad zu nehmen. Das hatte schon immer geholfen, wenn sie über etwas intensiv nachdenken musste. Als sie in der Wanne lag und die Wärme des Wassers genoss, wurde ihr zunehmend klar, dass sie Alex noch einmal wiedersehen musste. Das würde ihr selbst Klarheit über ihre Gefühle verschaffen und ihr hoffentlich auch zeigen, ob es Alex ernst war. Und wer weiß, vielleicht würden die Fotos die Sache noch zusätzlich klären, die mögliche

Trennung von seiner Frau beschleunigen. Sie streckte sich in der Wanne und war glücklich über ihre Überlegung. Ja, sie würde Alex anrufen und ihm vermutlich die Foto-Geschichte beichten.

Kapitel 42

Zufrieden saß Felix an seinem Schreibtisch und betrachtete noch einmal die Fotos. So, lieber Alex, jetzt wird zurückgeschlagen. Wollen doch mal sehen, was Deine Sarah zu Deinen nächtlichen Eskapaden sagt.
Er schob die beiden Fotos in einen Umschlag und schrieb noch eine kurze Zeile dazu. »Schau mal, was Dein Mann treibt, wenn er angeblich geschäftlich unterwegs ist!« Das würde Sarah sicher ziemlich sauer machen und hoffentlich würde sie ihm den Kram vor die Füße werfen. Welche Frau erträgt es schon, wenn der Mann sie betrügt. Er hoffte nur, dass Sarah sich von Alex nicht einwickeln ließ. Wenn sie nur halb so resolut ist wie seine eigene Frau, dann würde sie dem Kerl den Laufpass geben. Vielleicht würde sie sich ja auch Rat bei Johanna holen und dann wusste er schon, was die raten würde. Schieß den Mann auf den Mond! Soweit er das wusste, hatten beide Gütergemeinschaft, so dass Alex eine Scheidung teuer zu stehen kommen würde. Zum

Schluss schrieb er Sarahs Adresse auf den Brief und frankierte ihn.

Vielleicht sollte er Johanna schon mal einen Tipp geben. Dann könnte sie Sarah ein wenig zur Seite stehen. Felix grinste. Im nächsten Moment aber fiel ihm wieder die Sache mit Rainer ein. Diese Baustelle hatte er noch zu klären. Auch wenn Rainers tragischer Tod ihn schockiert hatte, das Leben musste ja weitergehen. Als einzige Möglichkeit blieb ihm noch, ein Subunternehmen einzuschalten. In der nächsten Stunde war er damit beschäftigt, herumzutelefonieren. Schließlich fand er einen Kandidaten, der schon am nächsten Tag verfügbar war. Erleichtert streckte er sich in seinem Bürostuhl aus. Neue Hoffnung keimt in ihm auf, dass er nun die Wende schaffen würde.

Am frühen Abend verließ er sein Büro. Nachdem er den Brief eingesteckt hatte, ließ er sich nach Hause fahren. Zu seinem eigenen Erstaunen freute er sich auf Johanna und hoffte, dass sie nach ihrem Telefonat wieder milde gestimmt war. Er beschloss, sie mit einem leckeren Abendessen zu verwöhnen. Unterwegs kaufte er noch ein, wobei er auch eine Flasche Wein mitbrachte. Er selbst würde sie aber nicht anrühren und würde seiner Frau beweisen, dass er gut ohne Alkohol auskommen konnte.

Zuhause angekommen erwartete ihn seine Frau in einem neuen Outfit. Felix pfiff durch die Zähne. Sie

sah wirklich gut aus und ihre sportliche Figur war ein großer Gegensatz zu seinem unförmigen Körper. Er war froh, für das Abendessen leichte Kost gewählt zu haben.
Johanna begrüßte ihn mit einem leichten Kuss auf die Wange. Das war zumindest schon mal ein Anfang.
»Hallo Schatz«, begrüßte er sie. »Ich habe beschlossen, uns heute mal ein nettes Abendessen zu bereiten.« Er lächelte sie an und hoffte, auf eine positive Reaktion. Prüfend blickte sie in seine Einkaufstüten.
»Leichte Kost«, scherzte er.
»Okay«, antwortete sie. Ein leichtes Lächeln zeigte sich auf ihrem Gesicht.
»Übrigens, Du siehst klasse aus«, schob er nach. »Die Sachen stehen Dir wirklich gut.« Jetzt lächelte sie wirklich.
»Ich weiß«, war ihre kurze Antwort. Anscheinend war ihr die ganze Atmosphäre noch nicht ganz geheuer.
»Kannst Du schon mal im Wohnzimmer den Tisch decken? Ich habe Dir auch einen Wein mitgebracht.«
Sie verschwand im Wohnzimmer, während Felix sich in der Küche ans Kochen machte. Eine halbe Stunde später kam er mit dem Essen ins Wohnzimmer.
»Ich habe uns mal etwas Leichtes aus der Mittelmeerküche gezaubert«, verkündete er. Johanna hatte in der Zwischenzeit den Tisch

gedeckt, Servietten gefaltet, Kerzen angezündet und zwei Weingläser hingestellt. Grinsend schob Felix sein Weinglas weg.
»Der Wein ist nur für Dich. Ich bleibe bei Wasser. Und nun lass es Dir schmecken.« Staunend betrachtete sie ihren Mann. So wie es aussah, war es ihm wirklich ernst mit der Veränderung. Felix schenkte ihr Wein ein, füllte ihr Essen auf den Teller, nahm sich selbst eine relativ kleine Portion und begann zu essen. Lächelnd betrachtete er seine Frau, die immer noch nicht genau wusste, wie sie mit der ganzen Situation umgehen sollte.
Felix berichtete von seinem Arbeitstag, dem vielversprechenden Angebot, das er abgegeben hatte, den Deal, wie er den Verlust von Rainer kompensieren wollte und was sonst so los war. Seinen Besuch bei Sabrina erwähnte er natürlich nicht.
Zum Schluss schnitt er vorsichtig noch die Situation ihres letzten Streits an und dass es ihm wirklich ernst sei, noch einmal von vorne anzufangen. Als er schließlich das Thema Untreue ansprach, hätte sich Johanna beinahe verschluckt. Hatte er irgendetwas mitbekommen von ihrem Date mit Alessandro. Sie war beinahe erleichtert als er hierzu über Sarah und Alexander sprach und andeutete, dass es Gerüchte gäbe, Alex würde seine Frau betrügen. Woher er das wusste, wollte er nicht preisgeben, aber es hörte sich

nach einer sehr seriösen Quelle an.

»Falls Sarah Dich braucht, dann hilf ihr doch. Sie tut mir schon ein wenig leid«, beendete er die Ausführungen. Johanna staunte nicht schlecht über diese Aussage. Empathie hatte doch bisher nicht gerade zu seinen Eigenschaften gehört. Aber sie versprach, sich im Falle des Falles um Sarah zu kümmern. Felix lehnte sich kurz zufrieden zurück, um dann aufzustehen und den Nachtisch zu holen. Mousse au chocolat, ihre absolute Lieblingsspeise. Er selbst verzichtete, da er Kalorien sparen wollte, wie er verkündete. Stattdessen räumte er den Tisch ab und stellte alles in die Spüle.

So verwöhnen könnte er sie gern häufiger, dachte sie. Anschließend setzten sie sich gemeinsam aufs Sofa, wo Johanna in Felix Arm einschlief. Obwohl die Haltung für ihn relativ unbequem war, genoss er ihre Nähe. Zum ersten Mal seit langer Zeit war Felix endlich wieder glücklich.

Kapitel 43

Sarah schwitzte wieder einmal im Fitness-Studio. Immer stärker hatte sie das Gefühl, darum kämpfen zu müssen, dass sie ihren Mann nicht verlor. Als sie das letzte Mal in der Sauna war, fiel ihr auf, wie sich Alex dort präsentierte und dass diese Frau, die nach ihr hineingekommen war, ihren Blick gar nicht von ihm lösen konnte. Sie war heute besonders darauf bedacht, ein wachsames Auge auf ihren Mann zu halten. Seine abendlichen Termine in den letzten Tagen hatten sie misstrauisch gemacht. Heute aber hatte er sich anscheinend rein auf das Training konzentriert und ein Gerät nach dem anderen bearbeitet. Vielleicht bildete sie sich ja doch was ein. Heute Abend verzichtete er sogar auf die Sauna, so dass sie nachdem sie geduscht hatten gemeinsam nach Hause fuhren. Sie setzten sich ins Wohnzimmer, tranken noch ein Glas Rotwein und unterhielten sich über ihre Urlaubspläne. Alex hatte verkündet, dass es endlich mal wieder Zeit für eine Auszeit sei, und da es im Geschäft derzeit ausgesprochen gut liefe, wäre jetzt eine gute Gelegenheit.

Sarah gefiel der Vorschlag ausgesprochen gut und ganz langsam verschwanden ihre Zweifel. Vermutlich sah sie Gespenster. Alex war nun mal ein attraktiver Mann und genoss die Bewunderung der Menschen. Im Prinzip war sie stolz auf ihn, auch wenn er ihr manchmal zu forsch und rücksichtslos war. Aber dennoch liebte sie ihn.

Also genoss sie diesen entspannten Abend mit ihm und gemeinsam schmiedeten sie Pläne, wohin die Reise sie führen würde. Leider gingen allerdings ihre Bedürfnisse etwas auseinander. Während Sarah einen entspannten Urlaub am Meer vorschlug, war Alex eher für einen Abenteuerurlaub, vielleicht in den Bergen. Nach kurzer Diskussion einigten sie sich auf einen Urlaub in den Bergen. Sarah hatte mal wieder nachgegeben.

Alex bot an, sich in den nächsten Tagen um Angebote zu kümmern und einen konkreten Vorschlag zu machen. Sarah war einverstanden und obwohl sie lieber etwas Anderes geplant hätte, freute sie sich auf die Aussicht, ihren Mann einige Tage nur für sich zu haben.

Alex' Telefon klingelte. Er blickte auf das Display und drückte den Anruf dann weg.

»Wer war das denn?« fragte Sarah. Alex schüttelte nur den Kopf.

»Geschäftlich. Aber dieser Abend gehört Dir.« Er gab ihr einen Kuss. Sarah strahlte und erwiderte den Kuss. Ach, könnte es doch immer so harmonisch sein wie heute Abend. Sie ging zur Toilette. In der Zwischenzeit nahm Alex sein Smartphone und tippte rasch eine SMS.

»Ich kann jetzt nicht, melde mich morgen.« Rasch drückte er auf Senden bevor Sarah zurück war und schaltete sein Handy danach aus. Er zog sie zu sich und küsste sie lange und leidenschaftlich. Sarah ließ sich glücklich fallen und genoss die Nähe. Alle Zweifel waren nach diesem Abend weggewischt.

Kapitel 44

Mehrfach an dem Tag hatte Sabrina versucht, Alex zu erreichen. Entweder war er nicht rangegangen oder hatte sie weggedrückt. Immer wieder beschimpfte sie sich selbst, dass sie sich ziemlich albern und naiv verhielt. Aber das Verlangen, sich noch einmal mit ihm zu treffen, war einfach stärker. Nachmittags war Robert vorbeigekommen und hatte sich über ihre Zerstreutheit gewundert. Die Frage, ob das mit ihrem Date vom gestrigen Abend zu tun hätte, hatte sie unwirsch verneint. Aber er kannte sie doch. Nachdem er nach kurzer Zeit festgestellt hatte, dass mit ihr an dem Tag nichts anzufangen war, hatte er sich rasch verabschiedet. Beim Hinausgehen hatte er sie noch ermahnt, keine Dummheiten zu machen. Sie hatte nur mit den Augen gerollt und ihn sanft, aber bestimmt aus der Tür geschoben. Kaum war er draußen, hatte sie erneut ihr Handy gegriffen und versucht, Alex anzurufen. Wieder erreichte sie ihn nicht.
Entgegen ihrer Gewohnheit hatte sie sich nachmittags hingesetzt, sich ein Glas Rotwein eingeschenkt und gegrübelt, was mit ihr los war und wie es weitergehen konnte. Keine Frage, sie hatte sich nach nur einem Abend in diesen Mann verliebt. Das erschreckte sie einerseits, andererseits war ihr klar, dass sie selbst sich nach Liebe schon lange

gesehnt hatte. Vielleicht war ihr Job schon immer auch eine Suche nach Liebe gewesen. Auch wenn das Ziel eigentlich ein anderes war: untreue Männer bloßzustellen.

Nach dem dritten Glas Rotwein probierte sie es noch mal. Nach dem zweiten Klingeln wurde ihr Anruf weggedrückt. Sabrina hätte vor Enttäuschung am liebsten ihr Handy gegen die Wand geworfen. Sie goss sich ein viertes Glas Wein ein und leerte es in einem Zug als ihr Telefon piepste. Eine SMS von Alex: »Ich kann jetzt nicht, melde mich morgen.«

Schlagartig änderte sich ihre Stimmung. Es war also kein mangelndes Interesse. Er war schlicht beschäftigt. Sie begann zu strahlen. »Melde mich morgen.« Anscheinend war er auch an einem weiteren Treffen interessiert. Sie rief sich selbst zur Ordnung, nicht so viel zu trinken, goss den Wein weg und spülte das Glas aus. Danach ging sie ins Schlafzimmer, öffnete den Schrank und probierte aus, was sie beim nächsten Treffen mit Alex tragen könnte. Stand er mehr auf feine Dame, auf sportlich oder auf sexy? Zufrieden stellte sie fest, dass sie mit allem dienen konnte und ihr auch alles stand.

Einige Kilometer entfernt wartete eine andere Frau auf ein Lebenszeichen von Alex. Carola Möller hatte sich in Schale geworfen für den Fall, dass er plötzlich vor der Tür stehen würde. Immer wieder warf sie sehnsüchtige Blicke nach draußen, checkte ihr

Telefon, ob er sie vielleicht anrufen würde. Erst nach einiger Zeit fiel ihr ein, dass er ihre Handy-Nummer gar nicht hatte. Je später der Abend wurde, desto trauriger wurde sie. Er würde sich wohl wieder nicht melden. Hatte sie ihn irgendwie enttäuscht? Gefiel sie ihm doch nicht, obwohl sie sich solche Mühe gegeben hatte? Sollte er eine weitere Pleite sein, nachdem ihre letzte Beziehung vor langer Zeit kaputtgegangen war, als sie gemerkt hatte, dass Sven sie nur ausgenutzt hatte. Aber mit Alex war das so anders gewesen. Er war so liebevoll, so verständnisvoll. Und er hatte sich für sie interessiert. Er hatte sich sogar nach ihrer Arbeit erkundigt und gefragt, wie ihr die Arbeit gefiel. Er hatte immer wieder nachgehakt, sie fühlte sich von ihm so verstanden. Deshalb konnte sie es nicht nachvollziehen, dass er so gar nichts von sich hören ließ.

Zu ihrem Bedauern musste sie feststellen, dass sie eigentlich gar nichts von ihm wusste. Sie hatten nur über sie gesprochen. Vielleicht war das der Fehler. Wollte er, dass sie sich auch nach ihm erkundigte? Dass sie zuhören statt reden sollte? Hatte er selbst Sorgen und brauchte jemanden, dem er sich anvertrauen konnte? Und diese Chance hatte sie verpatzt. Wenn er sich melden würde, dann nahm sie sich vor, das zu ändern, würde zuhören, fragen, mitfühlen. Ach, Felix, melde Dich doch endlich, wünschte sie sich innerlich.

Sie zog sich aus, ging ins Bad und machte sich fertig zum Schlafen. Nackt schlüpfte sie unter die Decke und stellte sich vor, dass Alex bei ihr wäre.

Kapitel 45

Als Sarah aufwachte, war der Platz neben ihr leer. In der Küche hörte sie, dass Alex dabei war, Kaffee zu kochen. Der Duft stieg ihr in die Nase und sie streckte sich wohlig im Bett aus. Als sie gerade aufstehen und in die Küche gehen wollte, kam ihr Mann mit einer dampfenden Tasse ins Schlafzimmer und stellte diese neben sie auf den Nachttisch.

»Guten Morgen, mein Schatz«, begrüßte er sie fröhlich. Sarah lächelte. So konnte ein Morgen beginnen. Alex nahm sie in den Arm und gab ihr einen Kuss. Sie richtete sich im Bett auf und nahm die Kaffeetasse.

»Wie habe ich denn das verdient?« fragte sie.

»Einfach so!« Alex grinste. »Ein kleiner Gruß am frühen Morgen, denn heute habe ich leider einen langen Tag im Büro.« Er machte ein bedauerndes Gesicht. »Also, es wird spät heute.« Er stand auf. Sarah schob die Unterlippe vor.

»Schade.« Dann lächelte sie wieder. »Das war schön gestern Abend.«

»Fand ich auch, aber jetzt muss ich los. Ich wünsche Dir einen schönen Tag.« Mit den Worten war er verschwunden. Sarah seufzte und genoss ihren Kaffee.

Nach einiger Zeit stand sie auf, um zu frühstücken. Es war schon später Vormittag als sie zum Briefkasten ging. Werbung, Werbung und nochmals Werbung. Ein Umschlag war dabei, auf dem kein Absender stand. Vermutlich auch Werbung. Sie warf alles im Flur auf den Tisch und ging ins Bad, um zu duschen. Sie genoss, wie das Wasser über ihren Körper rann. Nach zehn Minuten stieg sie aus der Dusche und rubbelte sich ab. Prüfend stand sie vor dem Spiegel und betrachtete sich eingehend. Immer noch war ein leichter Bauchansatz zu sehen. Und ihre Brüste waren wirklich klein. Ob sie da nachhelfen sollte? Aber Alex schien sie ja auch so zu gefallen. Allerdings arbeitete sie auch hart dafür, ihr Gewicht zu halten und attraktiv zu bleiben. Oder werden? Sie fuhr sich durch ihr Haar. Vielleicht sollte sie sich auch mal wieder bei ihrem Friseur blicken lassen. Bei den Augenbrauen könnte auch etwas passieren. Und was war das? Waren dort ein paar Fältchen zu sehen? Sie nahm von der Gesichtscreme und rieb sich damit ein. Anschließend griff sie zur Körperlotion und bearbeitete ihren Körper intensiv damit. Es war wichtig, die Haut geschmeidig zu halten.

Sie musste an Johanna denken. Es sah so aus, als

ob Johanna gar nichts tun musste, um attraktiv zu sein. Beneidenswert, wie sie es schaffte, die Blicke der Männer auf sich zu ziehen. Aber, tröstete sie sich, ich habe den deutlich attraktiveren Mann geangelt. Sarah warf einen letzten prüfenden Blick in den Spiegel und ging dann ins Schlafzimmer, um sich für den Ausgang in die Stadt fertig zu machen. Heute war ihr auch mal zum Shoppen zumute. Sie kannte mittlerweile Alex´ Geschmack und würde etwas suchen, was ihm in jedem Fall gefallen würde. Beim Hinausgehen griff sie nach der Post, um sie in den Papierkorb zu werfen. Der eine Umschlag fühlte sich so an, als ob der nicht nur Papier enthalten würde. Sie steckte diesen in ihre Handtasche und warf den Rest weg. Sie würde später mal schauen, was drin war. Jetzt aber hatte sie Wichtigeres zu tun. Sie stieg in ihren Porsche und machte sich auf den Weg in die Hamburger Innenstadt.

Kapitel 46

Felix blickte unruhig auf die Uhr. Wie gern hätte er jetzt bei Sarah und Alexander Mäuschen gespielt. Ob sie die Fotos schon bekommen und angesehen hatte?
Zufrieden dachte er an den gestrigen Abend und an heute Morgen. Der Abend mit seiner Frau war der

schönste seit langer Zeit. So harmonisch war es schon ewig nicht mehr zugegangen. Ihm taten heute zwar alle Knochen weh, da er bis mitten in der Nacht unbequem auf dem Sofa gesessen und Johanna im Arm gehalten hatte, aber er hatte es genossen. Als er nach einigen Stunden kaum noch sitzen konnte und sich ein wenig bewegt hatte, war sie aufgewacht. Beinahe verschämt hatte sie ihn angesehen und sich dafür entschuldigt, dass sie einfach so neben ihm eingeschlafen war. Felix hatte ihr versichert, dass er das schön gefunden hatte. Sie waren dann aufgestanden und endlich konnte er mal wieder friedlich neben ihr in seinem eigenen Bett schlafen. Er hatte den Arm um sie gelegt und sie hatte das zumindest zugelassen. Felix fand, dass sich die Dinge gut entwickelten.

Heute Morgen hatte er dann allein gefrühstückt, weil Johanna ihren Schönheitsschlaf brauchte, aber das war für ihn in Ordnung. Mit einem gewissen Hochgefühl war er ins Büro gefahren und hatte dort den Ersatz für Rainer begrüßt. Der junge Mann, Daniel, machte einen guten Eindruck und Felix hatte das Gefühl, dass dieser das Projekt noch retten konnte.

Per Mail erhielt er die Nachricht, dass sein Angebot eingetroffen und von den zuständigen Mitarbeitern geprüft wurde. Seine Laune stieg weiter. Die Wende ist geschafft, dachte er. Ich komme wieder auf die

Beine. Wieder wanderten seine Gedanken zu Sarah. Zu schade, dass er nichts mitbekam, aber er war überzeugt, dass Sarah sich bei seiner Frau melden würde, wenn sie die Fotos gesehen hatte.
Er ging zu Daniel und erkundigte sich nach dem Stand der Dinge.
»Alles easy, Chef.« Kaugummi kauend grinste der junge Mann ihn an. »Das krieg ich schon hin, keine Bange.« Für Felix´ Geschmack hörte sich das eine Spur zu locker an, aber er war in zu guter Stimmung, um sich irgendwelchen Zweifeln hinzugeben.
»Alles klar. Wenn etwas ist, melden Sie sich einfach, ja?« Der junge Mann zuckte nur mit den Schultern.
»Alles paletti!« Er bearbeitete wieder mit Inbrunst sein Kaugummi. Felix verließ das Büro und ging wieder in sein eigenes. Auf dem Weg dorthin warf er einen Blick auf seine Sekretärin. Sie sah nicht mehr so fröhlich und aufgeblüht aus wie in den letzten Tagen. Anscheinend hatte sich das mit ihrem neuen Lover wieder zerschlagen? Auch gut, dann konnte sie sich wieder wie vorher auf ihre Arbeit konzentrieren. Er setzte sich an den Schreibtisch und checkte seine Mails. Der Chef der Firma, an dessen Projekt jetzt Daniel arbeitete, hatte noch einmal deren Erwartungshaltung formuliert. Optimistisch, wie er augenblicklich war, antwortete Felix, dass er Ersatz gefunden habe und sie die erste Auslieferung mit maximal einer Woche Verzögerung hinbekämen.

Damit würde er hoffentlich erst einmal Ruhe bekommen.

Er rief Klaus, seinen zweiten Programmierer zu sich. Der war zwei Minuten später in seinem Büro.

»Machen Sie bitte die Tür zu«, forderte Felix ihn auf, als der seinen Raum betrat. Klaus sah ihn erwartungsvoll an.

»Also«, begann Felix. »Ich habe ja diesen Daniel jetzt eingekauft, damit er das Projekt von Rainer zu Ende führt.« Er machte eine Pause. Klaus nickte.

»Ich möchte, dass Sie dem jungen Mann über die Schulter schauen und das Thema übernehmen, wenn er fertig ist. Und falls er Hilfe braucht, greifen sie ihm bitte unter die Arme.«

Von Klaus war nur ein Grunzen zu hören. Felix stutzte.

»Haben Sie das verstanden?« Klaus verzog das Gesicht.

»Was ist?« Felix war irritiert.

»Das wird nix!« Gesprächig war Klaus noch nie gewesen.

»Was heißt das: das wird nix?«

»Was ich gesagt habe.« Musste man ihm alles aus der Nase ziehen.

»Wenn er sich reingearbeitet hat, soll er das so dokumentieren, dass sie mitarbeiten und das System danach betreuen können.«

Klaus schüttelte mit dem Kopf.

»Das ist ein Schnacker!« Felix glaubte, sich verhört zu haben.

»Was meinen Sie?«

»Redet groß rum, aber hat noch nix getan außer Kaffee schlürfen.« So viele Worte auf einmal hatte Felix ihn noch nie reden hören.

»Sie meinen, er bekommt das nicht hin?« Ihm fiel das großspurige Getue von Daniel ein, als er bei ihm gewesen war.

»Eben das. Kenne den Vogel.« Das war nicht gerade das, was Felix hören wollte.

»Woher das denn?« Er war entsetzt.

»War mal ´n Kollege. Ist ´ne Nullnummer.«

»Dann muss ich wohl noch mal mit ihm reden.« Klaus zuckte mit den Schultern.

»Danke«, konnte Felix nur noch sagen. Als Klaus das Büro verließ, stand Felix auf und schaute bedrückt aus dem Fenster. Mein Gott, dachte er. Eine Baustelle war offenbar gerade wieder aufgerissen worden.

Kapitel 47

Es war ein äußerst erfolgreicher Vormittag für Sarah. Sie hatte wirklich schöne Sachen gefunden, die ihrem Mann bestimmt gefallen würden. Elegant, das war das, was ihm gefiel. Und natürlich sexy. Sie zog die Sachen gleich zuhause noch mal an. Das Oberteil war so geschnitten, dass es ihre eigentlich zu kleinen Brüste anhob und fülliger wirken ließ. Und es passte so, dass sie insgesamt schlank aussah. Der dazu passende Rock war knapp. Sie betrachtete sich zufrieden im Spiegel und beschloss, die Sachen gleich anzubehalten und Alex damit zu überraschen. Als sie die Belege aus der Tasche nahm, um sie wie üblich sauber abzuheften, fiel ihr dieser Umschlag in die Hände. Nun war sie doch neugierig, was drin war, denn der Umschlag trug keinen Absender. Sie setzte sich aufs Bett und riss den Umschlag auf. Er enthielt zwei Fotos und ein Blatt Papier. Sie las, was dort stand: »Schau mal, was Dein Mann treibt, wenn er angeblich geschäftlich unterwegs ist!« Sarah stutzte. Was war das? Sie nahm die beiden Fotos zur Hand und wurde blass. Die beiden Fotos zeigten ihren Mann, der mit einer fremden Frau herumknutschte. Also doch. Er betrog sie. Statt eines Geschäftstermins traf er sich mit einer anderen Frau. Tränen stiegen ihr in die Augen. Wie konnte er ihr das nur antun? Minutenlang saß sie wie gelähmt, unfähig, sich zu bewegen oder einen klaren Gedanken zu fassen. Dieser Schuft. Wie hatte sie nur so naiv sein können? Vor Wut warf sie die Fotos auf den Fußboden. Dann ging sie ins Wohnzimmer, um sich etwas zu trinken zu holen. Irgendetwas, um diesen Schmerz zu bekämpfen. Bevor sie aber die

Hausbar öffnen konnte, wurde die Tür aufgeschlossen und Alex betrat das Haus.

»Hallo, mein Schatz«, rief er fröhlich und betrat das Wohnzimmer. »Es hat doch nicht so lange gedauert.«

Sein Blick fiel zunächst auf das neue Outfit seiner Frau und er stieß einen leisen Pfiff aus.

»Donnerwetter, Du siehst toll aus«, schmeichelte er. Erst dann bemerkte er ihr verheultes Gesicht, ihren bösen Blick, den sie ihm zuwarf.

»Was ist passiert?« fragte er, kam auf sie zu und wollte sie tröstend in den Arm nehmen. Sarah machte eine abwehrende Bewegung.

»Wie kannst Du es wagen, Du Schwein«, schleuderte sie ihm entgegen. Alex schaute sie erstaunt an.

»Hej, was ist denn los?« Er konnte sich ihren Ausbruch nicht erklären.

»Wie viele Frauen fickst Du denn noch?« Sie kannte kein Halten mehr, war enttäuscht, verletzt, gedemütigt.

»Wie kommst Du darauf?« Alex wurde unsicher. Was wusste sie?

»Schau Dir die Schweinerei doch selbst an.« Sie deutete auf das Schlafzimmer. Alex folgte ihrem Blick und ging dorthin. Auf dem Fußboden lagen zwei Fotos, auf dem Bett ein Blatt: »Schau mal, was Dein Mann treibt, wenn er angeblich geschäftlich unterwegs ist!«

Er betrachtete die Bilder. Diese Schlampe, dachte er. Macht sich an mich ran, um es meiner Frau zu stecken. Das würde sie bereuen, aber nun musste er erst mal sehen, dass er den Schaden begrenzte. Es musste ganz schnell eine Lösung her.

Lächelnd ging er zurück zu Sarah. Sie sah ihn böse an. War er etwa auch noch stolz darauf, dass er sie betrog.

»Das meinst Du«, begann er lachend und versuchte, sie in den Arm zu nehmen. Sie wehrte sich, aber er zog sie an sich.

»Das ist doch völlig harmlos.«

»Harmlos nennst Du das?« Sie versuchte, sich aus seiner Umarmung zu lösen.

»Da ist nichts passiert, wirklich«, versicherte er und blickte ihr tief in die Augen. Sie sah ihn zweifelnd an, konnte sich aber seinen treuen Blick nicht erklären.

»Nicht passiert? Und wie erklärst Du dann diese Fotos?« Er lachte wieder.

»Ganz einfach. Ich hatte mit der Frau ein Treffen und wir haben ein gutes Geschäft abgeschlossen. Dann waren wir noch etwas trinken und haben danach frische Luft geschnappt. Sie war schon leicht erheitert und meinte anscheinend, sie könnte den Abend noch anders ausklingen lassen. Plötzlich hat sie sich mir an den Hals geworfen. Ich war so perplex, dass ich den Kuss im ersten Moment erwidert habe.« Immer noch sah er ihr tief in die Augen.

Die Geschichte klang zwar abenteuerlich, dachte sie, aber kann er mich so belügen und mir dabei in die Augen scheinen?

»Glaube mir«, setzte er noch obendrauf. »Anscheinend gibt es Frauen, die auf mich stehen. Das schmeichelt mir natürlich. Und weißt Du: Appetit kann man sich ja draußen holen. Aber gegessen wird zuhause.« Mit diesen Worten nahm er ihr Gesicht und drückte ihr einen langen Kuss auf. Sarah zögerte erst, da sie immer noch mit sich rang. Dann aber gab sie nach und erwiderte seinen Kuss. Alex war erleichtert. Das hatte er doch gut hinbekommen.

»Du siehst echt zum Anbeißen aus«, schmeichelte er, nachdem sie sich voneinander gelöst hatten. »Am liebsten würde ich Dich gleich vernaschen.« Er grinste und zum ersten Mal, seit er nach Hause gekommen war, erwiderte sie das Lächeln.

»Aber lass uns zur Versöhnung irgendwo schick essen gehen. Ich möchte der Welt meine hübsche Frau zeigen.« Er machte eine Bewegung, als wenn er sie seiner Umgebung präsentieren würde. Sarah genoss die Schmeicheleien.

»Ich geh mich eben noch frisch machen und umziehen und dann gehen wir ganz chic essen, ja?« Sarah nickte. Ihr Zorn und ihre Enttäuschung waren verraucht.

Im Bad nahm Alex sein Smartphone und schrieb Sabrina eine SMS: »Tut mir leid, es ist was dazwischengekommen. Lass uns morgen treffen.« Er drückte auf Senden. So, Du Schlampe, das wirst Du noch bereuen, dachte er. Ein boshaftes Grinsen durchzog sein Gesicht. Nicht mit mir.
Als er zehn Minuten später ins Wohnzimmer kam, hatte er sein strahlendstes Lächeln aufgesetzt. Er küsste seine Frau, nahm sie hoch und trug sie zum Auto. Sarah fühlte sich wie im Traum. Das war vermutlich ein Versuch gewesen, sie auseinander zu bringen. Fehlgeschlagen, dachte sie.

Kapitel 48

Felix hatte ein ungutes Gefühl. Ihm ging das Gespräch mit seinem Programmierer Klaus immer wieder durch den Kopf. Er beschloss, sich bei Daniel nach dem Stand der Dinge zu erkundigen.
Als er das Büro seiner Programmierer betrat, bot sich ihm ein eigenartiges Bild. Klaus saß mit tief zerfurchter Stirn grübelnd vor seinem Bildschirm, offenbar konzentriert arbeitend, so dass er Felix anscheinend gar nicht wahrnahm.
Daniel hingegen saß mit Füßen auf dem Tisch ganz entspannt vor seinem Schirm, schlürfte genüsslich Kaffee und bearbeitete intensiv sein Kaugummi.

»Hallo!« sagte Felix, als er eintrat. Klaus schien ihn erst jetzt zu bemerken, sein Hallo war eher ein Grunzen. Daniel grinste ihn an, kaute weiterhin mit Inbrunst.

»Ich wollte mal nachschauen, wie es läuft«, begann Felix an Daniel gewandt.

»Alles locker.« Er nickte, sah es aber anscheinend nicht für nötig, seine Füße vom Tisch zu nehmen.

»Sind Sie schon gut reingekommen?« fragte Felix vorsichtig. Daniel nickte zur Bestätigung.

»Wie lange brauchen Sie schätzungsweise?«

Daniel hielt kurz inne und überlegte. »Na, so«, er zögerte. »Ich würde mal sagen vier bis sechs Wochen.« Die Kaubewegungen nahmen wieder an Tempo zu. Felix Gesichtszüge entgleisten.

»So lange?« fragte er entsetzt. Felix bemerkte, dass Klaus mit den Augen rollte.

»Ist halt komplizierter«, versuchte Daniel zu erklären. Felix trat näher und blickte auf Daniels Bildschirm. Was er sah, machte ihn fassungslos. Anscheinend verbrachte Daniel gerade seine Zeit mit einem Computerspiel.

»Was ist das denn?« Er konnte es nicht fassen.

»Naja, bei der Kopfarbeit muss ich mich zwischendurch mal ablenken«, erklärte er. Langsam ging Felix das Kaugummi kauen auf die Nerven.

»Zeigen Sie doch mal, wo Sie gerade in ihrer Analyse stehen.«

Daniel beendete sein Spiel und sprang auf die Einstiegsseite.

»Sag mal, Kumpel«, sprach er Klaus an. »Wie war noch mal das Passwort, um auf das Laufwerk zu kommen?« Felix glaubte, sich verhört zu haben.

»Haben Sie sich überhaupt schon mal mit dem Thema beschäftigt?« Das konnte doch nicht wahr sein.

Daniel druckste herum und hörte sogar auf, sein Kaugummi zu bewegen.

»Naja, ich ...«. Zum ersten Mal fehlten ihm die Worte. Die Gewissheit traf Felix wie ein Keulenschlag.

»Packen Sie sofort ihre Sachen und verschwinden Sie. Ich will Sie hier nicht mehr sehen.« Sein Brüllen war so laut, dass man das Gefühl hatte, die Wände würden wackeln. Daniels Kiefer verharrte für einen Moment, um danach umso heftiger zu arbeiten. Langsam nahm er seine Füße vom Tisch, stand auf und griff sich seine Jacke. Er warf noch einen letzten Blick auf Felix und verschwand dann wortlos aus der Tür.

Klaus blickte von seinem Bildschirm auf und sah Daniel hinterher.

»Sauber«, war das einzige, was von ihm kam, bevor er sich wieder in sein Programm vertiefte.

»Scheiße!« schrie Felix noch, bevor er wieder in sein Büro rauschte. Er starrte fünf Minuten regungslos auf seinen Bildschirm. Dann öffnete er sein

Mailprogramm und tippte eine Nachricht.
»Scheiße!« sagte er noch mal bevor er seinen Bildschirm ausmachte.

Kapitel 50

Ungeduldig wartete Sabrina am nächsten Abend, dass Alex endlich auftauchen würde. Gestern war sie sehr enttäuscht, als er ihr Treffen abgesagt hatte. Umso mehr freute sie sich, ihn heute endlich wiederzusehen. Sich in ein »Opfer« zu verlieben war so ziemlich das Schlimmste, was ihr in ihrem Job passieren konnte, das wusste sie. Aber leider hatte sie ihre Gefühle einfach nicht im Griff, als sie Alex getroffen hatte.
Sie hatten sich dieses Mal in einem kleinen Restaurant in der Nähe des Rathausmarktes verabredet. Dort konnte man ungestört reden hatte er gesagt, was ihr sehr entgegen kam. Sie hatten viel zu besprechen. Wie ernst war es ihm mit ihr? Hatte er sich auch in sie verliebt oder täuschte sie sich? Hatte seine Frau die Fotos bekommen und wie hatte sie reagiert? Sie musste ihm erklären, dass sie ihn zuerst als untreuen Ehemann outen wollte, sich dann aber verliebt hatte.
Unruhig saß sie in einer Nische und wartete, dass er endlich kommen würde. Fast zwanzig Minuten nach

der vereinbarten Zeit betrat Alex das Restaurant. Strahlend winkte sie ihm zu. Endlich! Am liebsten wäre sie aufgestanden und ihm um den Hals gefallen, aber sie schaffte es sich zu disziplinieren. Lächelnd kam er zu ihr an den Tisch, gab ihr einen Kuss auf die Wange und setzte sich. Ihr Herz klopfte. Dieses Gefühl war ihr völlig fremd. Sein Lächeln zeigte ihr, dass er sich auch auf sie gefreut hatte.

»Schön, dass es heute geklappt hat«, begann sie. »Was möchtest Du trinken?« Sie reichte ihm die Getränkekarte.

»Nichts«, antwortete er, immer noch lächelnd. Ihr Lächeln erfror.

»Ich verstehe nicht.« Sie war irritiert.

»Ich werde nicht lange bleiben!« Sein Gesichtsausdruck veränderte sich eine Spur.

»Wieso?« Sabrina verstand nicht, was er wollte. Alex zog etwas aus seiner Jackett-Tasche und knallte es auf den Tisch. Die beiden Fotos.

»Was sollte das?« Sein Ton wurde eine Idee schärfer. Sie schaute auf die Fotos, dann auf Alex.

»Ich kann das erklären«, sagte sie vorsichtig. Alex verschränkte die Arme vor dem Körper.

»Na, da bin ich ja mal gespannt.« Ein Ober kam, um die Bestellung aufzunehmen.

»Später.« In ruhigem Ton schickte Alex ihn wieder weg. Der Kellner entfernte sich wieder.

»Ich bin eigentlich Treuetesterin.« Jetzt war es

heraus.

»Du bist was?« Für einen Moment erhob Alex die Stimme.

»Treuetesterin. Ich wurde auf Dich angesetzt, um herauszufinden, ob Du Deiner Frau treu bist.« Er sah sie an und schüttelte den Kopf.

»ich glaube es nicht. Meine Frau hat Dich engagiert, um …«.

»Nicht Deine Frau«, unterbrach sie ihn.

»Nicht?« Er sah sie forschend an. »Wer denn sonst?«

»Jemand anders.« Sie wollte ihren Klienten nicht preisgeben. Alex brauchte nicht lange zu überlegen.

»Doch nicht etwas Felix Burmeister?« Sabrinas Gesichtsausdruck erübrigte eine Antwort.

»Diese miese kleine Ratte«, zischte er.

»Aber Du musst mir glauben, es ist anders gelaufen, als Du denkst. Dieser Abend mit Dir war so schön. Ich glaube, ich habe mich in Dich verliebt.« Jetzt war es raus.

»So, hast Du?« fragte Alex. Es war nicht zu erkennen, ob er ihr glaubte oder nicht. Sie nickte.

»Weißt Du, das ist mir noch nie so gegangen und es tut mir echt leid, wie das gelaufen ist. Ich hätte ihm die Fotos nicht geben sollen. Das war ein Fehler. Aber im Nachhinein habe ich erst gemerkt, was ich für Dich empfinde.« Sie legte eine Hand auf seine. Alex lächelte sie an. Dann nahm er ihre Hand in beide Hände und sah ihr tief in die Augen. Sabrina hatte das Gefühl, dass nun alles gut werden würde.

»Du miese kleine Nutte«, sagte Alex plötzlich immer noch in einem ruhigen Ton, aber sein Gesichtsausdruck veränderte sich urplötzlich. Sie war schockiert.

»Aber …«. Wie aus heiterem Himmel war das gekommen und sie verstand nicht, warum er plötzlich so hart reagierte.

»Lässt Dich dafür kaufen, mit fremden Knackern ins Bett zu steigen.« Aus seinen Worten sprach Verachtung.

»Das stimmt nicht.« Sabrina war entrüstet. »Ich verkaufe doch meinen Körper nicht für …«.

»Flittchen!«, unterbrach er sie und drückte ihre Hand, die er immer noch festhielt, so fest, dass sie aufschrie.

»So was wie Du ist unter meinem Niveau. Ich ekel mich vor Dir.« Er stand auf und ging, ohne sich noch einmal umzudrehen. Sabrina blieb wie vom Donner gerührt sitzen. Tränen liefen ihr übers Gesicht. Was für ein Absturz. Und welche Demütigung. Nach einigen Minuten griff sie zu ihrem Telefon und rief Robert an. Weinend fragte sie: »Kannst Du mich abholen, bitte?« Zwanzig Minuten später tauchte Robert auf. Sie stand auf und fiel ihm in die Arme. Er strich ihr übers Haar und führte sie dann zu seinem Auto. Auf dem Rückweg erzählte sie ihm, immer wieder von Schluchzen unterbrochen, was passiert war. Robert biss die Zähne zusammen. Das wird der Kerl noch büßen, schwor er sich. Er hatte auch schon eine Idee.

Kapitel 51

Mit sorgenvoller Miene setzte sich Felix am nächsten Morgen an seinen Laptop. Von Sarah hatte er nichts gehört. Das konnte bedeuten, dass sie entweder die Fotos noch nicht gesehen hatte, sie sich von ihrem Mann getrennt hatte, ohne sich bei Johanna zu melden. Oder, was die schlimmste Option war, sie hatte sich von Alex einwickeln lassen. Am liebsten hätte er sie angerufen und nachgehakt. Aber das ging natürlich nicht. Wie hätte er es anstellen sollen, ohne zu verraten, dass er hinter den Fotos steckte. Genauso wenig konnte er Johanna einspannen. Die würde den Braten sofort riechen. Also blieb ihm nur abzuwarten, was er ziemlich hasste.
Gedankenverloren blickte er auf seinen Maileingang und wurde blass. Die Firma hatte geantwortet. Gestern hatte er die Hosen runtergelassen und ihnen mitgeteilt, dass er noch Zeit bräuchte und den Termin leider nicht einhalten könne. Er hatte um Aufschub gebeten und ziemlich darum gebettelt, dass sie ihm noch mal eine Chance geben sollten. Schon der

erste Satz, den er las, ließ seine Hoffnungen platzen.
»Sehr geehrter Herr Burmeister, mit Bedauern mussten wir zur Kenntnis nehmen, dass Sie entgegen unseres Vertrages den fest vereinbarten Liefertermin nicht einhalten können. Sollten wir bis kommendem Freitag die verabredete erste Auslieferung nicht erhalten, sehen wir uns gezwungen, von dem Vertrag zurückzutreten.« Felix schluckte, aber das Schlimmste kam noch.
»Wir werden wie angekündigt über unseren Anwalt die im Vertrag festgelegte Vertragsstrafe von 150 Tausend Euro geltend machen. Ferner fordern wir Sie auf, den bisher erstellten Quellcode, für den wir einen Abschlag von zwanzigtausend Euro gezahlt haben, der Firma Mertens & Co. zu übergeben, die diesen Auftrag übernehmen wird. Mit freundlichem Gruß«.
Alex. Natürlich. Immer wieder Alex. Nun hatte er ihm den nächsten Schlag verpasst. Und dabei hatte Felix gehofft, dass er nun wieder auf die Beine kommen würde. Es hatte einfach keinen Zweck. So sehr er sich auch bemühte, immer wieder ging es schief. Voller Verzweiflung stürzte er aus seinem Büro. Frau Möller schaute ihm erstaunt hinterher, als er wortlos an ihr vorbeistürmte.
Ziellos ging er durch die Stadt. Was sollte er bloß tun? Immer wieder stand ihm der Name Alex vor Augen. Er ballte die Faust. Dieser Schweinehund.

Eigentlich hatte er ihm einen Tiefschlag verpassen wollen und nun hatte es ihn selbst wieder erwischt.

Zufällig sah er Sarah die Spitalerstraße entlangbummeln. Sie sah alles andere als unglücklich aus. Er ging auf sie zu. Das war nun die Gelegenheit nachzuforschen, ob er zumindest an der Stelle Erfolg gehabt hatte.

»Hallo Sarah«, grüßte er sie. Sie erschrak im ersten Moment, weil sie gerade vor einem Schaufenster stehengeblieben war und sich die Auslage ansah.

»Huch, ach Felix, was machst Du denn hier?« Sie lächelte ihn an. Seine Hoffnung schwand.

»Ich, äh ich musste mal an die frische Luft. Den ganzen Tag im Büro zu sitzen ist nicht gut für die Figur«, versuchte er zu scherzen. Sarah nickte lachend.

»Und Du«, fragte er.

»Ach, ich war gestern schon mal shoppen und meine Einkäufe haben Alex so gut gefallen, dass er mich ermutigt hat, heute noch mal nachzulegen.« Sie strahlte ihn an.

»Das ist aber nett«, erwiderte Felix säuerlich. Sarah schien das nicht zu bemerken.

»Ja, in der letzten Zeit läuft es richtig gut zwischen uns.« Wieder strahlte sie.

»Und bei Euch?« fragte sie vorsichtig.

»Auch gut!« Felix wollte das Gespräch schnellstmöglich beenden. Das hatte also auch nicht geklappt. »Ich muss los. Mach's gut!« Er beeilte sich davonzukommen. Sarah blickte ihm nach. So richtig gut sah Felix heute nicht aus. Im nächsten Moment wandte sie sich wieder dem Schaufenster zu. Schön, dass es Alex und ihr so gut ging und sie mittlerweile so eine harmonische Beziehung hatten. Sie betrat das Geschäft und ließ sich beraten.

Felix war mittlerweile weitergegangen und betrat ein kleines Café. Er setzte sich an einen Tisch und studierte die Getränkekarte. Irish Coffee, das war genau das, was er jetzt gebrauchen konnte. Er bestellte. Etwas zu essen brauchte er nicht. Ihm war der Appetit vergangen. Zwei schlechte Nachrichten innerhalb einer halben Stunde waren einfach zu viel für ihn. Als er den Irish Coffee getrunken hatte, bestellte er sich noch einen. Der Whisky darin tat seine Wirkung. Er zahlte, verließ das Bistro und schlenderte ziellos weiter. In einer Seitenstraße entdeckte er eine Gastwirtschaft. Er betrat den Raum, der ziemlich finster war. Suchend blickte er sich nach einem Tisch um, setzte sich dann aber direkt an die Theke.

Der Mann hinterm Tresen musterte ihn. Sein neuer Gast sah nicht unbedingt wie jemand aus, der sich viel in solchen Läden herumtrieb. Teurer Anzug, teure Krawatte. Typ Geschäftsmann.

»Einen doppelten Whisky«, bestellte Felix. Der Gastwirt hörte auf, seine Gläser trockenzuwischen und nahm ein Glas und eine Whiskyflasche.

»Gerne«, sagte er, füllte das Glas und schob es zu ihm rüber. Der griff sich das Glas und kippte den Inhalt in einem Zug herunter. Der Mann hinter der Theke sah aufmerksam zu.

»Noch einen.« Felix musste aufstoßen, schob dem Wirt das Glas zu.

»Noch einen Doppelten?«, fragte er. Felix nickte.

»Sorgen?« fragte der Barkeeper, als er ihm das Glas zum zweiten Mal füllte. Felix nickte.

»Alles Mist!« Er starrte trübsinnig vor sich hin.

»Verstehe«, antwortete sein Gegenüber und trocknete wieder Gläser ab.

Eine halbe Stunde später war Felix nicht mehr in der Lage, sauber zu artikulieren. Als er drohte, vom Stuhl zu kippen, schlug ihm der Wirt vor, ein Taxi zu rufen, dass seinen Gast nach Hause bringen würde.

»Willnichnahause«, nuschelte Felix.

»Ich denke, das ist besser für Dich.« Der Wirt griff zum Hörer und rief ein Taxi. Wenige Minuten später betrat ein Taxifahrer die Kneipe. Als er den Betrunkenen sah, rollte er mit den Augen.

»Oh ne, Charly, nicht schon wieder so eine Schnapsleiche«, protestierte er.

»Was soll man machen. Aber der hat anscheinend Kohle. Wenn er Dir das Taxi vollkotzt, kannst Du Dir bestimmt von seiner Alten die Reinigung bezahlen lassen.« Der Taxifahrer packte Felix unter den

Achseln und schob ihn zu seinem Wagen.

»Wohin?« fragte er seinen Fahrgast. Der glotzte ihn aus trüben Augen an.

»Kneipe!« grunzte der.

»Ganz bestimmt nicht«, kam die prompte Antwort.

»Kneipe! Scheiße. Nichnahause«, protestierte er noch mal.

»Okay, Meister.« Der Taxifahrer griff Felix ins Jackett und förderte dessen Brieftasche zutage. Ein Blick auf dessen Personalausweis und er wusste, wo er diesen Säufer abliefern musste.

»Mannomann, wohnst in so einer Gegend und lässt Dich hier volllaufen.« Er schüttelte den Kopf. Er schob Felix auf seinen Rücksitz und knallte die Tür zu. Dann klemmte er sich hinters Lenkrad, startete den Motor und fädelte sich in den Verkehr ein.

Wenige Minuten später erreichte er sein Ziel. Er ging zur Haustür und klingelte. Eine attraktive Frau öffnete ihm die Tür. Der Taxifahrer blickte sie erstaunt an. Wenn das die Frau dieses Alkoholisierten war, dann begriff er gar nichts mehr. Wie konnte man sich so gehen lassen, wenn man solch eine Schönheit zuhause hatte?

»Ja bitte«, fragte ihn die Schönheit.

»Ich habe da was im Auto«, erwiderte er und konnte den Blick von ihr gar nicht lösen. Sie zog ihre Augenbrauen hoch.

»Was?« Ihr erstauntes Gesicht war einfach

bezaubernd.

»Einen Betrunkenen« war die Antwort. Das Gesicht der Frau veränderte sich von Erstaunen zu Ärger.

»Ne, nicht!« Sie schaute über seine Schulter und schüttelte den Kopf.

»Ich glaube, alleine laufen kann der nicht mehr.« Er kratzte sich am Kopf. »Wo möchten Sie ihn hinhaben?« Er hörte sich an, als ob er ein Paket abliefern würde, aber beinahe so war es ja auch.

»Am besten, Sie legen ihn gleich in die Badewanne. Sonst kotzt er mir noch die Wohnung voll.« Meine Güte, dachte der Taxifahrer, ist die süß, wenn sie sauer ist.

»Wird gemacht!« Er ging zum Auto, öffnete die hintere Tür, schnappte sich seinen Fahrgast und schleppte ihn ins Haus. Felix ließ das mit sich geschehen, lallte nur etwas Unverständliches.

»Soll ich ihn mit seinen Klamotten einfach so …«, fragte er leicht stöhnend unter der Last dieses nicht ganz leichten Mannes.

Die Frau nickte nur. Er schleppte den Mann ins Bad und ließ ihn langsam in die Wanne gleiten. Die Badewanne war eine von den großen Modellen, so dass der Trinker dort hineinpasste, ohne wie ein Taschenmesser zusammenklappen zu müssen.

»So, geschafft!« Er wandte sich der Frau zu, die voller Verachtung auf das Paket in ihrer Wanne schaute.

Sie drückte ihm einen 100er in die Hand.
»Danke für Ihre Mühe!« Er wollte ihr Wechselgeld zurückgeben, aber sie lehnte ab. Daraufhin zog er eine Visitenkarte aus seinem Portemonnaie und gab sie ihr.
»Falls Sie mal ein Taxi brauchen!« Die Hübsche nickte nur.
»Oder ich sonst etwas für Sie tun kann«, fügte er grinsend hinzu. Sie nahm das gar nicht mehr wahr, so dass er sich nur noch verabschieden konnte. Als sie die Tür hinter ihm schloss, blieb er noch einen Moment erstaunt stehen. Was für eine Traumfrau, dachte er. Und was für ein versoffener Idiot. Langsam stieg er in sein Taxi und fuhr davon.

Kapitel 52

»Hallo Paul, Robert hier.« Paul hatte erst nach dem sechsten oder siebten Klingeln abgenommen.
»Moin, Robert, wie geht's so.« Paul antwortete freundlich, klang aber abgelenkt.
»Hast Du einen Augenblick Zeit.«
»Für Dich immer«, kam die Antwort, aber Robert hörte Geräusche im Hintergrund.
»Wirklich. Hört sich so an, als ob Du zu tun hast.« Robert war sich nicht sicher, ob Paul ihm wirklich zuhörte.

»Doch!« Die Hintergrundgeräusche verstummten. »Hab nur gerade ein wenig Material ausgewertet.« Nun schien Robert seine ganze Aufmerksamkeit zu haben.

»Ich brauch Deine Hilfe.« Er machte eine Pause, aber von Paul kam keine Antwort. »Kannst Du mal Deine Fühler nach einem Typen ausstrecken?«

»Was soll ich tun?« Paul schien interessiert.

»Da ist so ein Typ, der vielleicht nicht ganz sauber ist. Der hat bestimmt eine Leiche im Keller und die sollst Du finden. Geht da was?«

»Was für ein Typ?« Paul horchte auf.

»So ein Unternehmensberater. Arroganter Typ und knallhart.«

»Okay, und Du bist sicher, dass bei dem was zu finden ist?«

»Ich hoffe!« Sicher war Robert sich nicht, aber er vermutete oder hoffte es zumindest.

»Details!« Paul war kein Mann vieler Worte, aber ein Ass in seiner Branche.

»Du machst es also?« Pause. »Okay, der Typ heißt Alexander Mertens und hat eine Firma ‚Mertens UB'. Er macht Geschäfte als IT-Berater und sein Laden läuft wohl ziemlich gut.«

»Warum interessiert Dich der Kerl?« Paul wollte zumindest wissen, warum er im Leben dieses Mannes herumstöbern sollte.

»Ist was Privates«, wich Robert aus.

»Aha!«

»Ich kann mir vorstellen, dass er in seinen Geschäften nicht ganz sauber vorgeht. Vielleicht schmiert er Kunden, mauschelt irgendwie rum. So was bräuchte ich.«

»Was Privates, sagst Du?« Paul wollte doch noch mal den Grund wissen.

»Ja, der hat einer Freundin von mir ganz übel mitgespielt.« Mehr wollte Robert nicht verraten.

»Oh Mann«, stöhnte Paul. »Und ich dachte, Du hast Vorteile davon.« Sein Ton klang vorwurfsvoll.

»Habe ich ja auch - vielleicht. Also machst Du es?«

»Ich habe den Typen schon im Internet gefunden. Gib mir eine Woche.«

»Alles klar, vielen Dank. Ich hör von Dir!« Robert beendete das Gespräch. Wenn es etwas zu finden gab, dann würde Paul das finden. Zufrieden lehnte er sich in seinem Stuhl zurück. Sollte er Sabrina etwas verraten? Noch nicht, erst dann, wenn er etwas hätte. Außerdem musste sie sich erst einmal wieder einkriegen. Die Kleine war nach dem Treffen mit diesem arroganten Typen völlig fertig. Wie gern hätte er sie getröstet, in den Arm genommen. Aber das war keine gute Idee. Er wollte ihre Freundschaft nicht gefährden. Er hoffte, dass sie irgendwann von sich aus zu ihm kommen würde. So lange musste er einfach Geduld haben. Und ertragen, dass sie sich mit fremden Kerlen traf, denen sie sich an den Hals warf. Bisher war es zum Glück noch nie zu mehr gekommen. Das hätte er nicht ertragen können. Deshalb war es ein Schock für ihn, dass sie sich in diesen Typen verliebt hatte und beinahe schwach geworden war. Zum Glück war es anders gekommen. Aber was dieses Arschloch mit ihr gemacht hatte, war unverzeihlich. Das sollte er zu spüren bekommen.

Verträumt betrachtete er das Bild von Sabrina, das er immer bei sich trug. Ach, meine Süße, wann begreifst Du, dass ich der Richtige für Dich bin. Er küsste das Bild und steckte es wieder in seine Tasche. Danach griff er erneut zu seinem Telefon und rief sie an.

»Hallo Sabrina, wie geht es Dir? Soll ich kommen?« Er hörte sie am anderen Ende schluchzen. Ohne eine Antwort abzuwarten, sagte er: »Okay, ich bin in zwanzig Minuten da. Werde uns was kochen.« Er beendete das Gespräch und machte sich auf den Weg.

Kapitel 53

Als Felix aufwachte, fühlte er sich hundeelend. Verwundert stellte er fest, dass er in seiner Badewanne lag. Er hatte keine Ahnung, wie er dort hingekommen war. Es roch säuerlich. Erst dann merkte er, dass er in seinem Erbrochenen lag. Was war bloß passiert? Mühsam konnte er sich nur noch daran erinnern, dass er in diese Gastwirtschaft gegangen war und sich einen doppelten Whisky bestellt hatte und dann noch einen. Irgendwann war dann plötzlich nichts mehr. Filmriss!

Mist, wie hatte er sich bloß dazu hinreißen lassen? Wenn bloß Johanna nichts davon mitbekommen hatte. Aber wie um Himmels Willen war er hier in seiner Wanne gelandet? Ächzend richtete er sich auf. In seinem Kopf schienen größere Bauarbeiten in Gang zu sein. Der Gestank war wirklich ekelerregend. Er stellte fest, dass auch seine Hose nass war. Er hatte sich eingepinkelt. Angewidert zog er seine Sachen aus und ließ Wasser ein. Seine Sachen warf er auf den Boden, um sie später auszuspülen oder lieber wegzuwerfen.

War seine Frau zuhause? Er hoffte nicht. Das Bad tat ihm gut. Nur der dröhnende Kopf machte ihm zu schaffen. Nach dem Bad putzte er seine Zähne. Als er die Zahnbürste in den Mund steckte, hätte er sich beinahe übergeben.

Nackt verließ er das Bad, um ins Schlafzimmer zu gehen und sich anzuziehen. Als er vor dem Schrank stand, stellte er mit Entsetzen fest, dass seine Fächer leer waren. Was war hier los? Er durchsuchte alle Fächer, aber es waren nur Johannas Sachen da. Nackt ging er ins Wohnzimmer und erschrak, als er sie dort auf dem Sofa sitzen sah.

»Hallo!« Er schämte sich, so nackt vor ihr zu stehen. Sie blickte ihn an, sagte aber kein Wort.

»Wo sind denn meine Sachen?« Langsam wurde ihm kalt und er fühlte sich entblößt.

»Gepackt!« kam die knappe Antwort.

»Was heißt das?« Ihm wurde plötzlich heiß und kalt zugleich.

»Du ziehst aus!« Sie deutete auf die Tür.

»Johanna, bitte, lass mich erklären.« Er sah sie flehend an.

»Nein, Felix!« Sie stand auf und ging einen Schritt auf ihn zu. »Du hast mir versprochen, dass Du Dich änderst, dass Du aufhörst zu trinken. Und was passiert?« Sie hob die Hände.

»Ein Taxifahrer bringt Dich wie einen versoffenen Müllsack hier nach Hause. Weißt Du, wie ich mich geschämt habe?« Ihr Ton wurde lauter. »Das war's! Ich lass mich scheiden.« Das klang wie ein Peitschenhieb. »Ich will, dass Du gehst!« Sie zeigte zur Tür.

Felix sackte in sich zusammen.

»Aber«, begann er.

»Deine Sachen sind draußen im Koffer. Also bitte geh!« Sie ging zur Haustür und öffnete. Felix stand da wie vom Donner gerührt. Wollte sie ihn wirklich nackt aus dem Haus werfen? Er ging zu ihr und wollte sie berühren. Das konnte sie doch nicht ernst meinen.

Ehe er sich versah, hatte sie ihn vor die Tür geschoben und diese hinter ihm zugemacht. Der Koffer mit seinen Sachen stand etwa 10 Meter entfernt vor der Gartenpforte. Er musste also splitternackt die Meter dorthin gehen, um sich seine Sachen zu holen und sich anzuziehen. Vorsichtig blickte er sich um, ob ihn jemand sehen konnte. Er schlich gebückt zur Gartenpforte und natürlich musste ausgerechnet in dem Moment die Frau von gegenüber aus der Haustür kommen. Mit offenem Mund sah sie zu, wie ihr Nachbar im Adamskostüm durch seinen Garten schlich.

Felix bedeckte seine Blöße und wäre am liebsten im Boden versunken. Die Dame machte auf dem Absatz kehrt und verschwand schimpfend in ihrem Haus.

Schnell griff sich Felix seinen Koffer und öffnete ihn. Obenauf lagen nur Hemden und Hosen. Als er tiefer grub, stellte er fest, dass Johanna alle seine Unterhosen zerschnitten hatte. Sie hatte ganze Arbeit geleistet, um ihn so sehr wie möglich zu demütigen. Ihm blieb nichts Anderes übrig, als eine Hose anzuziehen und auf Unterwäsche zu verzichten. Gleich morgen würde er als erstes einkaufen gehen. Für heute blieb ihm nur, sich ein Hotelzimmer zu besorgen. Er stopfte seine Sachen in den Koffer und rief sich ein Taxi.

Als er im Hotel eingecheckt hatte und sein Zimmer

betrat, fragte er sich, ob er eigentlich noch tiefer fallen könnte. Dann griff er sich sein Smartphone und schrieb eine Nachricht an Johanna: »Bitte verzeih mir!«. Ihm fiel ein, wie sehr sie ihn gedemütigt hatte. Nackt aus dem Haus jagen. Er löschte die Nachricht wieder. So würde das nicht funktionieren. Zwar hatte er sie enttäuscht, aber was sie ihm heute angetan hatte, war auch nicht zu verzeihen. Und alles hatte er Alex zu verdanken. Ich bring Dich um, schwor er sich. Zum ersten Mal hatte er Mordgedanken.

Kapitel 54

Alex war gerade dabei, sich in Richtung Fitness-Center aufzumachen, als ihm ein Wortfetzen seiner Frau zu Ohren kam, die gerade telefonierte.
»Gibt's doch nicht«, hörte er sie sagen. Sarah hörte sich aufgeregt an. Seine Neugier war geweckt und er blieb so vor der Wohnzimmertür stehen, dass Sarah ihn nicht sehen, er sie aber gut hören konnte.
»Du hast was gemacht?« Ihre Stimme überschlug sich fast. »Ihn nackt vor die Tür gesetzt?« Jetzt war seine Aufmerksamkeit endgültig geweckt.
»Und was hat er gemacht?« Sarah kicherte. »Echt, nackt durch den Garten und seine Sachen geholt.« Das konnte doch nur um Felix gehen.
»Ach, Johanna, und Du willst Dich wirklich scheiden lassen?« Bingo, nun hatte es Felix wirklich erwischt.

Alex grinste. Er hatte genug gehört.

»Ciao«, rief er Sarah zu. »Ich fahre schon mal los. Du kannst ja dann nachkommen.« Er ging zur Tür, das Lächeln auf seinem Gesicht wollte gar nicht verschwinden. Felix wollte seine Ehe zerstören und nun war es ihm selbst passiert. Er klemmte sich hinter sein Lenkrad und fuhr los. Statt zum Fitness-Center steuerte erst einmal auf die Autobahn. Das musste gefeiert werden. Einmal richtig auf die Tube drücken und die Freude rausschreien, das war jetzt das, wonach ihm der Sinn stand. In Stellingen fuhr er auf die A7, ordnete sich gleich auf der linken Spur ein. Um diese Zeit war die Autobahn recht frei, so dass er sofort Gas geben konnte. Als er die 200 km/h erreicht hatte, stieß er einen Freudenschrei aus. Felix, dieser Looser. Eigentlich war er schon gar kein Konkurrent mehr. Das war er noch nie, dachte Alex. Wie ein Film liefen die Jahre vor ihm ab, als sie noch so etwas wie Freunde waren. So lange er denken konnte, hatte Felix zu ihm aufgeschaut, ihn bewundert. Das hatte Alex auch gut gefallen, wenngleich er Felix eigentlich verachtete. Irgendwie war Felix schon immer der ewige Verlierer. Mit zähem Willen und vielen Anstrengungen schaffte er zwar meistens, bei den Noten nahe an denen von Alex zu sein. Aber in anderen Bereichen waren seine Bemühungen eher peinlich. Als Felix sich mit ihm zusammen beim Handball angemeldet hatte, war

Alex klar, dass das nur eine Witzveranstaltung werden konnte. Und so kam es dann auch. Felix blamierte sich bis auf die Knochen und gab das Ganze zum Glück nach kurzer Zeit wieder auf.

Zu dieser Zeit war es Alex zum ersten Mal unangenehm gewesen, dass Felix als sein bester Freund angesehen wurde. Schon vorher hatte es eine Situation gegeben, in der er seine Verachtung hatte durchblitzen lassen, als er Felix in angetrunkenem Zustand beleidigt hatte. Das hatte ihm am nächsten Tag leidgetan, aber das Weichei war ja anschließend wieder bei ihm angekrochen gekommen.

Endgültig genervt hatte es ihn dann, als Felix versucht hatte, ihn zu übertrumpfen. Als er beim Schachspiel, das er sonst immer gewonnen hatte, einmal unkonzentriert war, hatte Felix darauf bestanden, dass er seinen falschen Zug stehen lassen musste. Dabei hatte er sich nur vergriffen, weil er gerade an etwas Anderes gedacht hatte. Das war ihm passiert, weil Felix ein lausiger Spieler war und er ihn sonst im Vorbeigehen besiegen konnte. An dem Tag aber war es anders gelaufen. Felix bestand darauf, dass der Zug so stehenbleiben musste und hatte ihn dann genussvoll zerlegt. Besonders ärgerten ihn die Zuschauer, die dem Spiel zusahen und Felix zur Seite standen. Das war Alex nicht gewohnt. Sonst gehörten ihm die Sympathien. Als

dieses Weichei ihm dann nach und nach alle Figuren abknöpfte und dabei sein fleischiges Grinsen aufsetzte, war es Alex zu viel geworden. Er hatte wütend das Spiel umgeworfen und den Raum verlassen. Die Rufe »schlechter Verlierer«, die sie ihm hinterherwarfen, hatten ihn verletzt. Er schwor sich, es Felix heimzuzahlen. Die Gelegenheit hatte sich beim nächsten Handballspiel ergeben.
Noch heute musste er lachen, wie sein harter »Fehlpass« Felix voll auf die Zwölf getroffen hatte. Es kostete ihn schon große Anstrengung, in der Halle nicht zu triumphieren, sondern sich weiter auf sein Spiel zu konzentrieren.
Sie hatten hinterher nicht mehr über diesen Vorfall gesprochen, aber Felix war spürbar auf Distanz gegangen und hatte versucht, Alex auszustechen. Als sie dann nach dem Studium jeder eine Firma gegründet hatten mit der gleichen Zielgruppe, war es absehbar gewesen, dass das ihrer Beziehung nicht guttun konnte.
Und nun war Felix endgültig auf der Verliererstraße. Alex bremste herunter und verließ in Quickborn die Autobahn. Er nahm die Auffahrt Richtung Hamburg und fuhr den Weg zurück. Ob Felix sich noch einmal wieder einkriegen würde? Ob Johanna ihn noch einmal aufnehmen würde? Er hoffte es nicht, aber wenn sie genauso ein naives Schaf war wie seine eigene Frau, dann konnte das durchaus passieren.

Da werde ich einen Riegel vorschieben nahm er sich vor. Gut gelaunt hielt er vor dem Fitness-Studio, griff sich seine Sporttasche und ging hinein. Mal sehen, ob heute mal wieder ein neues hübsches Gesicht da sein würde. Sarah war anscheinend noch nicht da, sprach wohl noch mit ihrer Freundin. Also hatte er erst einmal freie Bahn.

Kapitel 55

Zwei Tage und zwei Hotelnächte später war Felix immer noch am Boden zerstört. Johanna fehlte ihm. Er war verzweifelt über seinen Absturz und die Demütigung durch seine Frau war in den Hintergrund getreten. Sie hatte ja Recht. Er hatte versprochen, nichts mehr zu trinken und dann so etwas. Das hätte ihm nicht passieren dürfen. Dass sie ihn nackt vor die Tür gesetzt hatte, war zwar demütigend gewesen, aber das hatte er wohl verdient. Gestern hatte er lange mit dem Pastor gesprochen, der ihn damals vor Dummheiten bewahrt hatte. Damals? Wie lange war das eigentlich her? Er wusste es gar nicht mehr zu sagen. Das Gespräch hatte ihm wieder gutgetan. Dieser hatte ihm geraten, Johanna genug Zeit zu geben und dann noch einmal zu versuchen, mit ihr zu sprechen.

Er überlegte, wie viel Zeit »genug« wäre und fand, dass zwei Tage eigentlich ausreichend sein müssten. Felix hatte sich mit neuer Wäsche eingedeckt. Außerdem hatte er sich eine Sporttasche und Sportsachen gekauft. Damit wollte er Johanna noch einmal beweisen, dass es ihm wirklich ernst war. Jetzt musste er es nur noch hinbekommen, dass sie ihn wieder ins Fitness-Studio ließen.

An der Rezeption stand zum Glück dieses Mal jemand anderes, so dass es ihm gelang, hineinzukommen. Nachdem er sich in seine neue Sportkluft geworfen hatte, betrat er den Geräteraum. Zum Glück war Johanna da. Als er auf sie zusteuerte, drehte sie ihm den Rücken zu. Felix beschloss, erst einmal ein wenig zu trainieren und dann auf eine Gelegenheit zu warten, in ihre Nähe kommen zu können, um ein Gespräch anzufangen. Johanna ging zum Laufband und begann, in hohem Tempo zu laufen. Als das Laufband neben ihrem frei wurde, nutzte er die Gelegenheit, sich dieses zu sichern. Er begann in langsamem Tempo und blickte immer wieder zu ihr rüber. Sie ignorierte ihn und schaute zur anderen Seite. Felix begann zu schwitzen, aber er wollte noch nicht aufgeben.

»Johanna, bitte«, begann er, wobei ihm das Reden beim Laufen schwer fiel. Sie blickte zur Seite.

»Können wir nicht noch mal reden«, krächzte er.

Johanna stoppte ihr Laufbahn und ging wortlos weg. Vor Enttäuschung tippte er auf den Temposchalter seines Displays und das Laufband beschleunigte. Dir werde ich es zeigen, dachte er nach Luft schnappend. Man kann sich den Frust auch ablaufen, überlegte er. Der nächste Griff auf das Display und das Laufband ging noch schneller. Plötzlich wurde ihm schwarz vor Augen. Er kam ins Stolpern, stürzte schwer auf das Display und wurde von dem Laufband rückwärts heruntergekatapultiert. Wie zwei schwarze Vorhänge schob sich etwas vor sein Gesichtsfeld, dann verlor er das Bewusstsein.

Im Fitness-Studio herrschte große Aufregung. Einer der Umstehenden begann mit einer Herzmassage, während andere aufgeregt nach einem Rettungswagen riefen.

Johanna hatte bereits das Fitness-Studio verlassen, sie hatte keine Lust, mit Felix zu sprechen und war ohne zu duschen direkt zu ihrem Auto gegangen, als sie mitbekam, dass ein Rettungswagen eintraf. Da hatte sich wohl wieder jemand übernommen, dachte sie, setzte sich in ihr Auto und fuhr los. Was denkt Felix eigentlich, überlegte sie. Dass er mit seinen Versprechungen noch einmal alles wieder rückgängig machen kann? Das hat er verspielt. Ich werde die Scheidung einreichen, beschloss sie. Und dann werde ich ihn melken. Hauptsache, sie konnte ihren Lebensstil halten. Schmunzelnd musste sie

noch einmal daran denken, wie er nackt durch den Garten gelaufen ist, um seine Sachen zu holen. Und wie er dann auch noch von der neugierigen Nachbarin drüben gesehen wurde. Die neugierige Kuh hatte doch bestimmt mitbekommen, wie er volltrunken hier abgeliefert worden ist. Dann hat sie auch verstanden, warum ich ihn rausgeschmissen habe.
Zufrieden mit sich kam sie nach Hause, öffnete eine Flasche Wein und setzte sich vor einen Liebesfilm. Als dieser kurz vor dem Happyend war, klingelte ihr Telefon.
»Hallo Frau Burmeister, hier ist das Universitätskrankenhaus Eppendorf. Ihr Ehemann hatte einen Unfall. Können Sie vorbeikommen?«

Kapitel 56

»Hi Robert, ich glaube, ich hab da was.«. Robert war es gewohnt, dass Paul kein Mann der vielen Worte war.
»Echt?« Das hörte sich gut an. »Erzähl!«
»Nicht am Telefon. Um 14 Uhr bei ‚Planten un Bloomen'«, schlug Paul vor.
»Okay, ich bin da.« Paul hatte das Gespräch beendet, bevor Robert sich verabschieden konnte. Paul war ein komischer Kauz, aber verstand es

meisterhaft, Dinge zutage zu fördern, die niemand entdecken sollte. Robert überlegte, ob er Sabrina etwas davon erzählen sollte, fand aber, dass es dafür noch zu früh war.

Die Zeit bis 14 Uhr kam ihm endlos vor. Viel zu früh war er am vereinbarten Treffpunkt und wartete ungeduldig auf seinen Informanten. Er blickte sich um, hatte aber kein Auge für die Schönheit des Parks. Viele Besucher schlenderten durch die Gärten und genossen das herrliche Wetter. Robert lief unruhig vor dem japanischen Garten hin und her und sah sich nach allen Seiten um. Es war 14.10 Uhr und Paul war immer noch nicht da. Ob ihm etwas dazwischengekommen war? Langsam wurde er unruhig, als ihm jemand plötzlich die Hand auf die Schultern legte. Robert schrak zusammen, aber als er sich umblickte, grinste ihn Paul an.

»Meine Güte«, stöhnte Robert. »Hast Du mich erschreckt. Wie kannst Du hier so plötzlich aus dem Nichts erscheinen?« Sein Informant grinste.

»In meiner Branche muss man das können. Immer unauffällig, aber immer aufmerksam.« Er zog ihn sanft mit sich. »Lass uns ein Stück gehen.« Sie schlenderten durch den Blumengarten und Paul begann, in kurzen Sätzen zu berichten, was er herausbekommen hatte.

Das Zielobjekt war ein erfolgreicher Unternehmensberater, der ordentlich Kohle

verdiente. Manche seine Geschäfte waren aber alles andere als sauber. Paul wusste von mindestens zwei Fällen, einer davon mit einem Kunden aus dem öffentlichen Bereich, wo er sich den Auftrag durch Schmiergelder erschlichen hatte. Bei anderen Aufträgen hatte er, wie es aussah, den Auftrag durch Drohungen bekommen. Robert pfiff durch die Zähne. Paul überreichte ihm einen Umschlag.
»So, Kumpel, noch zwei Sachen zum Schluss: Von mir hast Du das nicht.« Robert nickte.
»Und das Zweite?«
Paul blickte sich in der Gegend um. Ohne ihn anzusehen, fügte er hinzu:
»Sei vorsichtig. Der Typ ist gefährlich. Falls Dir irgendwas passiert …«. Er beendete den Satz nicht. Robert sah ihn fragend an.
»Was?«
»Dann kann ich Dir nicht helfen. Ich bin raus!« Er klopfte ihm auf die Schulter und zog sich zurück. Bevor Robert etwas erwidern konnte, war Paul verschwunden. Robert schob den Umschlag in seine Jacke. So schlimm würde es wohl nicht werden.
Er lächelte in sich hinein. Alexander Mertens, jetzt haben wir Dich am Haken, sagte er zu sich selbst und klopfte zufrieden auf seine Jacke. Er ahnte nicht, worauf er sich eingelassen hatte.

Kapitel 57

Als Felix aufwachte, fühlte er sich einfach nur elend. Zunächst hatte er Mühe, sich zu orientieren. Als er langsam klarer wurde, erkannte er, dass er sich in einem Krankenzimmer befand. Das letzte, woran er sich erinnern konnte, war das Laufband, auf dem er gewesen war. Danach war alles weg. Sein Versuch, sich im Bett aufzurichten, scheiterte, denn er war einfach zu schwach. Außerdem tat ihm alles weh. Er hatte das Gefühl, dass er gegen einen Bus gelaufen wäre, so taten ihm alle Glieder weh. Vorsichtig versuchte er, sich im Zimmer umzusehen, aber viel konnte er nicht erkennen.

Nach einiger Zeit kam eine Krankenschwester herein und trat an sein Bett.

»Hallo Herr Burmeister, da sind Sie ja wieder.« Sie lächelte ihn an. Felix versuchte zurückzulächeln, was sein Gesicht aber eher zu einer Fratze verzog. Erst jetzt bemerkte er den Turban, den er auf dem Kopf trug.

»Was ist passiert?« fragte er.

»Sie sind in einem Fitness-Studio zusammengebrochen«, antwortete die Schwester und zog sein Kopfkissen zurecht. »Möchten Sie etwas trinken?« Erst jetzt merkte Felix, wie ausgedörrt seine Kehle war.

»Ja bitte«, presste er mühsam hervor.

»Was ist denn genau passiert? Was ist mit meinem Kopf?« erkundigte er sich, nachdem sie ihm etwas Wasser eingeflößt hatte.

»Der Doktor kommt nachher zu Ihnen«, war ihre ausweichende Antwort. »Jetzt ruhen Sie sich erst einmal aus. Ihre Frau kommt sicher auch bald.«

Johanna! Jetzt wurde ihm wieder schmerzhaft bewusst, was in den letzten Tagen vorgefallen war. Sie hatte ihn rausgeworfen und war ihm im Fitness-Studio aus dem Weg gegangen. Würde sie ihn tatsächlich besuchen? Sie hatte von Scheidung gesprochen. Ihm war zum Heulen zumute. Alles war schief gegangen in der letzten Zeit.

Kurze Zeit später ging die Tür auf und ein Mann im weißen Kittel betrat den Raum, gefolgt von einer anderen Schwester.

»So, unser Glückspilz ist wieder da«, begann er und reichte Felix die Hand. »Mönkeberg, mein Name, guten Tag Herr Burmeister. Wie geht es Ihnen jetzt?« Sein Händedruck war fest, sein Auftreten forsch, aber freundlich.

»Als wenn ich unter einen Zug gekommen wäre«, antwortete Felix.

»Der Vergleich ist gut.« Der Arzt lächelte und blickte kurz die Schwester an, wandte sich dann wieder Felix zu. »Zumindest nehmen Sie es mit Humor.«

»Herr Doktor, was ist denn mit mir?« fragte Felix vorsichtig.

»Nun, ich sage es mal ganz platt: Sie haben riesiges Glück gehabt.« Sein Gesichtsausdruck wurde ernst. Felix sah ihn erschrocken an.

»Mit Ihrer Kondition, Herr Burmeister, sollten Sie nicht solche Dinge auf dem Laufband veranstalten.« Er machte eine kunstvolle Pause. »Sie hatten einen Kreislaufzusammenbruch. Wenn da nicht jemand beherzt eingegriffen hätte, dann hätte das böse enden können. Also: wenn Sie wieder Sport treiben, dann vorsichtig. Übertreiben Sie es nicht. Wir werden Sie jetzt noch zwei oder drei Tage hier aufpäppeln und dann sind Sie quasi wieder wie neu.« Jetzt lächelte er wieder.

»Danke, Herr Doktor.« Felix reichte ihm die Hand. »Ich werde es mir zu Herzen nehmen.« Dr. Mönkeberg stand auf und wandte sich zum Gehen.

»Ich schau morgen mal nach Ihnen, dann können wir auch die Verbände abnehmen.« Er deutete auf Felix Kopf. »Das Laufband war härter als Ihr Kopf.« Grinsend öffnete er die Tür und ging hinaus.

Nachdenklich lag Felix in seinem Bett und ließ sich die Worte des Arztes nochmal durch den Kopf gehen. Vermutlich hatte er wirklich zu viel auf einmal gewollt. Dann musste er wieder an Johanna denken. Bestimmt hatte sie seinen Zusammenbruch mitbekommen. Ob sie ihn wirklich besuchen würde? Erschöpft schlief er wieder ein. Die Schwester hatte ihm Schmerzmittel gegeben, so dass es jetzt besser auszuhalten war. Auf die Frage, ob sich seine Frau nach ihm erkundigt hatte, zuckte sie nur mit den Schultern. Soweit sie wusste, hatte niemand nach ihm gefragt, aber sie sei sich nicht sicher. Traurig blickte er ihr nach, als sie das Zimmer verließ. Dann fielen ihm die Augen zu. Er träumte davon, dass seine Frau und er sich versöhnt hatten und er wieder zu Hause eingezogen war. Er hatte Alex im Schach besiegt, wonach Alex ihn angebettelt hatte, ob sie nicht wieder Freunde sein könnten. Er hatte ihn aufgefordert, nackt in den Garten zu laufen und ihm ein paar Äpfel zu pflücken. Als Alex zurück war, hatte Felix ihm gesagt, dass er es sich noch mal überlegen würde.

Nur ganz langsam konnte Felix danach die Augen öffnen. Neben seinem Bett saß Johanna und hielt seine Hand. Sie lächelte ihn an, gab ihm einen langen Kuss und sagte, sie hätte alle seine Sachen wieder eingeräumt und hätte sich eine Arbeit gesucht, um ihn zu unterstützen. Felix weinte vor Glück, doch als er vor Erleichterung Johanna in den Arm nehmen wollte, griff er ins Leere. Er öffnete die Augen, aber das Zimmer war leer. Das einzige, was real war, waren die Tränen in seinem Gesicht.

Kapitel 58

Alex saß an seinem Schreibtisch und öffnete seine Post, die ihm seine Sekretärin gerade auf den Tisch gelegt hatte. Ein großer Umschlag stach besonders heraus. Er trug keinen Absender und war an ihn persönlich gerichtet. Alex nahm seinen Brieföffner und schlitzte ihn auf. Er enthielt mehrere Seiten und zwei Fotos. Diese Fotos kannte er doch. Das waren die, die Felix seiner Frau zugespielt hatte. Aber der lag doch im Krankenhaus. Also konnte er nicht der Absender sein.

Ob sie dahinter steckte? Eigentlich traute er es ihr nicht zu, aber wer wusste schon, wozu eine gekränkte Frau fähig war. Möglicherweise war es aber auch der Komplize, der diese Fotos gemacht hatte. Er nahm die anderen Blätter zur Hand und erbleichte. Da hatte jemand ganze Arbeit geleistet. Er war immer vorsichtig gewesen, hatte er jedenfalls gedacht. Aber da war ihm jemand auf die Schliche gekommen. Wenn das öffentlich würde, könnte er einpacken. Da waren dezidiert einige seiner dunklen Geschäfte aufgelistet. Als letztes lag ein Schreiben des Adressaten an ihn dabei:

»Nicht nur, dass Du Deine Frau betrügst. Auch in Deinem Geschäft lässt Du nichts aus, um Leute zu betrügen.

Diese Unterlagen sollten Dir einiges wert sein. Ich schlage mal eine halbe Million vor. Überlege es Dir. Ich melde mich wieder. Ein Freund.«

Alex biss die Zähne zusammen. Bislang war alles so schön glatt gelaufen. Sein Geschäft brummte, sein Konkurrent lag am Boden und jetzt das. Er überlegte fieberhaft, was er nun tun konnte. Zunächst einmal musste er herausbekommen, ob dieses Miststück Sabrina damit zu tun hatte. Der einfachste Weg war, ihr einen kleinen Besuch abzustatten. Sollte er drohen oder erst einmal abchecken, ob sie von der Sauerei etwas wusste? Er entschied sich für Variante Zwei.

Ohne zu zögern machte er sich auf den Weg. Unterwegs überlegte er sich eine Strategie. Er würde sie erst mal umschmeicheln und so vielleicht an die Information herankommen, die er brauchte. Steckte sie mit dahinter oder war das ihr Komplize?

Er erreichte ihre Wohnung am späten Nachmittag. Die Straße war nicht sehr belebt. Alex parkte in einer Seitenstraße. Man konnte ja nie wissen. Wie ein Spaziergänger schlenderte er zu ihrem Haus. Als niemand zu sehen war, betätigte er ihre Klingel.

»Wer ist da?« kam es aus der Gegensprechanlage.

»Ich bin´s, Alex. Wir müssen reden.« Eine kleine Weile verstrich. Anscheinend rang sie damit, ihn reinzulassen. Würde sie das tun, wäre das für ihn ein Indiz, dass sie nichts davon wusste, was ihr Komplize getan hatte.

»Okay«, kam aus dem Lautsprecher und der Türsummer ertönte. Alex lächelte und betrat das

Haus. Sabrina stand in der Tür und sah ihn misstrauisch an.

»Lässt Du mich rein?« fragte Alex, als sie keine Anstalten machte, zur Seite zu gehen. Wie in Trance trat sie zwei Schritte zurück und ließ ihn hinein.

Er ging ins Wohnzimmer und stellte sich vor das Sofa.

»Darf ich?« fragte er.

»Bitte!« kam die knappe Antwort und er setzte sich hin.

»Also, was willst Du?« Eigentlich war sie ganz süß, wenn sie wütend war, fand er. Mit ihr würde das Spielchen, das er mit ihr machen wollte, sicher mehr Spaß machen als mit dieser Carola Möller.

»Ich möchte mich bei Dir entschuldigen«, begann er kleinlaut. Sabrina schaute ihn teilnahmslos an, offenbar erst einmal bemüht zu hören, was er zu sagen hatte. Alex räusperte sich.

»Also ich war erst mal ziemlich sauer, dass Du so ein falsches Spiel mit mir gespielt hast und mich hinter meinem Rücken noch an meine Noch-Frau verpfiffen hast.« Sie horchte auf. Noch-Frau? Wollte er sich doch von ihr trennen?

»Weißt Du, ich bin seit langem nicht mehr glücklich mit ihr und bin schon lange drauf und dran, mich scheiden zu lassen.« Er machte eine Kunstpause und beobachtete ihre Reaktion. Langsam verschwand die Härte aus ihrem Gesicht.

»Und dann dachte ich, ich hätte DIE Frau getroffen, als wir uns begegnet sind.« Noch eine Pause. Die Worte sacken lassen. Das funktionierte meistens. »Um dann zu merken, dass ich für Dich nur ein Job war. Als ich dann hörte, was Du bist und dass Du Dich anderen an den Hals wirfst für Geld, war ich erst enttäuscht, entsetzt und dann, ja ich muss es zugeben, eifersüchtig.« Sabrinas Gesicht hellte sich spürbar auf. Sie war dabei, ihm das abzukaufen. Innerlich triumphierte er.

»Alles, was Du mir dann als Erklärung gesagt hast, prallte einfach an mir ab. Ich war verletzt, zutiefst verletzt.« Es gelang ihm, ein betrübtes Gesicht zu machen. Sabrina saß da wie erstarrt, hatte das Gefühl zu träumen.

»Und aus dieser Verletzung wollte ich Dich auch nur noch verletzen. Kannst Du das verstehen?« Ein angedeutetes Nicken ihrerseits ließ ihn fortfahren.

»Deshalb habe ich solche hässlichen Dinge zu Dir gesagt. Im Nachhinein tut es mir so leid und ich bitte Dich um Entschuldigung.« Als Spitze der Theatralik ging er vor ihr auf die Knie und nahm ihre Hand. Sabrina war wie betäubt. Nie im Leben hätte sie damit gerechnet, dass dieser Frauentyp, in den sie sich beinahe sofort verliebt hatte, vor ihr auf die Knie fallen würde. Sprachlos ließ sie es zu, dass er ihre Hand nahm und sich damit übers Gesicht strich. Dann küsste er ihre Handfläche und hauchte:

»Kannst Du mir vergeben?«

In dem Moment war es um Sabrina geschehen. Sie ging mit ihm auf die Knie und im nächsten Moment rollten sie auf dem Teppich und küssten sich wild. Geschafft, dachte Alex. Der erste Sieg ist errungen.

Eine Stunde später lagen sie nebeneinander im Bett. Sabrina hing ihren Gedanken nach, staunte über diesen Tag der so trübe begonnen hatte und solch eine unglaubliche Wendung genommen hatte. Sie schaute verliebt zu Alex rüber, der zufrieden lächelnd neben ihr lag.

»Meinst Du, dass Du Deinen Job aufgeben kannst, wenn wir richtig zusammen sind?« fragte er sie vorsichtig. Natürlich, dachte sie. Sie würde nur noch für ihn da sein. Das stellte sie sich himmlisch vor. Plötzlich fiel ihr Robert ein.

»Ich muss das nur noch mit Robert klären«, antwortete sie.

»Robert?«, fragte Alex. Die Spur wurde heiß. Anscheinend musste er gar nicht auf das Thema ihres Komplizen kommen.

»Ja, ich arbeite mit ihm zusammen.« Sie druckste ein wenig herum. »Weißt Du, er hat die Fotos geschossen.« Das Thema war ihr sichtlich unangenehm.

Bingo, dachte Alex. »Na, dann kann er ja mal ein paar gestellte Fotos von uns schießen«, lachte er.

»Ich bin froh, dass Du es so siehst.« Sie war

erleichtert.

»Darf ich Dich noch um einen Gefallen bitten?« fragte er scheinbar harmlos.

»Was denn?« Sabrina war alarmiert.

»Erzähl ihm bitte noch nichts von uns bis ich meine Sachen geklärt habe, okay?«

Sie war erleichtert. »Alles klar. Ich schweige!« Sie legte ihre Finger vor den Mund.

»Danke!« Das würde gerade noch fehlen, dass sie mit ihm sprechen würde, bevor er sich diesen Robert vorgeknöpft hatte.

Sie blieben noch eine Zeitlang liegen. Sabrina machte Zukunftspläne, während Alex Mühe hatte, sich auf das, was sie sagte zu konzentrieren. Als er sich schließlich von ihr verabschiedete, blieb sie strahlend zurück.

Endlich setzte sie sich an ihren Rechner und stornierte den Auftrag, den sie gerade heute Morgen angenommen hatte. Das würde sie jetzt nicht mehr machen und hatte sie auch nicht mehr nötig. Jetzt musste sie nur noch sehen, dass sie Robert erst einmal aus dem Weg ging. Wenn der sie so sah, würde er den Braten sofort riechen. Leider kannte er sie zu gut.

Kapitel 59

Sie hatte lange überlegt, ob sie ihren Mann im Krankenhaus besuchen sollte. Eigentlich hätte sie das tun sollen. Schließlich war sie mit ihm verheiratet. Noch. Sie war immer nach wie vor unentschlossen, ob sie wirklich einen Schlussstrich unter ihre Ehe ziehen sollte. Nicht, dass sie Felix so sehr liebte, dass sie sich nicht von ihm hätte trennen können. Was ihr Sorgen machte, war die Zeit danach. Offenbar hatte er in der letzten Zeit beruflich viele Probleme gehabt. Das hatte sie noch mal von dieser Sekretärin erfahren, die versucht hatte, in der Firma die Stellung zu halten. Überhaupt, diese graue Maus hielt die Stellung überraschend gut. Als Johanna sich nach dem Stand der Dinge erkundigt hatte, zeigte die Sekretärin, dass sie einen guten Überblick hatte, was in der Firma so los war. Sie berichtete freigiebig darüber, aber das Ergebnis war erschütternd. Diverse Projekte waren geplatzt, ein einziges Angebot war noch in der Schwebe und für ein anderes Projekt drohte eine Vertragsstrafe.

Wenn sie also jetzt die Scheidung einreichen würde, dann gäbe es vermutlich nicht viel aufzuteilen. Und wenn er ihr Unterhalt zahlen müsste, würde sie ihre Ausgaben deutlich reduzieren müssen. Das kam für sie nicht in Frage. Also musste sie mit darum kämpfen, dass er wieder auf die Beine kam und endlich Vernunft annahm.

Aber sie wollte ihn noch ein wenig schmoren lassen.

Ein einziges Mal hatte sie sich im Krankenhaus nach seinem Zustand erkundigt. Man hatte ihr mitgeteilt, dass er wieder auf dem aufsteigenden Ast wäre und wohl in zwei bis drei Tagen entlassen werden könnte. Sollte sie ihn wieder bei sich einziehen lassen? So wirklich konnte sie sich mit diesem Gedanken noch nicht anfreunden. Vermutlich war ein wenig Abstand ganz gut. Er musste spüren, dass er Bewährung hatte. Und musste sich endlich darauf konzentrieren, seine Firma wieder flott zu bekommen, damit wieder Geld in die Kasse kam.

Selbst Geld zu verdienen, kam für sie überhaupt nicht in Frage. Wer war sie denn, dass sie sich die Finger schmutzig machte? Heute Abend hatte sie aber mal Lust auszugehen. Sie musste nun nicht wie ein Trauerkloß zuhause sitzen und darauf warten, dass ihr Mann nach Hause kommen würde. Sie spürte so etwas wie Freiheit, hatte Lust, sich auszutoben. Sie ging zum Schrank und zog das gewagteste an, was sie finden konnte. Ein Oberteil, das tiefe Einblicke ermöglichte und einen Rock, den man als etwas breiteren Gürtel bezeichnen konnte. Damit würde sie alle Blicke auf sich ziehen, da war sie sicher. Sie musste nur aufpassen, dass sie nicht wieder solch einen aufdringlichen Typen wie Alessandro am Hals hatte.

Ihr fiel die Visitenkarte des Taxifahrers in die Hände, der Felix abgeliefert hatte. Sie hatte schon gemerkt, wie der sie angeglotzt hatte. Wenn der sie so sah, wäre es bestimmt um ihn geschehen. Das wäre als Einstieg in diesen Abend genau das Richtige, schmunzelte sie. Also rief sie ihn an. Natürlich erinnerte er sich an sie und versprach, in fünfzehn Minuten bei ihr zu sein. Genau zwölf Minuten später parkte sein Taxi vor ihrer Tür. Als sie die Haustür öffnete und er sie sah, wären ihm fast die Augen aus dem Kopf gefallen. Sie setzte sich auf den Beifahrersitz, wobei ihr ohnehin knapper Rock noch ein Stück höher rutschte. Im Augenwinkel konnte sie erkennen, dass er Mühe hatte, den Blick auf die Straße gerichtet zu halten.

Als er sie zwanzig Minuten später absetzte, fragte er sie, ob er sie irgendwann wieder abholen sollte.

»Vielleicht«, antwortete Johanna unverbindlich. Vermutlich rechnete er sich etwas aus. Sie zahlte, stieg aus und ging hüftenschwenkend in Richtung Diskothek. Erst als sie hineingegangen war, startete er sein Taxi und fuhr los.

Eigentlich hatte er in einer halben Stunde Feierabend, aber er würde sein Handy anlassen, falls sie sich melden würde. Er hatte den Eindruck, dass da was ging. Ihren Säufer hatte sie anscheinend an die Luft gesetzt und war wieder zu haben. Träumend setzte er seine Fahrt fort, um den nächsten und letzten Fahrgast abzuholen.

Kapitel 60

Der Treffpunkt war gut gewählt. Robert hatte den Hamburger Hafen ausgesucht, um den Austausch zu machen. Geld gegen die Unterlagen. Das wäre nicht so ungewöhnlich, wenn sich da zwei Männer trafen, um sich zu unterhalten. Der Wechsel konnte wie nebenbei passieren.

Alex war neugierig, diesen Typen kennenzulernen, der als kleiner Fotograf jetzt auf die schiefe Bahn geraten und zum Erpresser geworden war. Die Art und Weise, wie dieser es aufgezogen hatte, sprach nicht gerade dafür, dass er ein Profi war. Als sich Alex neben ihn auf die Bank gesetzt hatte, war er erstaunt, was dieser Robert für ein kleines Würstchen war. Es war beinahe eine Beleidigung, dass der sich mit ihm angelegt hatte. Die Frage war nur: wo hatte Robert diese Informationen her? Da musste noch jemand im Hintergrund sein. War der andere eventuell gefährlich? Hatte er noch mehr Informationen? Das Risiko musste Alex eingehen. Er musste diesen Robert ausschalten, und zwar so, dass ein möglicher Hintermann sich nicht trauen würde, aus der Deckung zu kommen.

»n'Abend!« begrüßte ihn Robert, dem die Anspannung deutlich anzumerken war.

»Schön, Dich kennenzulernen.« Alex war von vornherein bemüht, die Oberhand zu behalten.

»Haben Sie das Geld?« Der Erpresser sah stur geradeaus und bemühte sich, seiner Stimme Festigkeit zu verleihen.

»Hast Du die Unterlagen?«

»Sind hier drin!« Er deutete auf die Mappe, die er umklammert hielt.

»Was hast Du noch zurückbehalten? Wie kann ich sicher sein, dass Du nicht noch mehr hast?« Alex sah ihn eindringlich an, um ihn einzuschüchtern.

Anscheinend hatte Robert sich nicht auf diese Frage vorbereitet, dieser Amateur.

»Ich gebe Ihnen mein Wort«, erwiderte er leise.

»Pah«, Alex spuckte fast aus. »Was habe ich von dem Wort eines Erpressers? Wenn Du die Kohle verbraten hast, dann kommst Du wieder.« Der Erpresser schüttelte den Kopf.

»Weiß Sabrina, was Du hier treibst, Robert?« Roberts Kopf schnellte zu ihm hin.

»Woher kennen Sie meinen Namen?« Er war sichtbar um Fassung bemüht.

»Ich weiß so einiges über Dich!« Alex lächelte ihn an. Es lief so, wie er es sich vorgestellt hatte.

»Also was ist jetzt?« Robert war bemüht, das Treffen so schnell wie möglich zu beenden.

»Okay, hier sind 100.000. Mehr konnte ich auf die Schnelle nicht auftreiben.« Er reichte ihm den Umschlag. »Wenn Du mehr willst, werde ich Wege finden, Dir das Leben sauer zu machen.« Der Tonfall wurde drohend. Robert nahm zitternd den Umschlag mit dem Geld und übergab seinerseits das, was er mitgebracht hatte. Dann konnte er gar nicht schnell genug verschwinden. Als er etwa 100 Meter gegangen war, blickte er sich um. Die Bank war leer. Offenbar hatte sich dieser arrogante Typ auch gleich auf den Weg gemacht.

Mit eiligen Schritten strebte er seiner Wohnung entgegen, die nur einen knappen Kilometer von dem Treffpunkt entfernt war. Immer wieder blickte er sich um, aber anscheinend folgte ihm keiner. Als er vor seiner Haustür angekommen war, hatte er Mühe, den Schlüssel ins Schloss zu bekommen, weil seine Hände so zitterten. Kaum hatte er es geschafft, als er von hinten gepackt und ins Haus geschoben wurde. Er hatte keine Ahnung, woher dieser Kerl plötzlich gekommen war, aber er spürte, dass er in ernsten Schwierigkeiten steckte.

Kapitel 61

Felix hatte lange mit sich gerungen. Sollte er Johanna anrufen und fragen, ob er wieder einziehen könnte. Sie hatte ihn nicht besucht, noch nicht. Vielleicht würde sie auch gar nicht kommen. Aber so ging das doch nicht weiter. Er musste wissen, woran er war. Hatte sie sich überhaupt Sorgen um ihn

gemacht? Oder war er ihr völlig egal? Trotz aller Probleme, trotz der Demütigung liebte er sie noch immer und der Gedanke an Scheidung machte ihn fertig. Was würde er darum geben, alles was passiert war, rückgängig machen zu können. Er hatte sich ein Telefon aufs Zimmer legen lassen, sobald er sich wieder etwas bewegen konnte. Nach einiger Zeit der Überlegung griff er zum Hörer und wählte den Anschluss zuhause. Es klingelte mehrmals und dann ging die Mailbox ran. Er legte auf. Wo war sie? Die Geschäfte hatten zu, shoppen konnte sie eigentlich nicht mehr gehen. Vielleicht war sie im Fitness-Studio? Er wählte ihre Handynummer. Es klingelte mehrmals, dann wurde er weggedrückt.
Erschöpft sank Felix auf sein Kissen. Das war wohl Antwort genug. Er würde also erst einmal wieder ins Hotel ziehen müssen. Enttäuscht schaltete er den Fernseher ein. Es lief eine Krankenhausserie. Das konnte er nun überhaupt nicht gebrauchen. Er zappte von einem Sender zum nächsten und blieb bei einer Dokumentation über Armut in der dritten Welt hängen. Eigentlich ging es ihm ja noch gut, wenn er das Elend der Menschen dort sah. Er schaute die Sendung bis zu Ende und probierte es noch einmal auf ihrem Handy. Sofort meldete sich die Mailbox. Er zögerte kurz, ob er eine Nachricht draufsprechen sollte, unterließ es dann aber. Er wollte mit Johanna sprechen und nicht mit ihrer

Mailbox.
Seine Frau verbrachte derweil den Abend fröhlich tanzend. Gleich mehrere junge Männer hatten sich ihr an die Fersen geheftet, so dass sie kaum von der Tanzfläche kam. An eindeutigen Angeboten mangelte es nicht, die sie allesamt lachend ablehnte. Sie genoss es einfach, wie ihr die Männerwelt zu Füßen lag.
Es war schon spät als sie beschloss, nach Hause zu fahren. Sie testete, ob »ihr« Taxifahrer noch bereit war und in der Tat. Es hatte kaum zwei Mal geläutet als er sich meldete. Natürlich würde er sie abholen. In zehn Minuten wäre er da. Johanna schmunzelte. Es schien, als hätte er auf der Lauer gelegen und auf ihren Anruf gewartet. Sie ahnte nicht, wie recht sie damit hatte.
Das Taxi hielt und sie stieg ein. Bevor sie ihn angerufen hatte, war sie noch auf der Toilette gewesen und hatte sich frisch gemacht. Den durchgetanzten Abend sah man ihr nicht an, der Taxifahrer hingegen sah ziemlich müde aus.
»Noch gar keinen Feierabend«, fragte Johanna mitfühlend als sie einstieg.
»Doch, jetzt gleich«, kam die prompte Antwort und er lächelte sie an. Sie schlug die Beine übereinander, was er anerkennend zur Kenntnis nahm.
»Sie sind ja schon so etwas wie mein persönlicher Fahrer.« Sie lächelte ihn von der Seite an, was ihn

leicht rot werden ließ.

»Gerne.« Er versuchte, sich auf die Straße zu konzentrieren, auch wenn nicht viel Verkehr war um diese Zeit. Er schlich regelrecht, vermutlich um die Zeit auszukosten, die er diesen Fahrgast neben sich hatte.

»Sind Sie noch gar nicht müde?« Johanna hatte eine Idee.

»Es geht so«, erwiderte er. Warum fragte sie das? Machte sie Smalltalk? Sie erreichten ihr Ziel. Johanna wühlte in ihrer Handtasche und gab ihm reichlich Trinkgeld. Er bedankte sich.

»Einen schönen Abend«, wünschte er als Johanna sich anschickte auszusteigen. Sie lächelte ihn an und stieg aus. Während sie nach ihrem Schlüssel kramte, stand er noch da und beobachtete sie. Johanna hielt triumphierend ihren Schlüssel hoch und lächelte ihm zu. Er machte immer noch keine Anstalten loszufahren. Johanna ging um den Wagen herum. Der Taxifahrer ließ das Fenster herunter. Sie beugte sich herunter.

»Sind Sie zu müde oder haben Sie noch Lust auf einen Kaffee?« Ihm fiel die Kinnlade herunter. Natürlich hatte er Lust. Er kurbelte das Fenster wieder hoch, parkte in Johannas Einfahrt, machte den Motor aus und stieg aus. Dann folgte er ihr ins Haus. Er erinnerte sich, wie er beim letzten Mal diesen versoffenen Kerl hereingeschleppt hatte.

Schon da hatte er kaum etwas von der Wohnung wahrgenommen. Dieses Mal ging es ihm ebenso, aber aus einem anderen Grund. Er folgte dieser Frau und konnte die Augen nicht von ihr wenden. Die Nacht versprach, interessant zu werden.

Kapitel 62

Noch leicht außer Atem, denn er war einen anderen Weg zu Roberts Haus gejoggt, hatte Alex Robert gepackt und in seine Wohnung geschoben. Dann hatte es nicht viel Überredungskunst gekostet, um an die notwendigen Informationen zu kommen. Alex hatte nur ein wenig Druck ausüben müssen, körperlichen Druck, und Robert hatte bereitwillig Auskunft gegeben. Natürlich hatte er noch Material gebunkert. Nicht nur, dass es von den Fotos diverse weitere Ausdrucke und alles auch digital gab, er hatte auch noch mehrere Kopien des Belastungsmaterials. Nur die Auskunft, von wem er das Zeug bekommen hatte, wollte er zunächst nicht geben. Der kleine Fotograf war ihm körperlich hoffnungslos unterlegen. Ihm wehzutun war Alex eigentlich zuwider, aber als dieser sich trotz seiner Drohungen weigerte, musste Alexander eben nachhelfen. Zum Glück hatte er daran gedacht, Handschuhe zu tragen. Er schubste Robert in das Badezimmer, zwang ihn, in die Wanne zu steigen, holte ein Klappmesser heraus und begann, kleine Schnitte auf dessen Unterarmen zu machen. Dabei stellte er es so an, dass es aussah, als hätte dieser sich selbst geritzt. Der Fotograph biss sich auf die Zähne, aber er versuchte, den Schmerz zu bekämpfen. Die Prozedur wurde fortgesetzt. Blut tropfte auf den Wannenboden.

»Du kannst Dir vieles ersparen, wenn Du kooperierst.« Alex grinste ihn an. Robert hoffte immer noch, dass dieser Typ von ihm ablassen würde, spürte aber innerlich, dass das wohl nicht der Fall sein würde.

»Paul«, stieß er hervor, als der Schmerz unerträglich wurde.

»Paul wer?« fragte sein Folterer und hinterließ den nächsten Schnitt auf Roberts Unterarm.

»Paul Kramer.« Das tat fürchterlich weh, die Schnitte wurden anscheinend immer tiefer.

»Wie finde ich den?« Alex setzte zum nächsten Schnitt an, hielt das Messer aber noch zurück.

»In meinem Handy!« Der Schmerz war kaum noch auszuhalten.

»Und was hat er noch an Unterlagen?« Wieder setzte er das Messer an.

»Nichts«, stöhnte Robert. »Er hat mir alles gegeben.« Tränen traten in seine Augen.

»Sicher?« Alex zweifelte.

»Ja. Er hat mir gesagt, dass er raus ist. Er will mit der Sache nichts mehr zu tun haben.« Er sah ihn verzweifelt an. »Bitte hören Sie auf. Ich habe Ihnen alles gesagt.« Alex konnte sich nicht vorstellen, dass diese kleine Wurst ihn in der Situation noch belügen konnte. Und er spürte, dass Robert schwächer und schwächer wurde. Mit den vielen Schnitten hatte er schon reichlich Blut verloren. Konnte er ihn jetzt sich selbst überlassen oder war das Risiko zu groß?

»Also gut, dann will ich Dir mal glauben.« Er verließ das Bad, der Fotograph blieb zitternd in der Wanne sitzen. Alex setzte sich im Wohnzimmer hin und überlegte, was zu tun war. Er nahm sich das Handy des Kleinen und blätterte die Kontakte durch. Da war tatsächlich ein Paul Kramer. Er setzte sich an den Laptop, schaltete ihn an. Nicht mal passwortgeschützt war das Teil. Er öffnete das Mailprogramm und suchte nach Informationen, die die beiden ausgetauscht hatten. Nichts! Auch unter den gelöschten war nichts zu finden. Anscheinend hatten sie nichts elektronisch ausgetauscht. Das beruhigte ihn schon mal.

Er lauschte in Richtung Bad. Da war nichts zu hören. Der kleine Mann traute sich anscheinend nicht heraus.

Alex durchsuchte das Dateiverzeichnis, ob er irgendwo die Fotos finden konnte, die ihn in Verbindung mit dem Kerl bringen konnten. Alles war

sauber nach Datum sortiert. Schön, wenn jemand so viel Ordnung hielt. Er fand die Bilder und löschte sie. Dann löschte er auch den Papierkorb. Schön, der Mann hatte auch ein Programm, mit dem man sie so löschen konnte, dass sie nicht wiederherstellbar waren. Sein Blick fiel auf die Kamera. Er nahm sie, entnahm ihr die Speicherkarte, die er dann einsteckte. Plötzlich hörte er im Bad Wasser rauschen. Aha, der Typ hatte sich so weit berappelt, dass er sein Blut abwaschen wollte. Vorsichtig ging er zum Bad, um die Tür aufzumachen. Abgeschlossen.
»Mach auf, ich tue Dir nichts mehr!« Drinnen lief nur das Wasser, ansonsten gab es keine Reaktion. Zum Glück hatte die Tür ein Schloss, das man von außen mit einer Münze oder einem Schraubendreher öffnen konnte. Er zog die Handschuhe aus, nahm eine Münze aus seiner Geldbörse, zog die Handschuhe wieder über und schob das Schloss auf. Langsam öffnete er die Tür. Der Faustschlag traf nur seine Schulter und Alex stieß den kleinen Fotografen zurück, so dass dieser mit dem Kopf auf die Badewanne schlug und bewusstlos zu Boden ging. Blut tropfte aus seinem Hinterkopf. Alex beugte sich über ihn und prüfte, ob noch Leben in dem kleinen Körper war. Der Atem war kaum noch spürbar.
Was jetzt, überlegte er. Eigentlich hatte er ihn nicht umbringen wollen. Aber nun hatte sich das Ganze

verselbständigt. Falls der Typ aufwachen würde, wie würde er dann reagieren? Würde er Alex anzeigen? Risiko. Was war mit diesem Paul? Wie würde der reagieren? Vor allem: wie würde er reagieren, wenn er hörte, dass sein Kumpel eines gewaltsamen Todes gestorben war? Risiko. Alex dachte fieberhaft nach. Leider gab es jetzt kein Zurück mehr. Noch einmal prüfte er, ob Robert noch lebte. Er war zwar kein Experte, aber er hatte den Eindruck, dass er nicht mehr atmete. Einige Minuten beobachtete er den Gestürzten, dann war er sich sicher: der Mann war tot. Hatte er irgendwelche Spuren hinterlassen? Er war sich relativ sicher, nein. Plötzlich hatte er eine Idee, setzte sich noch einmal an den Rechner und öffnete das Mailprogramm.

»An Sabrina. Liebe Sabrina, ich wollte es Dir schon lange sagen, aber ich hatte nie den Mut dazu. Doch nun kann ich es nicht länger für mich behalten. Ich liebe Dich und kann es nicht ertragen, dass Du Dich immer wieder anderen Männern hingibst. Ich habe jahrelang unter einem Borderline-Syndrom gelitten, wobei ich gedacht hatte, dass ich es im Griff habe. Aber nach gestern ist es wieder aufgebrochen. Ich kann nichts dafür. Lass uns bitte noch mal ».

Hier brach er die Mail ab, ohne sie abzuschicken. Die Untersuchungen würden ergeben, dass er geschrieben hatte, ins Bad gegangen, dort ausgerutscht und zu Tode gestürzt war. Er ging ins

Bad, nahm ein Kleenex, tupfte etwas von dem noch nicht ganz getrockneten Blut ab und schmierte es dann auf die Tastatur. Zufrieden betrachtete er sein Werk. Dann überlegte er, ob er vielleicht noch etwas übersehen hatte. Er griff sich die Ausdrucke, die ihn verraten könnten, das Geld und die Fotos. Ansonsten fiel ihm nichts weiter ein. Vorsichtig öffnete er die Wohnungstür. Alles ruhig. Er trat auf die Straße, auch hier schien keine Menschenseele zu sein. Ohne große Eile machte er sich auf den Weg zu seinem Auto. Nun überlegte er, was er mit Sabrina machen musste.

Kapitel 63

Johanna drehte sich in ihrem Bett um und war erstaunt, dass das Bett neben ihr leer war. Dann erinnerte sie sich. Ach ja, sie hatte Felix aus dem Haus geworfen und außerdem lag er gerade im Krankenhaus. Lächelnd musste sie an die letzte Nacht denken. Dieser Taxifahrer. Roger hieß er. Sein erstaunter Blick als sie ihn noch auf einen Kaffee eingeladen hatte. Wie er sie angeglotzt hatte, als sie die Haustür aufgeschlossen und ihn hereingebeten hatte. Sie setzte den Kaffee auf und bemerkte schmunzelnd, dass er sie beinahe mit Blicken auszog. Sie konnte sich vorstellen, wie seine

Hormone verrückt gespielt hatten. Dann hatte sie ihm von ihrer unglücklichen Ehe erzählt. Vermutlich war das der Moment gewesen, an dem er endgültig seine Chance witterte. Mit übereinandergeschlagenen Beinen hatte sie ihm im Wohnzimmer gegenübergesessen und er konnte die Augen gar nicht von ihr nehmen. Ach, wie liebte sie es, sich bewundern zu lassen und mit dem Feuer zu spielen. Lange hatte er sich nicht getraut, ihr näher zu kommen, aber sie hatte gespürt, wie ihm immer heißer geworden war. Was hatte sie sich amüsiert. Als er dann langsam zum Angriff übergehen wollte, war sie gezwungen, ihn loszuwerden. Der Trick mit dem Handy hatte super funktioniert.

»Ich glaube, ich habe mein Handy in Deinem Taxi vergessen, Roger. Kannst Du das mal eben holen?«

Er war kurz davor gewesen, sich zu ihr zu setzen und ihr einen Kuss zu geben, als sie merkte, dass es nun höchste Eisenbahn war. Bedauernd war er aufgestanden und hatte »Natürlich!« gesagt. Einige Zeit hatte er in seinem Taxi gekramt, natürlich ohne es zu finden. Johanna hatte an der Tür gestanden, gelacht, ihr Handy hochgehalten und gerufen:

»Danke, ich habe es gefunden.« Roger hatte sich umgedreht und Anstalten gemacht, wieder hereinzukommen.

»Vielen Dank für den schönen Abend, ich muss jetzt schlafen«, hatte sie schnell hinzugefügt und eilig die

Tür zugemacht. Durch den Spion konnte sie sein fassungsloses und enttäuschtes Gesicht sehen, so dass sie Mühe hatte, einen lauten Lachanfall zu unterdrücken. Dieser Prolet hatte wirklich gedacht, dass etwas laufen könnte. Ein Taxifahrer! Das war nun so was von unter ihrem Niveau. Sie wartete noch, bis sie ihn abfahren sah.

Zufrieden hatte sie sich danach bettfertig gemacht, war hineingeschlüpft und hatte in sich hineingelächelt. Sei bloß vorsichtig, dass Du es nicht übertreibst, warnte sie eine innere Stimme.

Ach was, dachte sie. Ich habe alles im Griff. Mit diesem Gedanken schlief sie ein. Wirklich? meldete sich die innere Stimme noch mal, bevor sie endgültig ins Reich der Träume abglitt.

Johanna musste bei dieser Erinnerung schmunzeln, bevor sie dann endgültig die Augen aufschlug und überlegte, was sie an diesem Tag anfangen sollte. Eigentlich war ihr nach Einkaufen zumute, aber der Blick auf die Finanzen hatte sie doch ein wenig ernüchtert. Hoffentlich kam Felix bald wieder auf die Beine. Neues Geld war notwendig. Der letzte Zusammenbruch musste doch endlich Wirkung gezeigt haben. Vielleicht sollte sie sich um ihn kümmern, damit er seine Geschäfte wieder in den Griff bekam. Wäre es besser, ihn zu besuchen? Möglicherweise konnte sie ihn sogar abholen. Sie rang mit sich.

Zwei Tassen Kaffee später stand ihr Entschluss fest. Sie würde ins Krankenhaus fahren und mit ihm reden. Felix würde noch eine letzte Chance bekommen, ihre Ehe zu retten. Dazu musste er allerdings eiserne Disziplin zeigen. Kein Alkohol mehr, keine Privatfehde mit Alex und alle Konzentration darauf, die Firma wieder flott zu bekommen.

Sie zog sich heute eher dezent an und stieg in ihr Auto. Auf dem Krankenhausgelände fand sie nach einigem Suchen einen Parkplatz und machte sich auf den Weg zu der Station, auf der Felix lag.

»Ich suche meinen Mann, Felix Burmeister«, sprach sie die erste Schwester an, der sie begegnete.

»Oh, ist der noch nicht zuhause? Er ist schon vor einer Stunde entlassen worden.« Die Schwester klang beunruhigt.

»Ach, nein, ich war nicht zuhause«, log sie. »Dann werde ich mal fahren, er ist bestimmt schon da. Vielen Dank!« Sie machte sich schnell auf den Weg. Nach Hause war er sicher nicht gefahren. Jetzt musste sie nur noch herausbekommen, in welchem Hotel Felix abgestiegen war, falls er sich nicht von sich aus meldete. Sie fuhr wieder nach Hause, ohne viel Hoffnung, dass er dort vielleicht vor der Tür warten würde. Dann kramte sie ihr Handy heraus und rief seine Nummer an.

»Fitness-Studio Niendorf«, meldete sich eine

Stimme. Sie stutzte. Warum meldete sich Rolf, der Mann vom Fitness-Studio, wenn sie ihren Mann anrufen wollte.

»Hallo«, stotterte sie. »Hier ist Johanna Burmeister. Wieso haben Sie denn das Handy meines Mannes.«

»Ach, hallo Johanna. Das ist ganz einfach. Er hatte ja seine Sachen noch hier, als er zusammengebrochen war. Wir haben seinen Schrank aufbrechen müssen und ich bin leider noch nicht dazu gekommen, die Sachen zu schicken.«

Johanna machte eine Pause.

»Wie geht es ihm denn?« schickte Rolf nach.

»Er ist gerade aus dem Krankenhaus entlassen worden und ich wollte ihn fragen, ob ich ihn abholen soll.« Das entsprach ja irgendwie der Wahrheit.

»Soll ich die Sachen schicken?«

»Nein, lassen Sie mal. Ich hole sie nachher ab.« Sie beendete das Gespräch. Wo sollte sie jetzt nach Felix suchen? Es blieb ihr wohl nur zu warten, dass er sich meldete. Geduld war nicht ihre Sache. So was Blödes. Sie schaute auf ihr Telefon, als ob sie den Anruf herbeirufen könnte und erschrak, als das Telefon tatsächlich summte.

Kapitel 64

Auf dem ganzen Weg zu Sabrina überlegte Alex, wie

es nun weitergehen konnte. Mit dem Tod des Fotografen konnte ihn eigentlich keiner in Verbindung bringen. Alles, was sie verband, hatte er vernichtet. Nur dieser Paul wäre eine mögliche Verbindung. Eventuell würde er sich um den noch kümmern müssen. Und Sabrina hatte ihm zwar den Namen genannt, aber dass Alex und Robert sich jemals begegnet waren, konnte sie nicht wissen. Es sei denn, Robert hätte irgendetwas erzählt, aber das konnte er sich nicht vorstellen.

Sabrina. Eigentlich fand er sie ganz süß. Aber sie hatte wohl die Erwartung, dass er seine Frau für sie verließ. Das aber konnte er sich finanziell nicht leisten. Er hatte bei der Hochzeit einen Fehler gemacht und würde im Falle einer Scheidung reichlich zahlen müssen. Und ehrlich gesagt liebte er seine Frau wirklich. Also würde er Sabrina eine Zeitlang bei der Stange halten und sie irgendwann abschießen, falls sie zu sehr auf eine Scheidung drängen würde. Bis dahin aber würde er noch seinen Spaß mit ihr haben.

Aus einer Intuition heraus parkte er auch hier lieber in einer Seitenstraße. Sicher ist sicher, dachte er sich. Als er klingelte, dauerte es eine Weile, bis sie ihm öffnete. Offensichtlich hatte sie nicht mit seinem Besuch gerechnet. Nur in einem Bademantel begrüßte sie ihn. Irgendetwas in ihrem Blick irritierte ihn.

»Na, das ist aber eine komische Begrüßung«, versuchte er, seine Verunsicherung zu überspielen.

»Ich dachte nur«, begann sie stockend.

»Was denn?« versuchte er möglichst leichtfertig zu erwidern.

»Hat sich jemand bei Dir gemeldet?« Sie musterte ihn.

»Nein, wer denn?« fragte er.

Sie wirkte erleichtert. »Ich hatte vorhin einen Anruf von einem Freund. Der meinte ganz kryptisch, er würde es dem Kerl jetzt heimzahlen.«

»Okay. Was hat das mit mir zu tun?« Es war wichtig, dass er herausbekam, was sie wusste.

»Ich«, sie schüttelte den Kopf. »Ach, nichts!«

»Was denn, mit mir kannst Du über alles reden«, ermunterte er sie und nahm sie in den Arm.

»Ich habe schon gedacht, dass Robert auf Dich losgegangen wäre.« Er drückte sie fest an sich.

»Warum sollte er?« Erwiderte er scheinbar ahnungslos.

»Naja, ich war ziemlich sauer auf Dich, als Du mich als Nutte beschimpft hast und habe mir bei ihm das Herz ausgeschüttet.« Sie sah ihn ernst an. »Und Robert ist wie ein Bruder für mich, hat Beschützerinstinkte.« Daher wehte der Wind. Er hatte sie rächen wollen.

»Na, dann hatte er wohl jemand anderes gemeint«, versuchte er sie zu beruhigen.

»Ja, da bin ich erleichtert. Aber wen kann er nur gemeint haben?« Sie ließ sich in seine Arme sinken. Alex hielt sie fest. Sein Verstand arbeitete fieberhaft. Sabrina war nicht blöd. Wenn sie von Roberts Tod erfuhr, würde sie eins und eins zusammenzählen. Dass er sich geritzt und dann ausgerutscht und zu Tode gestürzt war, würde sie zumindest in Zweifel ziehen. Und dann gäbe es für sie vielleicht doch die Verbindung zu ihm. Konnte er dieses Risiko eingehen? Wie lange konnte er ihr etwas vormachen? Er musste nachdenken. Und sich erst einmal ablenken. Er trug Sabrina ins Schlafzimmer, zog erst ihr den Bademantel aus, entledigte sich seiner Sachen und legte sich dann zu ihr. Es wäre schon schade, dachte er. Aber wenn es sein müsste. Als sie wenige Minuten später laut aufschrie, als er sie zum Höhepunkt führte, war ihm klar: es gab kein Zurück mehr.

Kapitel 65

Felix hatte schon mehrfach zum Telefon gegriffen, es aber immer wieder weggelegt. Ein Mal hatte er sogar gewählt, aber die Verbindung unterbrochen, bevor es geklingelt hatte. Er traute sich nicht. Warum hatte sie ihn nicht besucht, sich nicht bei ihm gemeldet? Er fürchtete sich vor dem endgültigen Schlussstrich, dass sie ihm sagen würde, dass es vorbei sei und sie die Scheidung eingereicht habe.

Er rief in der Firma an und Frau Möller fragte zunächst nach seinem Befinden. Danach erzählte sie ihm, dass seine Frau dagewesen sei und sich nach den Geschäften erkundigt hatte. Felix war erstaunt. Sie hatte sich doch sonst nie für seine Geschäfte interessiert. Wo kam das plötzlich her, dass sie sich danach erkundigt hatte? Wollte sie ihm vielleicht doch helfen?

»Ich glaube, sie macht sich wirklich Sorgen«, schob Frau Möller noch nach, als er im Begriff war, das Gespräch zu beenden.

»Meinen Sie?« fragte er noch bevor er auflegte. Sie machte sich Sorgen. Worum? Um ihn? Um das Geschäft? Um ihren Lebensstil? Werde nicht ungerecht, schimpfte er mit sich selbst. Kurzentschlossen griff er noch mal zum Telefon und wählte ihre Nummer. Besetzt! Wütend legte er auf. Wieder kamen ihm Zweifel, ob es richtig war, sie noch einmal anzurufen. Minutenlang starrte er das Telefon an.

Als das Telefon geklingelt hatte, dachte Johanna zuerst, dass es Felix sei, aber es war Sarah. Sie hätten lange nichts mehr voneinander gehört, meinte die. Ob sie sich mal wieder treffen könnten. Sie hatte einfach eine gute Zeit mit Alex momentan. Zwar hätte er viele Termine, weil das Geschäft so brummte, aber

wenn er zuhause war, dann war er der liebevollste und tollste Ehemann, den man sich nur wünschen konnte. Leicht genervt hörte Johanna zu und merkte, wie sie immer weniger Lust verspürte, sich dieses Gesülze ihrer Freundin anzuhören. Aber diese war in ihrem Überschwang kaum zu bremsen, erzählte begeistert über ihre Reisepläne, die letzten Geschenke, die ihr Mann ihr gemacht hatte und wie er sie angesehen hatte, als sie vom Shopping kam und er sie in ihrem sexy Outfit gesehen hatte.
Johanna war kurz davor, ins Telefon zu brüllen: »Lass mich doch in Frieden, Du blöde Kuh!«, schaffte es aber, das Telefonat mit dem Hinweis zu beenden, sie müsse jetzt ihren Mann aus dem Krankenhaus abholen. Nur mit Mühe gelang es ihr, Sarahs Redefluss zu beenden. Eilig drückte Johanna das Gespräch weg. Beinahe Sekunden später erschien ein neuer Anruf auf dem Display. Eine Festnetznummer aus der Stadt. Zögerlich nahm sie das Gespräch an, ohne sich zu melden. Sekundenlang hörte sie nur Atemgeräusche. Als sie fast im Begriff war, den Anruf wegzudrücken, meldete sich der Anrufer doch noch.
»Hallo, ich bin's.« Die Stimme klang irgendwie heiser, fast wie verstellt. Sie erschrak. Das war doch nicht etwa dieser Taxifahrer.
»Wer ist ich?« fragte sie und ihr Herz klopfte.
»Erkennst Du meine Stimme nicht?« kam als Frage

zurück. Sie wusste nicht, wie sie reagieren sollte. Sollte sie den Anrufer wegdrücken?

»Nein, wer ist denn da?« Atemlos horchte sie, wie ihr Anrufer seufzte. Dann kam die Antwort.

Kapitel 66

Alex stand auf, um sich anzuziehen. Sabrina, noch völlig erschöpft von dem, was er eben mit ihr angestellt hatte, blickte ihm dabei zu.

»Wann willst Du es ihr sagen?« fragte sie ihn. Er sah sie an und schüttelte mit dem Kopf.

»Noch kann ich es nicht tun. Ich muss noch ein paar Dinge klären.« Sie wirkte leicht enttäuscht, wollte ihn aber auch nicht drängen.

»Fährst Du jetzt zu ihr?« Der Gedanke gefiel ihr gar nicht, aber schließlich war er ja noch mit seiner Frau verheiratet.

»Ja, ich muss wohl, sonst wird sie noch misstrauisch. Das kann ich momentan noch nicht gebrauchen.« Er zog sein Hemd an und schlüpfte in seine Schuhe.

»Wann sehe ich Dich wieder?« Meine Güte, war sie anstrengend.

»Ich versuche es so bald wie möglich«, wich er ihr aus.

Sie stieg aus dem Bett und umarmte ihn zum Abschied.

»Hoffentlich bald.« Sie konnte es kaum abwarten, dass sie endlich fest zusammen wären.

»Versprochen«, sagte er und gab ihr zum Abschied einen Kuss.

Draußen ging er eilig zu seinem Wagen. Es wäre gut, wenn man ihn hier nicht zu oft sehen würde. Wer weiß, was noch nötig wäre. Er war gespannt, wie sie reagieren würde, wenn sie von Roberts Tod erfuhr. Er hoffte, dass er das noch rechtzeitig mitbekommen würde, bevor sie ihn vielleicht damit in Verbindung brächte.

Zuhause angekommen fiel ihm seine Frau gleich um den Hals und begrüßte ihn stürmisch.

»Was ist denn mit Dir los?« staunte er.

»Ich habe so auf Dich gewartet«, erwiderte sie. »Komm mal mit.« Sie zog ihn mit ins Schlafzimmer, um ihm ihre neuesten Einkäufe zu präsentieren. Obwohl er ziemlich gelangweilt war, gelang es ihm, Begeisterung zu heucheln.

»Und jetzt umdrehen«, forderte sie ihn auf. Er legte sich aufs Bett und schloss die Augen. Sarah zog die Reizwäsche an, die sie gekauft hatte.

»Jetzt kannst Du gucken«, forderte sie ihn auf. Er reagierte nicht. »Alex?« Wieder nichts. Die Müdigkeit hatte ihn übermannt. Sie überlegte, ob sie ihn wecken sollte, entschied sich aber anders. Vermutlich hatte er einen harten Tag gehabt und war vor Erschöpfung eingeschlafen. Sie zog sich wieder um und ging ins Wohnzimmer. Dann eben ein anderes Mal, wenn er wieder wacher ist.

Sie setzte sich vor den Fernseher und schaute sich einen Liebesfilm an. Eigentlich hätte sie Lust auf etwas zum Knabbern gehabt, Chips, Nüsse oder vielleicht sogar Schokolade. Stattdessen ging sie in die Küche und holte sich ein paar Möhren und Gurken. Seufzend setzte sie sich vor den Film. Bei den Liebesszenen wurde ihr ganz warm. Wie gern hätte sie das jetzt mit Alex erlebt. Der aber lag in tiefem Schlummer. Ob sie ihn wecken sollte? Als der Film zu Ende war, zog sie sich aus und schlüpfte zu ihm ins Bett. Alex bewegte sich kurz, schlief dann aber weiter. Ihre leichte Enttäuschung herunterkämpfend schmiegte sie sich an ihn bis sie selbst eingeschlafen war.

Kapitel 67

Seine Stimme war so heiser und krächzend, dass sie ihn wirklich nicht erkannt hatte.

»Felix, wen hast Du denn erwartet?« kam die vorwurfsvolle Stimme aus dem Telefon.

»Du hörst Dich so anders an, dass ich Dich nicht erkannt habe.« Sie wartete, ob er etwas sagen würde, aber anscheinend fehlten ihm die Worte.

»Wie geht es Dir?« fragte sie dann, als von ihm

nichts kam.

»Besser.« Pause. Und dann. »Du fehlst mir.« Sie zögerte.

»Und nun?« fragte sie nach einer kleinen Weile.

»Kannst Du mir nicht noch eine allerletzte Chance geben?« krächzte er ins Telefon. »Es tut mir wirklich alles so leid und ich werde mich wirklich ändern.«

»Eine allerletzte Chance«, sagte sie bestimmt. Das kam ihr ja nun auch entgegen. »Kein Alkohol mehr, kein Kleinkrieg mit Alex und Du musst sehen, dass Du Deine Firma wieder in den Griff bekommst.«

»Du hast Dich erkundigt?«

»Ja, ich wollte sehen, wie es wirklich steht. Das sieht nicht gut aus und Deine Sauferei ist dabei, uns zu ruinieren.« Dass sie selbst das Geld mit vollen Händen ausgab, kam ihr dabei nicht in den Sinn.

»Du hast ja recht«, stimmte er ihr kleinlaut zu. »Johanna, kann ich wieder zuhause einziehen?« Sein Herz klopfte.

»Meinetwegen, aber erst einmal getrennte Schlafzimmer. Ich brauche noch Abstand.« Getrennte Schlafzimmer bedeutete, dass er auf dem Sofa im Wohnzimmer schlafen müsste, aber es war zumindest ein erster Schritt.

»Danke! Ich ruf mir ein Taxi und komme.« Er war glücklich, es gab noch eine letzte Chance. Er legte auf, packte seine Sachen zusammen und checkte aus. Anschließend ließ er sich ein Taxi rufen, das ihn nach Hause fuhr. Nachdem er geklingelt hatte, musste er noch einige Minuten warten, bis sie ihm öffnete. Er war schon unruhig geworden, ob sie ihn doch nicht reinlassen würde und war umso erleichterter, als sie endlich die Tür öffnete und er reinkommen konnte. Er wollte ihr einen Kuss geben, aber sie wich ihm aus.

»So weit sind wir noch nicht«, wehrte sie ab. Felix ging ins Wohnzimmer und sah zwei benutzte Weingläser auf dem Tisch stehen.

»Hattest Du Besuch?«

»Was soll das? Muss ich mich vor Dir rechtfertigen? Das fängt ja gut an«, pfiff sie ihn an.

»Entschuldigung, ich wollte Dich nicht ärgern.« So kleinlaut möchte ich Dich haben, frohlockte sie.

Er nahm seine Koffer und wollte damit ins Schlafzimmer.

»Wo willst Du hin?«

»Äh, ich wollte nur meine Sachen wieder einräumen.«

Sie schüttelte mit dem Kopf. »Auf keinen Fall. Im Moment ist das mein Zimmer. Du kannst Deine Sache im Koffer lassen. Schließlich bist Du nur auf Bewährung hier.« Zum ersten Mal fragte sich Felix, ob er nicht doch lieber im Hotel geblieben wäre. Achselzuckend setzte er seine Koffer ab und fiel ins Sofa.

»Und wie soll es jetzt weitergehen?« fragte er und

blickte sie leicht verzweifelt an.
»Du solltest so schnell wie möglich wieder anfangen zu arbeiten. Da gibt es jede Menge zu tun.« Sie sah ihn herausfordernd an. Felix nickte. »Okay, ich ruh mich heute noch etwas aus und fahre morgen früh dann gleich ins Büro.«
Johanna nickte anerkennend. So hatte sie das geplant. Schön, dass er ihr aus der Hand fraß. Nun sollte alles seinen Gang gehen, war zumindest ihr Plan.

Kapitel 68

Es dauerte genau drei Tage. Nachdem Sabrina drei Tage lang nichts von Robert gehört hatte, war sie unruhig geworden. Mehrfach hatte sie bei ihm angerufen. Zunächst hatte es zwar geklingelt, aber irgendwann war die Mailbox angegangen. Am dritten Tag aber hatte sich die Mailbox sofort gemeldet. Als wenn er sein Telefon abgestellt hätte oder der Akku leer war. Das bedeutete, dass er entweder sein Telefon verlegt hatte oder, was ihr Angst machte, dass er es nicht mehr bedienen konnte. Sie hatte ihm mehrfach Nachrichten hinterlassen und normalerweise antwortete er noch am selben Tag. Sie war zu seiner Wohnung gefahren, hatte geklingelt, geklopft, aber es war alles still. Sie fragte sich, ob sie hysterisch sei, aber dann hatte sie es nicht mehr ausgehalten und war zur Polizei gegangen. Der Beamte hatte vergeblich versucht, sie zu beruhigen. Es wäre doch ganz normal, dass jemand mal nicht erreichbar wäre. Vielleicht sei er nur weggefahren und hatte vergessen, ihr Bescheid zu sagen. Immer wieder musste sie ihm versichern, dass Robert das noch nie gemacht hätte, dass das völlig untypisch für ihn sei. Als der Beamte schließlich versucht hatte, sie zu vertrösten und nach Hause zu schicken, war sie erst recht bockig geworden. Sie hatte gedroht, so lange in seinem Büro sitzen zu bleiben, bis er etwas unternehmen würde. Seufzend hatte er aufgegeben, ihre Vermisstenanzeige aufgenommen und dann eine Streife verständigt, mal nach dem Rechten zu sehen.

Ungeduldig hatte Sabrina dort gesessen und auf eine Rückmeldung gewartet. Die Ungewissheit machte sie beinahe wahnsinnig. Sie schaute immer wieder auf die Uhr, die Zeit verging gar nicht. Nach etwa eineinhalb Stunden rief der Beamte sie zu sich. Seine Kollegen hatten erst vergeblich versucht, in die Wohnung zu kommen. Klingeln, Klopfen und Rufen hatte nicht geholfen. Sie hatten dann den Hausmeister kontaktiert, der ihnen Einlass verschaffen konnte. Im Wohnzimmer war der Laptop angeschaltet, auf dem Bildschirm war eine unfertige Mail an Sabrina. Sie entdeckten Blutflecke auf der Tastatur.

Sie hielt vor Schreck die Luft an und hielt die Hand vor den Mund. Aber das Schlimmste folgte noch. Im Bad hatten sie dann einen Mann gefunden, der sich mehrfach in den Unterarm geritzt hatte, dann vermutlich ausgerutscht, unglücklich auf den Badewannenrand gestürzt und an den Folgen augenscheinlich gestorben war.

Sabrina war wie vom Donner gerührt. Von dem, was der Beamte dann erzählte, bekam sie nur noch Bruchstücke wie durch einen Nebelschleier mit. Worte wie »Ermittlung«, »Prüfen auf Fremdverschuldung«, »Borderline«, »Sabrina«.

Ihr wurde übel. Sie stand auf, bedankte sich wie in Trance und verließ die Polizeidirektion. Ziellos ging sie durch die Straßen, ohne so recht zu wissen, wohin. Wie war das möglich? Robert tot. Vor ein paar Tagen war er doch noch so lebendig. Das letzte, was sie von ihm gehört hatte, war die Aussage, es dem Kerl heimzahlen zu wollen. Was meinte er damit nur? Alex konnte es nicht sein, der sagte ja, dass er von Robert nichts gehört hatte. Aber mit wem hatte ihr Freund und Partner sonst zu tun? Sie versuchte, sich das ins Gedächtnis zu rufen, was der Beamte gesagt hatte. Borderline? Dass er darunter gelitten hatte, davon wusste sie nichts. Das hätte er ihr doch erzählt, oder? Mail an Sabrina? Sie hatte keine Mail von ihm bekommen. Es passte alles nicht zusammen.

Nur langsam wurden ihre Gedanken wieder klarer. Unbewusst war sie noch einmal in Richtung Roberts Wohnung gewandert. Vor dem Haus stand reichlich Polizei. Erst zögerte sie, aber dann sprach sie einen der Polizisten an, die vor der Tür standen, um mögliche Neugierige zu verscheuchen. Zunächst wollte er sie auch wegschicken, aber als sie ihm dann erzählte, wer sie wäre und sich auswies, holte er einen Kollegen, der herauskam und sich um sie kümmerte.

Der Kriminalbeamte, ein Mann mittleren Alters mit leicht angegrauten Haaren, stellte sich als Kommissar Schneider vor. In knappen Sätzen fasste er noch einmal zusammen, was sie bisher herausgefunden hatten. Insbesondere kam er auf die Mail zu sprechen, die sie auf dem Laptop gefunden hatten. Darin hatte er ihr seine Liebe gestanden und gebeichtet, dass er jahrelang unter einem Borderline-Problem gelitten hätte, das jetzt wieder ausgebrochen sei, da er unglücklich sei über das, was gestern passiert war.

»Was war denn gestern?« fragte der Kommissar. Sabrina überlegte. Das konnte nur die Tatsache sein, dass sie sich verliebt hatte.

Das wäre ein Grund mutmaßte der Kommissar. Doch sie mussten in alle Richtungen ermitteln. Auch ein Fremdverschulden konnte nicht ausgeschlossen werden. Wüsste sie vielleicht, ob der Tote Feinde gehabt hätte. Der Tote! Sie hatte Schwierigkeiten, sich an Robert als den Toten zu gewöhnen. Konnte er irgendwelche Feinde haben? Ihr fiel eigentlich nur Alex ein, aber es konnte natürlich irgendjemand anderer sein, den er gemeint hatte. Sie wollte Alex lieber nicht ins Spiel bringen und würde ihn später noch einmal selbst fragen, bevor sie solche Dinge in Gang setzte. So schüttelte sie den Kopf und versicherte, dass sie niemanden wüsste, der ihm etwas angetan haben könnte. Kommissar Schneider bedankte sich und bat sie, sich für weitere Fragen zur Verfügung zu halten.

Sabrina machte sich zu Fuß auf den Weg nach Hause. Ihre Gedanken wirbelten durcheinander. Eigentlich wollte sich Alex ja melden, aber sie brauchte unbedingt jemandem zum Reden. Und da kam jetzt nur noch Alex in Frage. Robert konnte es nicht mehr sein. Tränenüberströmt nahm sie ihr Smartphone zur Hand und schrieb Alex eine SMS: »Kannst Du kommen, bitte? Es ist etwas Schreckliches passiert. S.« Kaum hatte sie die Nachricht losgeschickt, kam schon die Antwort. »Bin unterwegs. Bis gleich. Alex«. Erleichtert beschleunigte sie ihre Schritte. Die Aussicht, sich in seine Arme begeben zu können, stimmte sie wieder froher. Sie ahnte nicht, wie sehr sie sich in seine Arme begeben würde.

Kapitel 69

Felix war gewillt, seine guten Vorsätze in die Tat umzusetzen und so begleitete er seine Frau ins Fitness-Studio. Er redete noch einmal mit dem Chef dort und dieser war bereit, ihn quasi auf Bewährung noch mal trainieren zu lassen. Felix nahm sich vor, es erst einmal etwas ruhiger angehen zu lassen.

Während Johanna gleich auf´s Laufband ging, machte er einen großen Bogen darum. Heute würde er sich nur um die Gewichte kümmern. Das Laufen hatte er erst einmal für einige Zeit ausgesetzt. Bewundernd sah er dabei zu, wie sich seine Frau geschmeidig auf dem Band bewegte. Er konnte sich gar nicht satt sehen an ihr.

Vorsichtig nahm er an einem der Geräte Platz und stellte die Gewichte vorsichtig auf 15 Kilo ein. Als er gerade loslegen wollte, sah er, wie Sarah den Raum betrat. Oh nein, dachte er, wenn sie da ist, kann Alex nicht weit sein. Seine Stimmung sank. Zielstrebig steuerte Sarah auf Johanna zu und begrüßte sie. Seine Frau warf ihr einen flüchtigen Blick zu, verlangsamte aber nicht ihr Tempo.

»Alex kommt heute nicht, hat noch einen Geschäftstermin«, hörte er Sarah gerade noch sagen. Er atmete auf. Dann blieb ihm das heute zumindest erspart. Sarah nickte ihm zu, bevor sie sich aufs Rad schwang.

Einen geschäftlichen Termin, überlegte er. Bei Alex schien das Geschäft ja richtig gut zu laufen. Ob da alles mit rechten Dingen zuging? Seine eigenen Aufträge hatte Alex ihm auf jeden Fall mit nicht gerade sauberen Methoden abgejagt. Ehrlich währt am längsten, fiel ihm ein. Stimmte dieses Sprichwort wirklich? Da hatte er doch so seine Zweifel. Anscheinend kam Alex mit seinen fiesen Methoden durch. Verbissen stemmte Felix die Gewichte in die Höhe.
Er machte eine Pause und blickte zu Sarah hin. Ob sie hinter die Kulissen blicken konnte, was ihr Mann so trieb? Für ihn war klar, dass er nicht nur geschäftlich so manches verzapfte. Es stand für ihn auch fest, dass er seine Frau betrug. Die aber schien die Augen davor zu verschließen, wirkte momentan auch richtig glücklich. Seine eigene Frau dagegen war misstrauisch, spionierte ihm hinterher, trieb ihn an und hielt ihn emotional auf Abstand. Wieder stemmte er die Gewichte hoch. Was mache ich nur falsch? Aber ich werde mir die Worte des Pastors zu Herzen nehmen. Faule Tricks kommen für mich nicht mehr in Frage und ich werde sehen, dass ich Alex so gut es geht aus dem Weg gehen. Ich werde einen Bogen um den Alkohol machen und darum kämpfen, dass meine Ehe nicht nur standhält, sondern richtig gut wird.
Er schaute auf Johanna, die nach wie vor auf dem

Laufband trabte. Diese Frau ist es wert, um sie zu kämpfen.

Verstohlen sah Johanna zu ihm rüber. Er sah noch immer ein wenig verbeult aus nach seinem Sturz vom Laufband. Aber auch sonst war sein Anblick nicht gerade besonders einladend. Stark übergewichtig mit vor Anstrengung rot angelaufenem Gesicht. Zum wiederholten Mal fragte sie sich: Liebe ich ihn? Habe ich ihn jemals geliebt? Wenn sie ehrlich war, musste sie sich eingestehen, dass sie beinahe so etwas wie Verachtung für ihn empfand. Ihr Blick wanderte zu Sarah, die auf dem Fahrrad schwitzte. Sie schien wirklich glücklich zu sein, hatte aber auch wirklich Glück mit ihrem Mann. Nett, erfolgreich, gutaussehend. Johanna spürte, wie der Neid in ihr immer stärker wurde. Ihre Freundin genoss ihr Glück spürbar. Um ihren Frust abzubauen, stellte sie ihr Laufband auf eine noch höhere Geschwindigkeit. Als Felix das sah, staunte er nicht schlecht und bewunderte seine Frau noch mehr. Er lächelte ihr zu, was sie aber scheinbar nicht wahrnahm.

Kapitel 70

»Es ist etwas Schreckliches passiert.« Das konnte nur bedeuten, dass sie den Toten mittlerweile gefunden hatten. Alex hatte nicht lange überlegt und sich sofort ins Auto gesetzt. Die Frage war: Was wusste Sabrina, was ahnte sie? Hatte sie seine Erklärung gefressen oder traute sie ihm doch nicht zu hundert Prozent? Wieder parkte er in einer Seitenstraße und ging zu Fuß zur ihrem Haus. Er hatte überlegt, Handschuhe zu tragen, aber erstens wäre ihr das sicher komisch vorgekommen und außerdem wimmelte das Haus sowieso schon von seinen Fingerabdrücken von seinen vorherigen Besuchen. Falls es zum äußersten kam, womit er beinahe rechnete, musste er sich etwas einfallen lassen.

Er klingelte und Sabrina machte ihm auf. Sie sah elend aus, total verheult. Das war kein schöner Anblick, er hasste es, wenn eine Frau weinte. Als er die Wohnung betrat, klammerte sie sich an ihn und wimmerte. Er strich ihr sanft übers Haar, um sie zu trösten. Ihr liefen die Tränen nur so übers Gesicht, ihre Nase lief und sie zitterte. Nur ganz langsam beruhigte sie sich und war in der Lage, ihm zu berichten, was sie bisher erfahren hatte. Er hörte aufmerksam zu und streichelte sie dabei. Als sie dann erzählte, welche Fragen ihr der Kommissar gestellt hatte, war er beunruhigt und versuchte, mehr zu erfahren, ohne sich zu sehr zu verraten. Da sie immer wieder von Schluchzen geschüttelt wurde, war nur schwer herauszubekommen, was sie geantwortet hatte. Er wurde ungeduldig.

»Hast Du Ihnen etwas von uns gesagt?« fragte er schließlich.

»Wie meinst Du das?« Sie putzte sich die Nase und sah ihn an.

»Na, dass er mich fotografiert hat und so weiter?«

Sie schüttelte den Kopf, war aber eine Spur aufmerksamer geworden. »Nein, aber Du kanntest ihn doch gar nicht.«

»Nein!« Seine Antwort kam zu laut und zu schnell, was er sofort bemerkte, als ihm das Wort entschlüpft war. Er spürte förmlich, wie ihr Misstrauen geweckt war. Schnell versuchte er, seinen Patzer wieder gut zu machen.

»Das hatte ich Dir doch gesagt, als Du mich gefragt hattest«, beeilte er sich, hinzuzufügen. Ihr Blick, den sie ihm zuwarf, gefiel ihm gar nicht. Hatte sie jetzt doch Zweifel?

»Entschuldige, aber ich muss mal kurz auf die Toilette.« Er erinnerte sich, dort beim letzten Mal etwas gesehen zu haben. Als er ging, schaute sie ihm hinterher. Langsam hatte er das Gefühl, dass ihm die Sache entglitt. Im Bad öffnete er den Schrank. Richtig, da war die Rolle mit Schlaftabletten, die er letztes Mal auf der Ablage gesehen hatte. Bis auf eine war die Packung noch vollständig. Er nahm sie an sich und steckte sie in die Tasche. Dann betätigte er die Spülung, wusch sich die Hände und kehrte zurück ins Wohnzimmer. Er

sah gerade noch, wie sie ihr Smartphone eilig auf den Tisch legte. Entweder hatte sie gerade telefoniert oder war im Begriff gewesen, es zu tun.
Er lächelte sie an. »Geht's etwas besser?« Sie lächelte schwach zurück. »Ein wenig.«
»Ich koch uns einen Tee«, verkündete er und ging in die Küche. Während das Wasser anfing zu kochen, blickte er immer wieder ins Wohnzimmer und schaute, was sie gerade tat. Sabrina starrte vor sich hin, bewegte sich nicht.
Als der Tee kochte, füllte er zwei Tassen. In der einen löste er zwei Tabletten auf, während er sorgsam darauf achtete, dass sie im Wohnzimmer saß und sich nicht von der Stelle rührte. Als er mit den beiden dampfenden Tassen ins Wohnzimmer kam, blickte sie auf und lächelte schwach.
»Das ist lieb«, kam von ihr, während er sie besorgt ansah.
»Gerne. Der Tee wird Dir bestimmt guttun.«
Sie schwiegen. Alex überlegte, was sie wirklich wusste oder ahnte. Sie grübelte, ob er wirklich etwas damit zu tun haben könnte. Als der Tee allmählich genügend abgekühlt war, tranken sie ihn in kleinen Schlucken. Alex beobachtete sie genau. Ganz langsam tastete er sich voran.
»Was hast Du denn nun dem Kommissar gesagt, als er nach möglichen Feinden gefragt hat?« Sie blickte ihn an, merkte langsam, wie müde sie war.

»Ich habe gesagt, ich wüsste es nicht«, kam langsam zurück.

»Aber Du hattest einen Verdacht?« Ihm war klar, die Antwort würde über Leben und Tod entscheiden.

»Der Einzige, den ich mir vorstellen könnte«, kam zögernd. »Wärest Du.« Ihre Sprache wurde schleppender.

»Aber Du hast nichts gesagt?« Sie schüttelte den Kopf.

»Würdest Du es mir zutrauen?« Sein Ton wurde schärfer. Sabrina konnte kaum noch die Augen offenhalten.

»Ich weiß es nicht«, kam als Antwort, fast nur noch gehaucht.

»Willst Du das dem Kommissar sagen?«

»Vielleicht«, konnte sie gerade noch sagen, bevor ihr die Augen zufielen.

Dann konnte er also kein Risiko eingehen, dachte Alex. Er versicherte sich, dass Sabrina im Begriff war, fest einzuschlafen. Das durfte nicht passieren, noch nicht. Er trug sie aufs Bett, holte die restlichen Schlaftabletten aus der Verpackung, steckte sie ihr nach und nach in den Mund und ermunterte sie, diese runterzuschlucken. Es wurde immer schwieriger, weil sie kaum noch wachzuhalten war. Er redete dauerhaft auf sie ein: »Komm, Liebes, trink, dann hast Du es bald geschafft.« Irgendwann musste er aufgeben, weil sie einfach nicht mehr wach wurde.

Aber es müsste eigentlich auch so reichen. Er legte sie aufs Bett, wischte die Tablettenrolle ab und drückte sie ihr in die Hand. Dann ließ er sie neben das Bett fallen. Außerdem wischte er ihren Teebecher ab, drückte ihr auch diesen in die Hand und stellte ihn dann auf den Nachttisch. Danach nahm er seinen Teebecher, wusch ihn aus und stellte ihn wieder in den Schrank. Er lauschte in den Hausflur, aber es war alles still. Beinahe auf Zehenspitzen verließ er die Wohnung, zog vorsichtig die Tür hinter sich zu und trat auf die Straße. Meine Güte, habe ich ein Glück, dachte er. Auch hier war keine Menschenseele. Eilig machte er sich auf den Weg zum Auto, fuhr nach Hause und legte sich ins Bett.

Seine Frau kam eine halbe Stunde später nach Hause. Zunächst tat er so, als wenn er schlafen würde. Sie legte sich neben ihn und er spielte so, als wäre er gerade aus dem Tiefschlaf gekommen, hätte nun aber bemerkt, dass Sarah gerade eingetroffen war.

»Wie war's?« fragte er scheinbar schlaftrunken.

»Ganz nett, ich habe hinterher noch einen kleinen Umtrunk mit Johanna gemacht. Und bei Dir?« Er grunzte.

»Fehlanzeige. Ich habe zwei Stunden auf den Kerl gewartet, aber er ist nicht gekommen. Da bin ich frustriert nach Hause und habe mich ins Bett gelegt«, log er.

»Armer Schatz«, bedauerte sie ihn.

»Ich weiß, wie Du mich trösten kannst«, erwiderte er und zog sie an sich. Sarah reagierte sofort. Während er sie auszog überlegte er, ob die Tabletten bei Sabrina wohl gereicht hatten. Ich denke schon, beruhigte er sich, bevor er sich auf seine Frau legte.

Kapitel 71

Nachdem Kommissar Schneider zwei Tage lang vergeblich versucht hatte, die Zeugin zu erreichen, war es ihm zu bunt geworden. Sie sollte sich doch zu seiner Verfügung halten. Klar war es für sie schmerzhaft, dass sich ihr Freund vermutlich ihretwegen geritzt hatte und dann zu Boden gestürzt war. Aber die näheren Umstände waren noch nicht zu hundert Prozent klar und er hatte noch ein paar Fragen an sie.

Als er vor ihrer Tür stand und klingelte und klopfte, tat sich nichts. War es Intuition, Berufserfahrung, Schneider wusste es nicht zu sagen. Aber er hatte kein gutes Gefühl. Er erinnerte sich an den Eindruck, den er bei ihrem ersten Gespräch gehabt hatte. Es kam ihm so vor, als hätte sie nicht alles gesagt, was sie wusste. Zwar hatte er keinen Durchsuchungsbeschluss, aber das war ihm plötzlich ziemlich egal. Er würde sich Zutritt zu der Wohnung verschaffen. Ein Schlüsseldienst kam innerhalb von nicht einmal dreißig Minuten. Sein Ausweis sorgte dafür, dass der junge Mann nicht lange zögerte und innerhalb weniger Augenblicke war die Tür offen. Schneider bedankte sich bei ihm, schickte den Mann weg und betrat vorsichtig die Wohnung. Alles war ruhig und unbelebt. In der Küche stand eine Kaffeekanne, ansonsten war alles aufgeräumt. Im Wohnzimmer lag ein Bademantel, achtlos auf den Boden geworfen. Bevor er ins Schlafzimmer schaute, warf er noch einen Blick ins Bad. Nur Utensilien einer Frau. Anscheinend war sie wirklich Single. Schließlich öffnete er die Schlafzimmertür und sah seine schlimmsten Befürchtungen bestätigt. Die junge Frau lag auf ihrem Bett und atmete nicht mehr. Er ging zu ihr und fühlte zur Sicherheit ihren Puls. Kein Zweifel, die Frau war tot. Auf den ersten Blick war kein Anzeichen von Gewalteinwirkung zu erkennen. Aber neben dem Bett auf dem Nachttisch stand eine fast leere Teetasse. Erst dann sah er eine beinahe leere Rolle mit Schlaftabletten. Ein typisches Suizid-Szenario, dachte er. So eine hübsche junge Frau. Wie konnte so jemand seinem Leben selbst ein Ende bereiten. Doch man sollte nicht zu früh urteilen. Er griff sich sein Handy und wählte.

»Schneider hier, hallo. Ich brauche mal den Gerichtsmediziner und die Spurensicherung.« Er lauschte einen Moment und ergänzte dann: »Ja, das ganze Programm.« Dann beendete er das Gespräch und wartete. Zwanzig Minuten später traf die Spurensicherung ein, dicht gefolgt vom Gerichtsmediziner.
Er begrüßte die Kollegen, um sich danach zur Nachbarschaftsbefragung aufzumachen. Mist, dachte er noch. Dann haben wir jetzt zwei ungeklärte Todesfälle, einen Unfall, einen Suizid und beides hing irgendwie zusammen. Er seufzte. Manchmal hasste er seinen Job.

Kapitel 72

Seitdem Felix wieder zuhause eingezogen war, hatte er es sich zur Gewohnheit gemacht, morgens erst einmal gemütlich zu frühstücken und Zeitung zu lesen, bevor er sich in die Arbeit stürzte. Mittlerweile war er dabei, sich daran zu gewöhnen, den Tag mit einem Müsli zu beginnen. Den Zucker im Kaffee hatte er neuerdings weggelassen in der Hoffnung, dass ihm die Ernährungsumstellung helfen würde, abzunehmen und fitter zu werden.
Sein Blick fiel auf eine kleine Meldung auf der Hamburg-Seite des »Hamburger Abendblattes«.

Eine junge Frau war in ihrer Wohnung tot aufgefunden worden. Nichts deutete auf Fremdeinwirkung hin, es sprach eigentlich alles für einen Suizid. Die Frau war als sogenannte Treuetesterin tätig. Felix stutzte. Konnte es sein, dass es sich bei der Frau um Sabrina handelte? In der beschriebenen Gegend wohnte sie doch. Ihn überfiel so eine Ahnung. Er beschloss, der Sache auf den Grund zu gehen und mal bei ihrer Adresse vorbeizuschauen. Felix ließ sich zu ihrem Haus fahren und klingelte bei ihr. Nichts passierte. Aufgeben kam nicht in Frage, er musste Gewissheit haben. Also klingelte er bei den Nachbarn. Als die sich über die Gegensprechanlage meldeten, sagte er, dass er zu Sabrina wollte und ob sie wüssten, wo sie wäre. Der Türsummer ging an und er betrat das Haus. Aus der Wohnung, die sich gegenüber von Sabrinas Wohnung befand, sah ihm ein älterer Mann misstrauisch entgegen. Felix Blick fiel auf die Eingangstür zu Sabrinas Wohnung und erbleichte, als er das Polizeisiegel sah. Panik erfasste ihn. Ohne lange zu überlegen drehte er sich um und stürzte aus dem Haus. Der Mann sah ihm hinterher und ging dann zurück in seine Wohnung. Er hatte doch noch die Visitenkarte von diesem Kommissar Schäfer, Schröder oder wie der auch immer hieß. Endlich fand er die Karte. Ach ja, Schneider hieß der. Er griff zum Telefon. Als sich sein Gesprächspartner meldete, hatte er nur eine kurze Mitteilung für ihn.

»Hier ist Papke. Sie wissen schon, der Nachbar von der Toten. Es ist gerade was Sonderbares passiert.« Er lauschte.

»Ich bin in zehn Minuten da«, kam die Antwort.

Kapitel 73

Felix ärgerte sich über seine eigene Dummheit. Nun hatte er zwar Gewissheit, dass es wirklich Sabrina war, die tot aufgefunden wurde, aber durch sein Verhalten hatte er sich natürlich verdächtig gemacht. Warum nur war er davongelaufen? Was sollte dieser Mann denken, als Felix auf dem Absatz kehrtgemacht hatte. Es musste doch so aussehen, als hätte er etwas zu verbergen. Nun konnte er nur hoffen, dass er keine schlafenden Hunde geweckt hatte. Doch was war mit Sabrina passiert? So selbstbewusst, wie sie ihm gegenüber aufgetreten war, konnte er es sich nicht vorstellen, dass sie sich selbst umgebracht hatte. War ihr vielleicht einer ihrer »Opfer« auf die Schliche gekommen und hatte sich gerächt? Wie auch immer, wenn die Polizei jetzt noch einmal in ihrem Umfeld herumstocherte, dann würde sie früher oder später auch auf ihn stoßen. Der Gedanke machte ihn nervös. Von der Polizei verhört zu werden, war nun nicht gerade das, was er zurzeit

gebrauchen konnte.
Felix fuhr ins Büro und setzte sich an seinen Schreibtisch. Er checkte seine Mails. Nachdem er wieder zur Arbeit gegangen war, hatte es drei vielversprechende Anfragen gegeben. Langsam fasste er wieder Mut, dass er seine Firma doch wieder in besseres Fahrwasser würde führen können. Seine Beziehung zu Johanna schien sich auch so langsam wieder zu beruhigen. Seine Nähe suchte sie zwar immer noch nicht, er musste weiterhin auf dem Sofa schlafen, aber zumindest hatten sie sich länger nicht mehr gestritten. Das war doch schon etwas, fand er. Abends war er jetzt schon mehrere Male mit ins Fitness-Studio gegangen, was ihm von Mal zu Mal leichter fiel, wenngleich er es sich lieber zu Hause gemütlich gemacht hätte. Aber er wollte seiner Frau beweisen, dass er es dieses Mal ernst meinte und fand, dass es ihm ganz gut gelang. Seine Gedanken schweiften noch einmal zu Sabrina und sie tauchte vor seinem inneren Auge auf, wie sie ihn begrüßt hatte, wie nett und selbstbewusst sie gewesen war. Das passte einfach nicht dazu, dass sie sich das Leben genommen haben sollte. Wie auch immer, er hoffte schon aus egoistischen Gründen, dass die Polizei nicht weiter ermitteln würde. Wenn doch, wusste er, dass vermutlich er selbst dafür gesorgt hatte.
In der Zwischenzeit war Kommissar Schneider in

Sabrinas Haus angekommen und sprach mit dem Nachbarn. Dessen Erzählung führte dazu, dass der Kommissar doch noch einmal den Suizid in Frage stellte. Warum hatte dieser Mensch sonst bei Sabrina geklingelt und hatte dann panisch die Flucht ergriffen, als der Nachbar ihn gesehen hatte. Das wirkte zwar stümperhaft, aber vielleicht wollte der Mann sich überzeugen, ob sein vermeintliches Opfer wirklich gestorben war. Das war zwar eine Theorie, aber sie war nicht ganz von der Hand zu weisen. Der Zeuge meinte, den Besucher wiederzuerkennen, wenn er ihn sehen würde. Also beschloss der Kommissar, die letzten Kontakte der Toten zu ermitteln und eine Gegenüberstellung zu machen. Die Frau hatte zwar jede Menge männliche Kontakte, anscheinend hatte sie irgendein entsprechendes Gewerbe, aber er würde sich von den Kontakten her von hinten nach vorn arbeiten. Er durchforschte ihr Handy und die letzten Anrufe waren zum einen der andere Tote, dieser Robert. Der schied natürlich aus. Dann war da ein Alex, mit dem sie noch kurz vor ihrem Tod Kontakt gehabt hatte und ein F. Burmeister, mit dem sie einige Tage vor ihrem Tod mehrfach telefoniert hatte. Die anderen Kontakte lagen bereits mehrere Wochen zurück, so dass er sich zunächst einmal auf diese beiden konzentrieren würde. Er notierte sich die Nummern dieser beiden Männer und fuhr ins Büro, um sie zu einer Befragung zu sich zu bestellen. Für den Abend hatte er dann Sabrinas Nachbar und die beiden Männer gemeinsam zu einer Gegenüberstellung gebeten.

Als er die beiden Herren kontaktierte, hätte die Reaktion der Gesprächspartner nicht unterschiedlicher sein können. Der eine, dieser Alex war äußerst betroffen über den Tod von Sabrina, zeigte sich aber sehr kooperativ und sagte zu, sofort aufs Kommissariat zu kommen. Der andere, F. Burmeister wirkte dagegen am Telefon äußerst fahrig und nervös. Schneider wurde das Gefühl nicht los, dass dieser Mann etwas zu verbergen hatte. Nur äußerst zögerlich war er bereit, sofort zu kommen. Der Kommissar legte auf und machte sich erste Notizen. Hinter dem Namen Burmeister machte er schon mal ein dickes Fragezeichen. Das versprach, ein interessantes Gespräch zu werden.

Kapitel 74

Felix war der Schweiß ausgebrochen, als sich dieser neugierige Kommissar bei ihm gemeldet und ihn aufs Kommissariat bestellt hatte. So ein Mist, anscheinend hatte er durch seine Dummheit wirklich die Polizei noch einmal aufhorchen lassen. Er merkte selbst, wie auffällig er sich am Telefon benommen hatte, doch er hatte sich einfach nicht im Griff.

Vielleicht sollte er zur Beruhigung nur einen kleinen Schluck nehmen, um seine Unsicherheit zu bekämpfen. Er überlegte und entschloss sich dann, sich am Kiosk nebenan nur einen kleinen Flachmann zu besorgen und dazu eine Packung Kaugummis, um den Geruch zu überdecken. Als er den Flachmann ausgetrunken hatte, spürte er ein großes Verlangen nach mehr, rief sich dann aber selbst zur Ordnung.

Er kam beim Kommissariat an und der erste, dem er in die Arme lief war Alex. Aha, den hatten sie also auch am Wickel. Gehörte der auch zum Kreis der Verdächtigen?

Alex schaute Felix grinsend an. Nun wurde der Dicke mit in die Sache hineingezogen, weil er Sabrina auf ihn angesetzt hatte. Das geschah ihm ganz recht. Das wäre natürlich noch der Knüller, wenn statt ihm Felix in Verdacht geraten würde.

Nacheinander wurden sie zur Befragung hineingerufen. Während Alex als erster befragt wurde, saß Felix wie auf Kohlen vor der Tür. Sein Hals war ausgedörrt, sein ganzer Körper schrie nach etwas Flüssigem, möglichst hochprozentig. Nervös knetete er seine Finger und blickte immer wieder hektisch um sich. Am liebsten wäre er davongelaufen, aber das hätte wie ein Schuldeingeständnis gewirkt.

Alex saß unterdessen bei Kommissar Schneider und

gab scheinbar bereitwillig Auskunft. Ja, er hatte sich ein paar Mal mit ihr getroffen. Sie hätte ihm gefallen, aber da er verheiratet sei, habe er gezögert, aus der Beziehung mehr werden zu lassen. Den verstorbenen Robert kannte er nicht, wusste auch nichts von ihm und dass er gestorben sei, habe er nicht mitbekommen. Darum wäre es wohl in der SMS gegangen, die sie ihm noch geschickt hatte. Er war dann zu ihr gefahren, aber sie habe ihm nicht aufgemacht. Das hätte ihn zwar gewundert, aber er hatte dann vermutet, dass sie entweder seine SMS nicht gelesen hatte und vielleicht spazieren gegangen sei. Er habe sich dann wieder auf den Weg gemacht, weil er müde gewesen sei und habe sich früh schlafen gelegt. Seine Frau könne das bestätigen. Der Kommissar wollte das zwar noch überprüfen, hatte aber das Gefühl, dass der selbstbewusste junge Mann mit der Sache, wenn es denn eine war, nichts zu tun hatte.

Ganz anders gestaltete sich die Befragung des anderen Kandidaten. Der Mann schwitzte, wirkte fahrig und gab nur ausweichende Antworten. In welcher Beziehung er zu der Frau gestanden hatte, konnte er nicht wirklich sagen. Als der Kommissar ihn fragte, ob ihm die Frau gefallen habe, wurde er rot und verneinte zu schnell und zu heftig. Je länger die Befragung dauerte, umso mehr fühlte sich der Verdächtige offensichtlich in die Enge getrieben.

Innerlich machte der Kommissar hinter den Namen ein zweites dickes Fragezeichen.

Im Anschluss an die Befragung erfolgte die Gegenüberstellung. Neben die beiden Befragten wurden noch zwei Beamte gestellt, der eine mit ähnlicher Statur wie dieser Alex, der andere ähnelte dem Felix. Der Nachbar schaute sich die vier Männer an, konnte Alex und den Beamten, der ihm ähnelte sofort ausschließen. Die anderen beiden Männer sah er sich lange prüfend an, war sich dann aber sicher, dass der mit dem durchgeschwitzten Hemd derjenige war, der bei ihm geklingelt hatte und dann davongelaufen war. Kommissar Schneider bedankte sich und entließ dann die beiden Beamten. Als erstes rief er Alex zu sich und teilte ihm mit, dass er gehen könne, die Befragung sei beendet. Im Flur warf Alex Felix einen triumphierenden Blick zu.

Als Felix zu dem Kommissar ins Büro kam, zögerte der nicht lange und eröffnete dem fassungslosen Felix:

»Herr Burmeister, die Verdachtsmomente gegen sie haben sich erhärtet. Ich muss Ihnen leider mitteilen, dass sie vorläufig festgenommen sind wegen des Verdachtes der Ermordung von Sabrina Köhler.«

Felix stand da wie vom Donner gerührt. Was war denn jetzt passiert? Er wusste nicht, was er sagen sollte. Das war doch ein Albtraum. Durch seine eigene Dummheit war er nun plötzlich in Verdacht geraten.

»Sie kommen jetzt erst einmal in U-Haft und werden morgen dem Haftrichter vorgeführt.« Willenlos ließ Felix sich abführen, unfähig, auch nur einen klaren Gedanken zu fassen. Als sich die Zellentür hinter ihm schloss, blieb er minutenlang stocksteif stehen, bevor er sich auf die Pritsche setzte, die heute Nacht der Ersatz für sein Sofa werden sollte. Was würde nur Johanna dazu sagen? Und war das jetzt der Sargnagel für ihre Ehe? Wie gern hätte er jetzt eine Flaschen Whisky gehabt, aber die war genauso weit entfernt wie die Freiheit, die er noch vor wenigen Minuten gehabt hatte. Er streckte sich aus und starrte grübelnd an die Decke. Plötzlich fiel ihm es ein: er hatte doch ein Alibi! An dem besagten Abend war er im Fitness-Studio und anschließend mit Johanna nach Hause gefahren. Erleichtert dachte er, dass ihn das entlasten müsste. Leicht zuversichtlich versank er in einen leichten Schlaf. Morgen würde sich alles aufklären. Hoffentlich.

Kapitel 75

Felix saß wie ein Häufchen Elend auf dem Sofa, während Johanna mit den Händen in den Hüften drohend vor ihm stand.

»Mein Lieber, ich frag Dich jetzt zum letzten Mal:

Woher kanntest Du diese Frau?« Felix schwitzte wieder. Zunächst war er froh darüber gewesen, dass man ihn wieder aus der Haft entlassen hatte, aber er ahnte schon beim Hinausgehen, dass er dafür einen hohen Preis zahlen müsste. Die ganze Fahrt nach Hause hatten sie schweigend nebeneinander gesessen. Aber schon während der Fahrt hatte er gespürt, dass ihn noch ein Donnerwetter erwarten würde.
Beinahe widerstrebend hatte seine Frau sein Alibi bestätigt. Ja, zu der vermeintlichen Tatzeit waren sie zusammen gewesen. Der Chef des Fitness-Studios konnte bestätigen, dass beide dort gewesen seien und zusammen das Studio am späten Abend verlassen hatten. Kommissar Schneider hatte dann noch einmal mit der Ehefrau des Verdächtigen gesprochen. Die Art wie sie reagierte zeigte ihm mehreres. Zum einen hing der Haussegen bei den beiden ziemlich schief, wobei sie anscheinend die Stärkere war. Von der Verbindung des Ehemannes zu der Toten wusste sie sicher nichts. Ihre Überraschung und Entrüstung konnte nach seiner Einschätzung nicht gespielt sein. Und drittens, sie hatte nur äußerst widerwillig bezeugt, dass sie den ganzen Abend und die Nacht zusammen waren. Das war für ihn ein deutliches Indiz, dass sie die Wahrheit sprach. Im abschließenden Gespräch hatte er den Verdächtigen noch einmal gefragt, warum er denn

die Wohnung der Toten aufgesucht und sich dann so verdächtig verhalten hatte. Felix hatte geantwortet, dass er in der Zeitung von der Toten erfahren und nur vermutet hätte, dass es sich dabei um Sabrina handeln würde. Als er dann das Polizeisiegel gesehen und Gewissheit bekommen hatte, war er einfach in Panik geraten. Schneider schüttelte mit dem Kopf, ließ die Erklärung aber dann so stehen. Er forderte Felix auf, sich für eventuelle weitere Fragen zur Verfügung zu halten, innerlich aber hatte er Felix als möglichen Täter ausgeschlossen.

Nun saß Felix zuhause, blickte seine Frau hilflos an und schwieg. Was sollte er antworten? Dass er eine geschäftliche Beziehung zu der Frau hatte, würde sie ihm nicht glauben. Wenn er aber zugab, dass er sie auf Alex angesetzt hatte, würde sie explodieren.

»Bist Du zu einer Nutte gegangen, weil ich Dich nicht mehr rangelassen habe?« Sie kam jetzt richtig in Fahrt. »Ich glaube es nicht. Mein Noch-Ehemann geht zu einer Hure, weil er es zuhause nicht mehr hinbekommt.«

»So war es nicht«, antwortete er hilflos.

»Wie war es denn dann?« Sie wurde immer lauter. Felix zögerte. Mist, er musste es wohl doch mit der Wahrheit versuchen.

»Sie ist, war«, verbesserte er sich, »eine Treuetesterin.«

»Eine was?« Sie sah ihn verständnislos an.

»Sie testet, ob ein Mann seiner Frau treu ist.« Jetzt war es raus.

»Ich verstehe es nicht.« Sie sah ihn fragend an. »Wer sollte getestet werden?«

»Ich bin überzeugt, dass Alex Sarah betrügt und das wollte ich beweisen.« Sie sah ihn fassungslos an.

»Du hast was gemacht? Sag mal spinnst Du?« Felix wurde immer kleiner, während Johanna sich immer drohender vor ihm aufbaute.

»Das kann doch nicht wahr sein. Meine beste Freundin lebt harmonisch mit ihrem Mann zusammen und Du versuchst, ihre Ehe zu zerstören?« Sie machte eine Pause, ihm wurde es immer unangenehmer. Nun war er zwar aus der Haft entlassen, aber jetzt saß er hier zuhause auf der Anklagebank.

»Du wirst Dich sofort bei den beiden entschuldigen«, forderte sie. Nun aber regte sich Protest bei Felix.

»Niemals«, entfuhr es ihm.

»Wie Du willst, dann möchte ich, dass Du ausziehst, bis Du es Dir anders überlegt hast. Möchtest Du selbst packen oder soll ich das für Dich übernehmen.« Felix sah sie flehend an. Das konnte doch nicht ihr Ernst sein. Das durfte sie nicht von ihm verlangen.

Eine Stunde später checkte er wieder im Hotel ein. Zurück auf Anfang, dachte er. Ob es das jetzt endgültig mit seiner Ehe gewesen war? Sich bei Alex zu entschuldigen, konnte er sich beim besten Willen nicht vorstellen. Dieses Mal erschien ihm die Lage wirklich hoffnungslos.

Kapitel 76

»Hallo Schatz, ich treffe mich gleich mit Johanna. Sie hat ihren Mann wieder hinausgeworfen und braucht ein wenig Trost.« Alex wunderte sich. War Felix nicht gestern verhaftet worden? Wie konnte seine Frau ihn dann hinauswerfen?
»Hinterher werde ich dann gleich weiter zu meiner Mutter fahren. Sie hat morgen doch Geburtstag und ich wollte sie überraschen. Hast Du nicht Lust, auch mitzukommen?«
»Tut mir leid, aber im Moment habe ich zu viel zu tun. Grüß sie aber von mir.« Das war nur die halbe Wahrheit. Sein Verhältnis zu Sarahs Mutter war nicht das Beste. Sie beide verband eine gegenseitige Abneigung. Er fand sie viel zu neugierig. Dafür empfand sie ihren Schwiegersohn als zu forsch. Sie waren so manches Mal aneinandergeraten, wenn sie zu viele Fragen gestellt und er sie brüsk abserviert hatte. Seitdem waren sie sich wenn es möglich war aus dem Weg gegangen.
»Das mache ich. Übermorgen bin ich wieder da. Ich freu mich auf Dich!«

Nach Sarahs Anruf überlegte Alex, was er nun tun sollte. Kurzentschlossen griff er zu seinem Telefon und rief den Kommissar an.

»Mertens, guten Tag.« Der Kommissar wirkte überrascht, aber auch erfreut.

»Oh guten Tag, Herr Mertens. Was kann ich für Sie tun?«

»Ich würde Sie gern noch einmal sprechen. Ich habe noch etwas zu dem Todesfall zu sagen, was mir gestern nach unserem Gespräch eingefallen ist.«

»Gern, könnten sie zu mir ins Präsidium kommen?«

»Ja, ich mache mich gleich auf den Weg.« Er steckte sein Telefon in die Tasche, nahm seinen Autoschlüssel und fuhr los.

Der Kommissar begrüßte ihn und bot ihm einen Kaffee an. Alex verzichtete. Der Kommissar sah ihn interessiert an.

»Sie hatten ja gestern einen Verdächtigen festgenommen. Hat er die Tat gestanden?« Von der Antwort war seine weitere Taktik abhängig.

»Nun, eigentlich sind das laufende Ermittlungen, zu denen ich Ihnen leider keine Auskünfte geben darf.« Er warf ihm einen forschenden Blick zu, schüttelte aber kaum merklich den Kopf. Alex sah das als Bestätigung, dass Felix vermutlich raus war.

»Also«, begann er vorsichtig. »Ich hatte ehrlich gesagt eine kurze Liaison mit der Toten. Das ist mir etwas unangenehm, denn ich schäme mich dafür,

weil ich meine Frau liebe.«
»Ich verstehe.«
»Also, es ist so, dass sich Sabrina wohl mehr erhofft hatte und als ich Schluss gemacht habe, war sie am Boden zerstört.« Er machte ein betroffenes Gesicht. »Als sie sich dann an dem Abend ihres Todes gemeldet hat, wollte sie mir vielleicht noch eine Szene machen. Ich wollte mich dem Gespräch stellen, aber ehrlich gesagt war ich erleichtert, als sie mir nicht aufgemacht hat.« Er machte eine kunstvolle Pause, um dann abschließend zu sagen. »Im Nachhinein kann ich mir vorstellen, so wie sie bei unserem letzten Treffen drauf war, dass sie tatsächlich selbst ihrem Leben ein Ende gemacht hat.«
Und der Tod ihres Freundes hat ihr dann vielleicht den Rest gegeben, dachte der Kommissar.
»Ich danke Ihnen für Ihre Offenheit.« Er stand auf und gab Alex zum Abschied die Hand. Der hatte das so überzeugend dargestellt und sich freiwillig gemeldet, dass wohl wirklich von einem Suizid auszugehen war. Als Alex draußen war, machte der Kommissar einen entsprechenden Eintrag. Für ihn war der Fall damit erledigt.

Kapitel 77

»Felix hat was gemacht?« Fassungslos blickte Sarah ihre Freundin an. Sie hatten sich heute einen anderen Italiener gesucht, da Johanna dem aufdringlichen Alessandro lieber nicht mehr begegnen wollte.

»Eine Treuetesterin? Er hat versucht, meine Ehe zu zerstören?« Sie erhob die Stimme, so dass Johanna sie bitten musste, die Lautstärke etwas zu reduzieren.

»Ja, ich wollte es zuerst auch nicht glauben, aber er hat es wirklich zugegeben.« Sie trank einen Schluck Wasser. »Ich habe dann von ihm gefordert, sich bei Euch zu entschuldigen, aber er hat sich geweigert.« Es war ihr sichtlich unangenehm, Sarah dies zu gestehen.

»Und jetzt hast Du ihn rausgeworfen?« Sarahs Tonfall drückte Entrüstung aus.

»Ja, ich bin jetzt kurz davor, die Scheidung einzureichen. Nun hat er es wirklich übertrieben.«

»Ich fürchte auch, dass es für Eure Beziehung keine Rettung mehr gibt.« Sarah legte ihre Hand auf die ihrer Freundin. »Es tut mir so leid für Dich. Da habe ich beinahe ein schlechtes Gewissen, dass es bei uns so gut läuft.« Johanna kämpfte ihren Neid auf die Freundin herunter.

»Das musst Du nicht. Ich freu mich für Dich. Du bist ja meine beste Freundin und ich wünsche Dir alles Glück der Welt.« Sie fand, dass sie das sehr

überzeugend herausgebracht hatte, wenn es auch alles andere als der Wahrheit entsprach. »Aber es ist schön, mit Dir zu sprechen.« Sie lächelte Sarah an.
Sie plauderten noch eine Weile über mehr alltägliche Dinge, bis sie sich verabschiedeten. Sarah machte sich auf den Weg nach Hannover, während Johanna überlegte, was sie mit dem Rest des Tages anfangen sollte. Sie musste noch einmal an die Geschichte mit der Treuetesterin denken. Wie Alex das wohl sah? Hoffentlich sann er nicht auf Rache und würde Felix nun völlig ruinieren und sie gleich mit. Ihr Mann würde sich vermutlich nicht entschuldigen. Also wäre es vielleicht gut, wenn sie sich bei Alex entschuldigen würde, um seinen möglichen Zorn abzuwenden. Sie griff sich ihr Telefon und suchte nach seiner Nummer. Ach Mist, die hatte sie ja vor einiger Zeit gelöscht. Zum Glück stand sie aber auf der Homepage seiner Firma. Als sie ihn anrief, nahm er sofort ab und begrüßte sie freundlich. Das machte ihr Mut. Ja, er hatte Lust, sich mit ihr zu treffen. Nein, er hatte noch nichts gegessen, von daher könne er zu dem Italiener kommen, um zu essen und sich mit ihr zu unterhalten. Johanna ging auf die Toilette, um sich ein wenig zurecht zu machen. Dann nahm sie wieder Platz und wartete auf ihn.

Kapitel 78

Alexander betrat das Restaurant und hielt nach Johanna Ausschau. Er hatte sich noch einmal rasiert, mit Rasierwasser nicht gespart. Und er hatte sich richtig in Schale geworfen. Wenn er sich mit dem eher unförmigen Felix verglich, dann spielte er doch in einer ganz anderen Liga. Was fand die hübsche, attraktive Johanna nur an diesem alkoholsüchtigen Vogel? Heute würde er ihr mal demonstrieren, was ein richtiger Mann war.
In der hinteren Ecke des Restaurants sah er sie, die ihn möglichst dezent zu sich winkte. Nur nicht auffallen, schien diese Geste zu sagen. Alex spannte seinen Körper an, so dass sein athletischer Körperbau noch mehr zur Geltung kam. Und Johanna hatte sich wie immer super gestylt. Sie war wirklich eine attraktive Frau, und Alex spürte ein gewisses Kribbeln bei dem Anblick. Ob sie ahnte, was er vorhatte? Sie war nicht dumm, aber vermutlich sexuell unbefriedigt. Und das war seine Chance.
»Hallo Johanna«, begrüßte er sie freundlich. »Du siehst toll aus, wenn ich das einfach mal so sagen darf.« Sie errötete leicht, was sie noch attraktiver wirken ließ.
Alex gab ihr einen Kuss auf die Wange und berührte dabei wie unabsichtlich mit der Schulter ihre Brust.

Sie ließ es geschehen und gab ihm ihrerseits einen Kuss auf die Wange.
»Danke, aber Du kannst Dich auch sehen lassen.« Sie strahlte ihn an.
»Hast Du Dir schon etwas ausgesucht?« fragte Alex und deutete auf die Speisekarte.
»Nein, ich hab´ bisher nur Wasser bestellt und wollte mit dem Essen auf Dich warten.«
»Das ist lieb, dann lass uns mal schauen«, antwortete Alex charmant.
Sie bestellten einen Salat und eine Fischplatte für zwei Personen. Felix hätte den Salat weggelassen und sich mit Sicherheit einen Riesenfleischteller bestellt, dachte Johanna als sie die Bestellung aufgaben. Wie unterschiedlich doch die beiden Männer waren. Kaum zu glauben, dass sie mal dicke Freunde gewesen sind, aber das ist ja leider lange vorbei. Wie kam es bloß, dass aus dieser Freundschaft nun solch eine Konkurrenz, ja solch ein Hass geworden war? Johanna konnte es immer noch nicht begreifen. Und dieser ewige Kampf machte beide kaputt. Vielleicht gab es heute eine Möglichkeit, zwischen den beiden zu vermitteln.
In der nächsten Stunde plauderten sie nett, aber unverbindlich miteinander. Alex war ein vollendeter Kavalier, bestellte Wein, goss ihr immer wieder nach, machte ihr Komplimente. Warum nur hatte Felix solch eine Wut auf Alex. Vorsichtig schnitt sie das

Thema an und wartete gespannt auf Alex´ Reaktion.
»Darf ich Dich mal etwas fragen, Alex?« begann sie vorsichtig. Alex lächelte sie an. »Nur zu, was willst Du wissen?« Er legte sanft seine Hand auf ihren Arm. Johanna spürte bei der Berührung ein sanftes Kribbeln.
»Warum seid Ihr so verfeindet? Ihr wart doch mal Freunde.« Sie schaute ihn forschend an und wartete auf eine Reaktion. Ärger, Wut, genervt sein, irgendetwas. Stattdessen lächelte Alex sie weiter an und lehnte sich in seinem Stuhl zurück.
»Ja, meine Liebe. Das wüsste ich auch gern, was Dein Gatte gegen mich hat. Ich habe immer wieder versucht, Brücken zu bauen, aber seine Reaktion war jedes Mal, mir den Krieg zu erklären.« Er beugte sich vor und legte ihr wieder die Hand auf den Arm.
»Ganz ehrlich, ich weiß nicht, was ich ihm getan habe.« Er schaute ihr tief in die Augen und blickte nachdenklich.
Sein Blick verunsicherte sie. Was machte er nur mit ihr? Johanna war verwirrt. »Ich dachte immer, es geht von Euch beiden aus.« Das war gleichzeitig Frage und Feststellung.
»Keine Spur«, protestierte Alex. »Eigentlich mag ich ihn immer noch, aber er gibt mir keine Chance.« Er schüttelte den Kopf und griff zu seinem Weinglas.
»Denkst Du denn, dass eine Versöhnung möglich wäre?« Johanna blickte ihn hoffnungsvoll an.

»Vielleicht. Ja, vielleicht kannst Du dabei vermitteln!«
Er schaute ihr tief in die Augen, was ihr ohne es zu wollen einen leichten Schauer über den Rücken laufen ließ.
»Wir können ja mal nachdenken«, setzte er fort. »Wollen wir noch woanders hin, dann können wir gemeinsam überlegen, wie wir das anstellen können?«
»Gern, wohin dachtest Du denn?« Johanna spürte, dass sie den Abend mit Alex gern noch ein wenig verlängern würde.
»Ach, ich hab´ ja sturmfreie Bude. Sarah ist ein paar Tage bei ihrer Mutter. Dann können wir uns dort in Ruhe unterhalten und ich fahr Dich später nach Hause.« Er sah sie erwartungsvoll an.
Johanna stutzte kurz, aber dann stimmte sie zu. Um einen Schlachtplan zu entwickeln, wie sie die beiden Männer wieder zusammenbringen könnte, war ein ruhiger Ort vielleicht wirklich besser.
Alex zahlte. Dann half er Johanna in die Jacke. »Das war wirklich ein nettes Essen und Gespräch mit Dir«, sagte er und nahm sie in den Arm. Johanna strahlte und genoss die Umarmung. Sie verließen das Restaurant und stiegen in seinen Porsche.
Eine knappe halbe Stunde später griff Alex nach einer Flasche Wein, entkorkte sie und goss ihnen ein. Johanna hatte die Schuhe ausgezogen und saß mit angezogenen Beinen auf dem Sofa. Alex ließ sich

auf einem Sessel nieder und streckte sich aus.

»Hast Du was dagegen, wenn ich mein Hemd ausziehe? Es ist ganz schön warm hier.« Alex sah Johanna lächelnd an. Sie nickte. »Tu Dir keinen Zwang an. Es ist wirklich warm hier.« Sie trank ihren Wein und Alex goss schnell nach.

»Wenn Dir zu warm ist, kannst Du Dich auch gern erleichtern.« Alex zwinkerte ihr zu. »Du hast ja bei Deinem Körper nichts zu verstecken«, sagte er sanft. »Wie machst Du das eigentlich, dass Du so eine Traumfigur hast?« Er maß sie mit seinen Blicken. Ganz offensichtlich gefiel ihm, was er sah.

Johanna zog ihre Füße noch näher an sich heran.

»Du Schmeichler!« erwiderte sie abwehrend, wobei sie das Kompliment aber sichtlich genoss.

»Nein, ehrlich. Felix weiß gar nicht, was er an Dir hat!« Er beugte sich vor und betrachtete sie noch intensiver.

»Das ist wohl wahr«, seufzte Johanna.

»Echt? Läuft nicht mehr viel bei Euch?« Alex rückte interessiert näher. »Entschuldigung, ich wollte nicht indiskret sein!« fügte er hinzu.

»Ist schon okay, Dir kann ich es ja sagen. Er liebt derzeit den Alkohol mehr als mich.« Ihre Worte klangen enttäuscht. »Und dann diese Geschichte mit der Treuetesterin.« Sie leerte ihr Weinglas.

Alex stand auf und setzte sich zu ihr.

»So ein Idiot, das ist bestimmt hart für Dich.« Er zog

sie sanft zu sich und fuhr ihr tröstend durchs Haar. Johanna wollte eigentlich von ihm abrücken, aber fast gegen ihren Willen fühlte sie sich plötzlich in Alex´ Armen geborgen. Der Wein und der betörende Duft seines Aftershaves taten ein Übriges. Alex umfasste sie sanft und blieb einfach still neben ihr sitzen. Johannas Augen wurden feucht, Tränen tropften auf Alex Arm. Sie kam plötzlich in eine wehmütige Stimmung.
»Nicht weinen, Liebes«, hauchte er ihr ins Ohr. Mit verschwommenem Blick schaute sie zu ihm auf. Und plötzlich waren seine Lippen auf ihren, ganz sanft. Für einen kurzen Moment erschrak Johanna, dann erwiderte sie den Kuss, erst ganz sanft und dann immer wilder, gieriger.
Beinahe unbemerkt glitt seine Hand unter ihre Bluse. Mit der anderen öffnete er die Knöpfe, was sie sich ohne Protest gefallen ließ. Er zog ihr die Bluse aus, dann den BH und fing an, ihren Körper mit seinen Küssen zu überdecken. Johanna ließ sich einfach fallen. Erst jetzt merkte sie, wie ausgehungert sie nach Zärtlichkeit war. Alex trug sie vorsichtig ins Schlafzimmer und legte sie aufs Bett.
»Warte einen Moment, ich hab´ noch eine Überraschung für Dich«, hauchte er ihr ins Ohr. »Mach die Augen zu, ich komme gleich wieder.« Voller Verlangen nach ihm gehorchte Johanna und lag mit geschlossenen Augen auf dem Bett.

Alex ging zum gegenüberliegenden Regal und drückte bei einer Kamera auf den Startknopf. Dann zog er sich aus und ging dann wieder zu Johanna. Er kniete sich über sie, nahm eine kleine Flasche mit Öl und begann, sie sanft zu massieren.

»Das gefällt Dir, nicht wahr«, flüsterte er und bearbeitete ihren Körper kräftig, aber liebevoll. Plötzlich hielt er inne. Johanna öffnete kurz die Augen, stöhnte auf und flehte ihn förmlich an, nicht aufzuhören.

Alex drehte den Kopf zur Kamera, verkniff das Gesicht zu einem fiesen Grinsen, rollte dann mit den Augen. »So etwas hast Du noch nicht erlebt, oder?« Kurze Zeit später drang er in sie ein, was Johanna zu einem heftigen Stöhnen veranlasste. In der nächsten Stunde stillte Alex ihr aufgestautes Verlangen, so dass sie immer wieder laut aufschrie. Die Kamera hielt alles fest. Zufrieden glitt Alex neben sie. Erschöpft fielen beide in einen tiefen Schlaf.

Kapitel 79

Als Johanna einige Stunden später aufwachte, wusste sie erst einmal nicht, wo sie war. Zunächst bemerkte sie den schlafenden, nackten Alex neben sich. Nachdem sie festgestellt hatte, dass auch sie nackt war, fiel ihr wieder ein, was passiert war.

Gewissensbisse plagten sie. Wie hatte ihr das passieren können? Okay, sie war ausgehungert nach Zärtlichkeit. Zwischen Felix und ihr lief schon eine ganze Zeit nicht mehr viel, eigentlich gar nichts mehr. Aber dass sie dann gleich mit seinem Konkurrenten ins Bett gehen musste, war unverzeihlich. Auch wenn Felix momentan ihr gegenüber in der schlechteren Position war, durfte er das auf gar keinen Fall mitbekommen. Sie glitt vorsichtig aus dem Bett und sammelte ihre Kleidungsstücke zusammen, die wild verteilt im Schlafzimmer herumlagen. Ihren Slip konnte sie wegwerfen, der war anscheinend Alex Wildheit zum Opfer gefallen. Ihren BH konnte sie nirgends finden. Sie suchte alles ab. Da erwachte Alex und betrachtete sie schmunzelnd.

»Suchst Du was?« Er rekelte sich im Bett und ließ tiefe Einblicke in seine Männlichkeit zu.

»Ich finde meinen BH nicht!« Johanna blickte suchend im Zimmer herum.

»Hattest Du überhaupt einen an?« Wenn er doch wenigstens eine Decke über seine Männlichkeit ziehen könnte, dachte Johanna. Sie konnte seinen Anblick plötzlich nicht mehr ertragen.

»Doch, das weiß ich genau.« Johanna zog ihren Rock an, um zumindest unten herum wieder bekleidet zu sein.

»Wenn ich ihn finde, lass ich ihn Dir zukommen.«

Alex grinste sie schamlos an.

»Du, Alex!« begann Johanna vorsichtig.

»Was denn?« Alex streckte sich im Bett lang aus und stöhnte vor Behagen.

»Das was heute Abend passiert ist …« Johanna brachte den Satz nicht zu Ende.

Alex machte eine Handbewegung als wenn sein Mund zugeschlossen sei und grinste sie an.

»Danke. Und das war eine einmalige Sache, ja?«

»Schade!« Alex stand auf und stellte sich noch einmal demonstrativ vor sie hin. »Aber okay, dieses eine Mal und nie wieder.«

Johanna nickte dankbar. »Ich nehme mir lieber ein Taxi. Wir haben doch beide ein wenig zu viel getrunken.«

»Sehr wohl, Sir!« Alex nickte.

Johanna ging zur Tür. »Und wenn Du meinen BH findest…«

»… schenk ich ihn Sarah.« Ergänzte Alex schmunzelnd.

»Das ist nicht witzig!« brauste Johanna auf. Alex hob entschuldigend die Hand. »Okay, okay! Dann mach es gut. Du findest ja nach draußen.«

Johanna ging zur Tür. Als er die Haustür zuklappen hörte, ging Alex zum Regal und nahm die Kamera zur Hand. Lachend kletterte er ins Bett, zog den BH hervor, den er unter seinem Kopfkissen versteckt hatte und streckte sich zufrieden aus. Felix, Du

Looser. Jetzt beweise ich Dir mal endgültig, was Du für eine Null bist. Nicht mal im Bett kannst Du mir das Wasser reichen. Er schnupperte an der Bettdecke, in der noch Johannas Geruch hing. Er war doch einfach unwiderstehlich. Heute Abend hatte er wieder den Beweis. Und nun würde er Felix den Rest geben.

Kapitel 80

Zwei unruhige Tage verbrachte Johanna nach der Nacht mit Alex. Sie ahnte noch nichts davon, welche Folgen die Bettgeschichte mit Alex haben sollte. Eigentlich genoss sie trotz eines leicht schlechten Gewissens noch die Erinnerung an die Wärme und das Kribbeln, das sie bei dem Liebesakt mit Alex empfunden hatte. Immer wieder wurde ihr bewusst, wie ausgehungert sie nach Liebe und Zärtlichkeit gewesen war und wie lange sie und Felix sich schon nicht mehr auf diese Weise begegnet waren. Hatte sie das überhaupt schon mal gespürt? Sie wusste es nicht zu sagen. Aber es war einfach schön gewesen. Doch gleichzeitig nahm sie sich vor, dass das eine einmalige Sache gewesen sein sollte und Felix davon nichts erfahren durfte. Schließlich hatte sie ihn ja in der Hand und er musste klein beigeben. Er hatte das Problem, nicht sie. Und wenn er Versöhnung wollte, dann musste er sich ändern.

Plötzlich wurde ihr bewusst, wie erschreckend leer das Haus war und sie musste sich eingestehen, dass sie Felix auf eine gewisse Art und Weise vermisste. Das beunruhigte sie irgendwie. Warum, wusste sie selbst nicht zu sagen.

Sie ging an den Tresor und nahm sich etwas Bargeld heraus, um ihre Gedanken durch eine Shoppingtour abzulenken. Sie griff sich ihr Smartphone und überlegte, ob sie Alex anrufen sollte, um noch mal klarzumachen, dass alles, was in der besagten Nacht passiert war, unter ihnen bleiben müsste. Kurzentschlossen rief sie ihn an. Nach zweimaligem Klingeln ging Sarah ans Telefon. Johanna erschrak und legte schnell wieder auf. Sarah würde sich wundern, warum sie Alex angerufen hatte. Im nächsten Moment klingelte Johannas Telefon: Alex´ Nummer erschien auf dem Display.

»Hallo«, meldete sie sich vorsichtig.

»Warum rufst Du meinen Mann an?« fragte Sarah, ohne sich erst die Mühe zu machen, sich zu melden.

»Ich … äh … hab die falsche Taste gedrückt«, stotterte Johanna wenig überzeugend. Mist, ihr schlechtes Gewissen würde Sarah doch auf jeden Fall bemerken.

»Aha«, antwortete Sarah wenig überzeugt.

»Aber, wenn ich Dich schon mal dran habe: wollen wir uns mal wieder auf einen Kaffee treffen und ein wenig quatschen?« Johanna hatte sich schnell

wieder gefangen und wollte die Situation retten.
Sarah zögerte. Offensichtlich überlegte sie, was sie von diesem Anruf halten sollte. »Können wir gerne machen«, antwortete sie nach einer Weile. »Wann und wo?«
»Ich bin da ganz flexibel.« Johannas Ton klang nun wieder ganz normal, was Sarah offensichtlich beruhigte.
»Morgen um drei?« schlug Sarah vor.
»Super, bis dann. Ich freu mich!« Johanna legte schnell auf. Puh, das war knapp. Hoffentlich hatte Sarah nichts gemerkt. Sie legte das Geld zurück und entschied sich, lieber zu Hause zu bleiben und sich auf das Gespräch mit Sarah vorzubereiten.

Kapitel 81

Nachdem Johanna gegangen war, hatte sich Alex zufrieden im Bett ausgestreckt und schon mal vorab seinen Triumph genossen. Das würde sicher der finale Schlag sein, von dem sich sein Kontrahent nicht mehr erholen würde.
Seine Gedanken schweiften zurück zu dem Tag, an dem aus ihnen endgültig Konkurrenten geworden waren. Felix war aber auch so etwas von naiv. Sie hatten beschlossen, dass sie nach dem Studium gemeinsam eine Firma aufmachen und als Partner

zusammenarbeiten wollten. Doch dann hatte sich eine andere Gelegenheit ergeben. Felix erzählte aufgeregt, dass ein Freund seines Vaters, Karl-Heinz Breuer, eine erfolgreiche Unternehmensberatung hatte, aber nun aus der Firma aussteigen wollte. Da er selbst keine Nachkommen hatte, war er auf der Suche nach jemandem, den er als seinen Geschäftsführer einsetzen konnte, um ihm dann nach einer gewissen Übergangszeit die Firma zu verkaufen. Das war ein sehr verlockendes Angebot und Felix erzählte es Alex mit leuchtenden Augen. Sie einigten sich darauf, am übernächsten Tag ein Gespräch mit dem Mann zu führen und zu versuchen, den Zuschlag zu bekommen.

Zwei Tage später war Felix zum vereinbarten Termin in der Firma eingetroffen und war auf einen überraschten Herrn Breuer getroffen, der ihm mitteilte, dass der Termin doch von Herrn Mertens vorgezogen worden war. Herr Burmeister habe sein Interesse laut Herrn Mertens zurückgezogen und so hätte er sich bereits mit Herrn Mertens geeinigt und sie hätten den Deal vertraglich festgemacht. Felix war verwirrt und verabschiedete sich eilig. Das konnte doch nur ein Irrtum sein. Er benötigte zwei Tage, bis er Alex antraf und erfuhr, dass dieser ihn ausgetrickst hatte. Als Felix noch einmal darauf bestand, dass sie eine Vereinbarung getroffen hätten, wurde er von Alex ausgelacht. Ob er denn irgendetwas Schriftliches hätte, grinste er. Und endlich begriff Felix, was er von Alex´ Freundschaft zu halten hatte. Nichts! Den Tränen nahe zischte er Alex an, dass er das noch bereuen würde.

»Versuch es doch, Du schlechter Verlierer!« schleuderte ihm Alex ins Gesicht. »Gegen mich hast Du eh keine Chance. Und dann heult der Kleine auch noch«, machte er sich über ihn lustig. Felix ging davon, zutiefst verletzt und gedemütigt und nahm sich vor, alles zu versuchen, um es Alex heimzuzahlen.

Ja, überlegte Alex, als er sich noch einmal auf dem Bett ausstreckte. Seitdem hat er eine Niederlage nach der anderen kassiert. Und jetzt kommt der K.O.-Schlag. Er nahm noch einmal Johannas BH zur Hand, rieb ihn sich zwischen die Beine und lächelte. Schick ich ihm erst den oder gleich das Video. Laut lachend ging er ins Bad, um zu duschen und seinen Sieg zu genießen.

Kapitel 82

Sarah wunderte sich über Johannas Anruf auf Alex´ Telefon, aber auch über die merkwürdige Reaktion ihrer Freundin. Das wirkte beinahe so, als hätten sie und Alex irgendwelche Geheimnisse. Eigentlich konnte sie sich das nicht vorstellen, aber komisch war es schon gewesen. Wieder fiel ihr der Parfümgeruch ein, den sie an seinem Anzug wahrgenommen hatte. Und dann noch die Geschichte mit diesem Foto. Für all das hatte Alex Erklärungen gefunden, die sie ihm abgenommen hatte. Doch danach war er plötzlich so aufmerksam und um sie bemüht. Konnte das andere Gründe haben, als dass er ihr noch mal seine Liebe zeigen wollte? Sie biss sich auf die Lippen. Ich will es eigentlich nicht, aber ich muss doch mal nachforschen. Sollte sie ihn selbst ansprechen oder versuchen, bei Johanna etwas herauszubekommen. Wie automatisch war sie zu ihrem Schrank gegangen und hatte Alex T-Shirts aus dem Schrank genommen. Sie schnupperte daran, alle rochen natürlich frisch gewaschen. Als sie den Stapel wieder in den Schrank legen wollte, fiel ihr eine unnatürliche Beule in dem Stapel auf. Sie wollte das T-Shirt, das anscheinend zerknüllt war, zusammenlegen und stutzte. In dem Paket steckte ein Damen-BH. Was machte ein BH von ihr zwischen seinen T-Shirts. Sie sah ihn sich genauer an. Das war nicht ihrer, der war mindestens zwei Körbchengrößen größer als ihre. Der könnte Johanna passen überlegte sie. Entrüstet setzte sie sich auf die Bettkante. Also doch? Alex betrug sie und möglicherweise mit ihrer besten Freundin? Sie würde jetzt der Sache auf den Grund gehen. Doch wie sollte sie jetzt Alex gegenübertreten? Sie wusste, dass sie äußerst schlecht darin war, sich zu verstellen.

Wenn sie es noch richtig im Kopf hatte, wollte Alex heute nicht ins Fitness-Studio, so dass sie dort zumindest Ruhe vor ihm hätte. Also beschloss sie, hinzufahren, um ihm aus dem Weg zu gehen. Sie würde dann bis ca. 23 Uhr bleiben, nach Hause kommen und dann Müdigkeit vorgeben, um schnell ins Bett zu gehen. Sie schrieb ihm rasch eine kurze Nachricht, dass er nicht auf sie warten solle und machte sich eilig auf den Weg.

Kurz nachdem Sarah das Haus verlassen hatte, kam ihr Mann nach Hause. Er fand ihre Nachricht und war froh, ein paar ungestörte Stunden zu haben. Sollte er Felix erst einmal den BH Johannas zuschicken oder sollte er ihm gleich das Video vorspielen? Er ging zum Schrank, um den BH herauszuholen und stutzte. Hatte er den nicht zwischen seine T-Shirts gesteckt? Er war sich nicht mehr ganz sicher. Naja, irgendwo würde der schon sein. Also beschloss er, erst einmal das Video vorzubereiten. Er setzte sich an seinen PC und überspielte das Video von der Kamera auf sein Tablet und schaute es sich noch einmal an. Zufrieden genoss er die Szenen und stellte sich vor, wie es Felix wohl gehen wird, wenn er das Ganze sah. Nach der Geschichte mit der Treuetesterin geschah es seinem Erzfeind nur recht, wenn er es ihm zurückzahlte, aber deutlich heftiger.

Zunächst aber würde er noch einmal nach dem BH suchen. Wenn Sarah den zufällig gefunden hatte, musste er sich überlegen, wie er es ihr erklären könnte. Nachdem er alle Schränke durchsucht und nichts gefunden hatte, war er überzeugt, dass sie ihn wohl an sich genommen hatte. Okay, ihm würde schon eine passende Erklärung einfallen.
Als sie spät abends nach Hause kam, gab sie ihm nur einen flüchtigen Kuss und erklärte, sie würde gleich ins Bett gehen, da sie starke Kopfschmerzen hatte. Sie konnte nicht gut lügen, daher war Alex gleich klar, dass sie etwas herausgefunden hatte.

Kapitel 83

Die beiden Frauen saßen gemeinsam beim Kaffee, aber die Atmosphäre war merkwürdig angespannt. Das Gespräch kreiste um alle möglichen Banalitäten, beide belauerten sich. Irgendwann kam Sarah auf das Thema Kleidung, speziell auf Unterwäsche zu sprechen. Sie beklagte ihre geringe Oberweite und meinte, sie würde ihre Freundin um ihre üppige Ausstattung beneiden. Wie nebenbei fragte sie nach deren Körbchengröße. Bereitwillig gab Johanna Auskunft und Sarah dachte nur: Treffer. Das entsprach genau der Größe des BHs, den sie zwischen Alex Sachen gefunden hatte. Plötzlich hatte sie es sehr eilig, das Treffen zu beenden. Johanna war das nicht unrecht, denn sie empfand das Gespräch als eher unangenehm, weil sie nicht so wirklich wusste, wie sie sich ihrer Freundin gegenüber verhalten sollte.

Widerstrebend hatte sie sich eingestehen müssen, dass sie nach der Affäre mit Alex ihrem Mann gegenüber das schlechte Gewissen plagte, so dass sie ihn angerufen und um ein allerletztes Versöhnungsgespräch gebeten hatte. Felix war überrascht, aber hocherfreut. Darauf hatte er gar nicht mehr zu hoffen gewagt. Er fragte nicht nach, woher dieser plötzliche Stimmungswechsel kam, sondern war sofort bereit, nach Hause zu kommen. Johanna bot ihm an, wieder einzuziehen und eventuell auch wieder ins Schlafzimmer aufgenommen zu werden. Felix konnte sein Glück kaum fassen und eilte sofort los, um seine Sachen aus dem Hotel zu holen.

In der Zwischenzeit war Sarah nach Hause gefahren und wartete auf ihren Mann. Ihr Entschluss stand fest. Sie würde ihn mit ihren Vermutungen konfrontieren, auch ohne klare Beweise. Sarah war fest entschlossen, sich von ihrem Mann nicht wieder einwickeln zu lassen. Dieses Mal war er zu weit gegangen.

Gegen 19 Uhr ging die Tür auf und Alex kam nach Hause. Er rief Sarah, die im Wohnzimmer saß und in einer Zeitschrift blätterte. Alex kam zu ihr und wollte sie in den Arm nehmen und ihr einen Kuss geben. Nur widerwillig ließ sie das zu und erwiderte seinen Kuss nicht.

»Nanu, was ist denn los?« fragte er.

»Was los ist?« sagte sie erregt. »Ich weiß alles.« Alex sah sie verblüfft an und versuchte ein Lächeln.

»Was weißt Du?«

»Das von Dir und Johanna.« Sie wurde wütend.

»Johanna? Was hat sie Dir erzählt?« Jetzt musste er vorsichtig sein.

»Dass Ihr was miteinander hattet.« Ihre Unterlippe bebte vor Wut.

»Hat sie Dir das erzählt?« Was hatte Johanna gesagt.

»Sie hat versucht, es abzustreiten«, log sie. Alex brach in entrüstetes Gelächter aus.

»Das kann doch wohl nicht sein.« Sarah sah ihn verblüfft an.

»Am Ende wird sie noch behaupten, ich wäre über sie hergefallen.« Alex kam in Fahrt. Sarah zog den BH aus ihrer Handtasche.

»Und was ist das?« Sie schaute ihn an, wie er darauf reagierte. »Den habe ich zwischen Deinen Sachen gefunden.«

»Willst Du die Wahrheit über Deine tolle Freundin wissen?« erwiderte er erzürnt. Sarah schaute nur und schwieg. Welche Geschichte würde er ihr jetzt auftischen?

»Als Du bei Deiner Mutter warst, tauchte sie hier unter einem Vorwand auf, wer weiß, was sie wollte. Ich habe ihr etwas zu trinken angeboten und sie hat es sich hier gemütlich gemacht. Als ich mal kurz draußen war, um etwas zu holen, stand sie plötzlich nackt vor mir, um mich zu verführen.« Er machte eine Pause, um zu sehen, ob seine Frau ihm die Geschichte abkaufen würde. »Ich habe ihr dann gesagt, dass ich Dir treu bin und sie sich wieder anziehen soll. Sie hat noch einmal versucht, ob sie bei mir landen könnte, aber ich bin hart geblieben. Ich habe dann gesagt, dass ich ins Bad gehe und sie verschwunden sein soll, wenn ich wieder zurück bin. Das war blöd. Vermutlich hat sie mir dann ihren BH untergeschoben, um mir eins auszuwischen.« Er sah sie an und merkte, wie es in ihrem Kopf arbeitete.

»Und das soll ich Dir glauben?« Sie wirkte zwar nicht überzeugt, war aber offensichtlich dabei zu überlegen, ob die Geschichte sich so zugetragen haben könnte.

»Sarah, Liebes, überleg doch mal. Erst versucht Felix, mir diese Treuetesterin unterzuschieben und als das nicht funktioniert, kommt seine Frau. Die versuchen, uns auseinanderzubringen.« Er klopfte sich innerlich auf die Schulter. Das waren doch geniale Argumente, die ihm da spontan eingefallen waren.

Sarah war endgültig unsicher geworden. Die Argumente waren nicht von der Hand zu weisen. Ihre Freundin hatte zwar Probleme mit Felix, war aber letztlich natürlich daran interessiert, dass ihr Mann Erfolg hatte. Und was lag da näher, als dem Konkurrenten zu schaden. Und war Johanna nicht eine, die sich an andere Männer heranschmiss. Sie dachte nur daran, wie aufreizend sie sich kleidete und an ihren Flirt mit Alessandro. Sie spielte gern mit dem Feuer und vielleicht hatte sie wirklich gedacht, bei Alex mit der Masche landen zu können. War ihre Freundin vielleicht doch eine falsche Schlange?

Ihr Mann spürte, dass sie innerlich mit sich kämpfte. Er ging zu ihr hin, nahm sie in den Arm und versicherte ihr: »Ich würde Dich niemals betrügen.«

Als sie ihm in die Augen blickte dachte sie: können diese Augen lügen?

Ja, das konnten sie, aber Sarah merkte es nicht. Als sie zwei Stunden später in seinem Arm einschlief, war sie nur noch wütend auf Johanna. Das war es dann wohl mit ihrer Freundschaft. Zum Glück hatte sie Alex. Niemand würde sie auseinanderbringen.

Kapitel 84

Als Johannas Handy klingelte, sah sie genervt, dass es schon wieder Sarah war. Nach dem letzten

Treffen mit ihr hatte sie wenig Lust auf ein weiteres Gespräch. Es hatte eine bedrückende Atmosphäre geherrscht. Sie selbst war zurückhaltend, da sie ihre Freundin mit deren Mann betrogen hatte. Doch das sollte eine einmalige Sache sein und Alex würde seiner Frau bestimmt nichts erzählen. Und doch hatte Sarah merkwürdig distanziert gewirkt. Johanna ließ es klingeln. Irgendwann ging der Anruf auf die Mailbox. Johanna war wieder dabei, ihre Nägel zu lackieren, heute mal in schwarz. Das Handy klingelte erneut. Die war ja hartnäckig. Sie ließ es weiter klingeln. Als sie mit dem Lackieren fertig war und mit den Fingern wedelte, summte ihr Telefon schon wieder. Kurz darauf wurde ihr angezeigt, dass Sarah beim dritten Mal wohl nun etwas auf die Mailbox gesprochen hatte. Vorsichtig griff sie ihr Telefon und rief die Nachricht ab:

»Hallo, Du falsche Schlange. Anscheinend traust Du Dich nicht mehr ans Telefon, wenn Deine ehemals beste Freundin anruft. Das hätte ich nicht von Dir gedacht, dass Du so etwas Schäbiges machst. Wenn Du also zu feige bist, ans Telefon zu gehen, sage ich eben deiner Mailbox: das war´s mit uns. Meinen Mann zu verführen, das geht gar nicht. Tschüss, Du Schlampe.«

Wie versteinert saß Johanna da und starrte ihr Telefon an. Was hatte Sarah da gesagt? Sie hätte ihren Mann verführt? Was hatte Alex denn da verzapft? Okay, es war nicht in Ordnung, dass sie mit Sarahs Mann geschlafen hatte, aber dass sie ihn verführt hatte, davon konnte ja wohl keine Rede sein. Was konnte sie jetzt tun? Sie musste das irgendwie geraderücken. Aber wie? Sarah hatte ihr Urteil gefällt und glaubte natürlich dem, was Alex ihr erzählte. Aber das stimmte doch einfach nicht. Und wenn Felix diese Version zu hören bekäme, dann wäre es aus. Ihr blieb nur, es ihm selbst zu beichten und ihre eigene Version zu erzählen. Hoffentlich glaubte er ihr.

Als Felix nach Hause kam, erwartete ihn seine Frau ungewohnt kleinlaut. Was war passiert? Unsicher sah er zu, wie seine sonst so selbstbewusste Frau beinahe scheu seine Hand nahm und ihm sagte, dass sie ihm etwas gestehen müsste. Felix hoffte, dass sie ihm mitteilen wollte, dass sie ihm glauben und verzeihen wollte, um ihrerseits um Vergebung zu bitten. Aber was sie ihm dann beichtete, ließ ihn emotional völlig abstürzen. Von all ihren Worten und Erklärungen kam bei ihm nur eines an: Sie hatte mit seinem Erzfeind geschlafen. Ihm, Felix, hatte sie sich seit Monaten entzogen, hatte ihn wie einen Aussätzigen behandelt. Und nun war sie mit Alex, mit seinem Todfeind, ins Bett gegangen. Ihre Erklärungen und Entschuldigungen prallten an ihm ab. Und plötzlich sah er rot. Zu seiner eigenen Verblüffung und zu seinem Entsetzen hatte er ausgeholt und ihr eine schallende Ohrfeige verpasst. Es war weniger der Schmerz, als vielmehr der Schock über diesen Ausbruch von Gewalt, der dafür sorgte, dass Johanna aus dem Haus flüchtete. Felix hatte die Hand gegen sie erhoben. Sie hatte ihm erklären wollen, was und wie es passiert war, aber er hatte mit Gewalt reagiert. Sie stand regungslos an der Straße und überlegte, was zu tun war. Dann stieg sie ins Auto und fuhr ziellos in der Gegend umher. Und plötzlich stand ihr alles klar vor Augen und es wurde ihr schmerzhaft bewusst. Sie hatte ihrem Mann Unrecht getan. Alex war wirklich das Schwein, aber diese Erkenntnis war ihr leider zu spät gekommen.

Kapitel 85

Johanna hatte die Nacht im Auto verbracht. Am nächsten Morgen wartete sie vor ihrem Haus, bis Felix das Haus verlassen hatte. Dann ging sie hinein, um sich frisch zu machen. Sie zog sich um und kleidete sich heute eher dezent. Sie würde zu Sarah gehen und versuchen, die ganze Geschichte mit Alex richtigzustellen. Nicht so sehr, dass ihr so viel an der Freundschaft liegen würde, aber quasi als Flittchen dazustehen, das ihn verführt hätte, das wollte sie doch nicht auf sich sitzen lassen. Wie es mit Felix weitergehen konnte, wusste sie nicht, aber eines nach dem anderen.

Sie fuhr zu Sarah. Alex´ Auto stand nicht vor der Tür. Gut, denn sie wollte mit Sarah allein sprechen. Mit klopfendem Herzen betätigte sie die Türklingel. Sarah riss die Tür auf und blitzte sie an.

»Ich glaube es nicht. Wie dreist ist das denn?« Offenbar überlegte sie, die Tür wieder zuzuknallen.

»Können wir reden?« fragte Johanna.

»Worüber?« Sarah sah sie böse an. »Ich wüsste nicht, was es noch zu reden gibt.«

»Es war ganz anders, als Du denkst!«

»Aha, und wie war es dann?« Sie verspürte wenig Lust, sich Johannas Version anzuhören, zögerte aber dennoch, das Gespräch zu beenden.

»Können wir das vielleicht drinnen besprechen?« Sarah seufzte »Meinetwegen« und ließ sie herein.

Sie bot ihrer Ex-Freundin einen Platz an und nahm ihr gegenüber Aufstellung.

»Also. Ich geb´ Dir genau fünf Minuten.« Johanna nickte und begann zu erzählen. Es war für sie schwierig, ihre Geschichte zu erzählen. Zum einen musste sie zugeben, dass sie miteinander geschlafen hatten, was für sie unangenehm war und der Version von Alex widersprach. Sarah schluckte. Der Gedanke, dass Alex vielleicht doch mit Johanna geschlafen hatte, schnürte ihr die Luft ab. Sie mochte es sich nicht ausmalen, aber vielleicht war das nur ein weiterer Versuch, Zweifel in ihr zu säen. Schließlich hatte Johanna behauptet, dass sie sich von Alex hatte verführen lassen.

»Und das soll ich Dir glauben?« Sarah war nicht überzeugt. »Was ist hiermit?« Sie knallte Johannas BH auf den Tisch. Die holte tief Luft.

»Den hat er anscheinend versteckt.« Johanna wollte danach greifen, aber Sarah nahm ihn wieder an sich. »Nein, den hast Du ihm untergeschoben, um ihn bloßzustellen«, ereiferte sich Sarah.

»Das stimmt nicht.« Johanna war den Tränen nahe. Von der selbstbewussten Frau war nicht mehr viel übriggeblieben. Sie war wütend, fühlte sich ausgetrickst und gedemütigt. Ihr kam eine Idee.

»Lass mich Dir beweisen, dass ich die Wahrheit sage.«

»Wie?« Sarah schaute sie verblüfft an.

»Ich werde mich mit ihm treffen und mit ihm über den Abend sprechen. Dabei mache ich heimlich mein Handy an, so dass Du mithören kannst.« Nun war Sarah endgültig verunsichert. Würde Johanna das vorschlagen, wenn an ihrer Story nichts dran wäre?

»Gut, dann machen wir das. Aber wenn sich herausstellen sollte, dass die Initiative von Dir ausging, dann war es das.«

»Danke!« Johanna war froh über die Möglichkeit, das Geschehene gegenüber Sarah ins rechte Licht rücken zu können. Sie verabschiedete sich. Sarah schob sie kühl vor die Tür. Sie hoffte, dass sich Johannas Geschichte als Lüge herausstellen würde, aber sicher war sie sich plötzlich nicht mehr.

Kapitel 86

Alex saß in seinem Auto und wartete, bis Frau Möller das Haus verlassen hatte. Nun würde Felix allein in seinem Büro sein und die Gelegenheit war günstig. Er betrat die Räume, musterte abschätzig die aus seiner Sicht kärgliche Ausstattung und betrat das Zimmer, an dessen Eingang die Bezeichnung »Chef« stand. Felix saß an seinem Schreibtisch und blickte auf, als Alex den Raum betrat.
»Was willst Du hier?« war seine unfreundliche Begrüßung. Sein Besucher grinste breit und schaute sich um.
»Ein wenig dürftig, diese Absteige hier.« Er wischte mit der Hand über den Schreibtisch. »Staub gewischt werden müsste hier auch mal wieder.« Er pustete den Dreck in Felix Richtung. »Macht Deine Frau hier nicht sauber?«
Felix versteifte sich, versuchte aber, sich nicht provozieren zu lassen.
»Vielleicht könnte sie sich ja als Nackt-Putzerin betätigen. Den Körper dazu hat sie ja.« Alex grinste anzüglich.

Felix erhob sich.

»Pass bloß auf, was Du sagst«, zischte er

»Oh, wer wird denn gleich so unfreundlich sein? War ja nur ein Vorschlag.« Alex setzte eine beleidigte Miene auf.

»Also, was willst Du? Mich noch mehr demütigen?« Felix hatte alle Mühe, sich zurückzuhalten.

»Ich wollte mir mit Dir einen kleinen Film ansehen.« Er zog sein Tablet aus der Tasche und startete ein Video. Als Felix sah, worum es sich dabei handelte, konnte er nicht mehr an sich halten. Voller Wut stürzte er sich auf Alex, der damit gerechnet hatte. Es war ein ungleicher Kampf. Alex war viel beweglicher und kräftiger und hatte Felix schnell überwältigt. Unfähig, sich zu bewegen, musste Felix sich das Video ansehen.

Als es zu Ende war, nahm Alex das Tablet wieder an sich und ließ Felix los. Durch den Klammergriff hatte der kaum noch Gefühl in den Gliedmaßen, so dass er liegenblieb und Alex hasserfüllt ansah.

»Deine Frau hatte das wirklich gebraucht, denn Du bringst es ja schon lange nicht mehr. Hast Du gemerkt, wie sie es genossen hat?« Er grinste ihn an.

»Sieh es ein. Du hast alles verloren.« Mit diesen Worten verließ Alex zufrieden den Raum, während Felix am Boden liegen blieb und hemmungslos weinte. Diesen Film würde er nie wieder aus dem Kopf bekommen. Und sie so gesehen zu haben, wie hemmungslos sie sich hingegeben hatte, war noch viel schmerzhafter, als zu wissen, dass Johanna ihn mit Alex betrogen hatte

Kapitel 87

Gut gelaunt fuhr Alex nach Hause. Sieg auf ganzer Linie, würde ich sagen, dachte er. Nun würde Felix begreifen, dass er verloren hatte. So wie er das einschätzte, war die Ehe von Felix jetzt kaputt. Er würde seine Frau nicht mehr anfassen können, ohne an Alex zu denken. Alex war überzeugt, dass Johanna nicht auf Verlierer stand. Sie hatte zwar gesagt, dass ihre Affäre eine einmalige Sache sein sollte, aber sie hatte Felix ja bereits aus dem Haus geworfen. So ausgehungert, wie sie war, konnte es gut sein, dass sie wieder ankommen würde.

Er arbeitete sich durch den Verkehr, als sein Handy klingelte. Alex schmunzelte. Das ging ja schneller als gedacht. Auf dem Display stand der Name »Johanna«. Hatte sie schon Sehnsucht?

»Hallo, Johanna, wie geht´s?« eröffnete er gutgelaunt das Gespräch.

»Hallo Alex.« Ihr Reden wurde von Schluchzen unterbrochen.

»Was ist denn los?« Alex versuchte, seiner Stimme einen besorgten Ton zu geben, auch wenn er lieber laut loslachen würde. Anscheinend hatte seine Bombe gesessen.

»Felix hat mich geschlagen?« Alex war erstaunt, dass Felix so schnell reagiert haben sollte.

»Wieso das? Hat er etwas herausbekommen?« Sie putzte sich lautstark die Nase, was sich unangenehm laut über das Telefon übertrug.

»Ich habe es ihm gestanden«, räumte sie ein.

Ach so, Felix hatte also schon Bescheid gewusst, als er zu ihm gekommen war. Dann war es zwar keine Neuigkeit mehr gewesen für seinen Konkurrenten, aber es tat sicherlich noch mal weh, es bildlich vor Augen zu haben.

»Das tut mir leid«, heuchelte er. »Bist Du zuhause?«

»Nein, ich bin in ein Hotel geflüchtet.« Johanna machte eine Pause.

»Möchtest Du, dass ich komme?« Johanna zögerte.

»Meinst Du, das ist eine gute Idee?«

»Es ist Deine Entscheidung. Vielleicht brauchst Du etwas Trost.« Er lächelte in sich hinein.

»Ja, vielleicht hast Du recht. Ich bin im Novotel. Kannst Du gleich vorbeikommen?« Alex schmunzelte. Klar, ich ruf nur schnell Sarah an und erzähl ihr, dass es später wird.

Sie beendeten das Gespräch. Einen Moment später klingelte das Handy neben Johanna.

»Hallo Sarah«, hörte sie Alex sagen. »Es wird leider etwas später. Mir ist beruflich etwas dazwischen gekommen.«

»Schade«, antwortete Sarah. »Aber auch nicht so schlimm. Meine Mutter ist krank. Ich muss gleich noch mal zu ihr fahren und komme vermutlich erst in zwei Tagen zurück.« Schnell drückte sie auf den roten Hörer und sah ihre Freundin an. Tiefe Furchen bildeten sich auf ihrer Stirn.

»Das war schon mal eine Lüge. Ich fürchte, Du hattest wirklich recht.« Sie sah erst Johanna an, blickte auf die Uhr und verschwand eilig aus dem Hotelzimmer und betrat das Zimmer nebenan. Sie rief Johanna an, die das Handy bei laufender Verbindung neben das Bett legte. Kurze Zeit später klingelte es an der Hotelzimmertür. Sarah hielt den Atem an. Jemand betrat das Zimmer.

»Hallo Johanna«, hörte Sarah durch den Apparat. Die Stimme kannte sie. Sie presste das Ohr auf ihr Smartphone und lauschte.

Kapitel 88

Als Alex sein Büro verlassen hatte, war Felix noch lange auf dem Boden liegengeblieben und hatte sich seinem Schmerz hingegeben. Der körperliche Schmerz durch die Rangelei war erträglich, er litt vor allem unter seelischen Qualen. Felix war zutiefst gedemütigt. Die Niederlagen, die er beruflich

einstecken musste, waren schon schlimm genug. Dass seine Frau mit seinem ärgsten Feind geschlafen hatte, war brutal. Er hatte nach Johannas Geständnis versucht, sich einzureden, dass es nur ein Ausrutscher gewesen war, der ihr nichts bedeutet hatte. Aber das Video hatte ihm gezeigt, dass sie es genossen hatte. Das war das Allerschlimmste.
»Deine Frau hatte das wirklich gebraucht, denn Du bringst es ja schon lange nicht mehr. Hast Du gemerkt, wie sie es genossen hat?« Diese Worte dröhnten in seinen Ohren. Er war wütend auf Johanna, aber er hasste Alex und schwor ihm bittere Rache. Was hatte er noch zu verlieren? Er war am Ende. Sein einziges Ziel war, seinem Widersacher den größtmöglichen Schaden zuzufügen. Dass Sarah endlich begriff, was für ein Schwein ihr Ehemann war, konnte er sich mittlerweile nicht mehr vorstellen. Das Video, in dem er und Johanna es miteinander trieben, hatte der ja leider mitgenommen. Das konnte er nicht als Beweis nutzen, um ihr die Augen zu öffnen. Und selbst dann. Ihm fiel plötzlich sein alter Klassenkamerad Martin ein, von dem er gehört hatte, dass er auf die schiefe Bahn geraten war. Neulich hatte dieser sich bei ihm gemeldet, weil er Geld leihen wollte. Felix überlegte. Vielleicht konnte Martin ihm helfen.
Er durchforschte sein Smartphone nach der Anrufliste und fand schließlich, was er gesucht hatte.

Er wählte die Nummer und der Angerufene nahm beinahe sofort ab.

»Hallo Felix, was verschafft mir die Ehre?« Im Hintergrund war Musik zu hören.

»Hallo Martin, brauchst Du noch immer Geld?«

»Klar, Mann, Kohle ist immer knapp. Hast Du es Dir überlegt?«

»Vielleicht, aber dafür musst Du eine Kleinigkeit für mich tun.«

Martin spitzte die Ohren. »Was denn, Alter?«

»Nicht am Telefon. Wo steckst Du?«

»Na, Du machst das ja spannend. Ich bin auf dem Kiez. Wollen wir uns hier treffen?«

»Okay, wo finde ich Dich da?«

»Ich geh zu Schmidts Tivoli. Da kannste mich am ehesten finden.«

»Gut, bin ich einer halben Stunde da.« Er ging ins Bad und besah sich noch einmal im Spiegel. Ziemlich fertig sah er aus. Er spritzte sich kaltes Wasser ins Gesicht und trocknete sich ab. Seine Arme schmerzten immer noch, aber er versuchte, es zu ignorieren.

Felix erkannte seinen alten Kumpel kaum wieder. Martin sah ziemlich verlebt aus, hatte ein graues Gesicht, Ringe unter den Augen und wirkte insgesamt ungepflegt. Am Telefon hatte der beinahe wie früher geklungen. Aber als er ihn jetzt wiedersah, hatte er Mühe, ihn zu erkennen. Doch auch Martin war erstaunt, als er Felix erblickte.

»Junge, schlank warst Du ja noch nie, aber nun bist Du echt aus dem Leim gegangen, richtig fett geworden.« Er grinste ihn an und dieses Grinsen war es, das Felix an früher erinnerte.

»Na, Du siehst auch so aus, als hättest Du schon mal bessere Zeiten gesehen«, konterte er.

»Also, Alter, was soll ich tun, damit Du mir die Kohle leihst?« Er trat näher an Felix heran, um den Straßenlärm zu übertönen. Felix dämpfte seine Stimme.

»Du sollst mir was besorgen, das ich Dir dann abkaufe, mit Gewinn für Dich natürlich.« Er sah Martin dabei nicht in die Augen, sondern schaute in der Gegend herum, als würde er Angst haben, belauscht zu werden.

»Okay, verstehe. Und was?«

»Du hast doch Beziehungen, oder?«

»Das willst Du nicht wirklich wissen.« Martin grinste. »Die sind nicht unbedingt alle«, er zögerte, »gesellschaftsfähig.«

Felix zuckte die Schulter. »Genau die meine ich.«

»Jetzt machst Du mich neugierig. Also was brauchst Du?«

Felix schluckte mehrmals kurz, blickte sich nach allen Seiten um und flüsterte dann noch etwas leiser:

»Kannst Du mir eine Knarre besorgen?«

Kapitel 89

Alex betrat das Hotelzimmer und nahm die weinende Johanna sofort in dem Arm. Die musste sich sehr zusammennehmen, um ihre Rolle zu spielen. Das mit dem Weinen klappte ganz gut, denn ihr war wirklich elend zumute. Doch sie hatte vor allem das Ziel, dass Sarah mitbekam, wie es wirklich gewesen war.

»Er hat Dich geschlagen?« Alex blickte sie mitfühlend an. Johanna nickte.

»Dieser Schuft, aber warum hast Du ihm überhaupt gebeichtet, was zwischen uns war?«

»Deine Frau hat mich angebrüllt und beschimpft, weil ich Dich verführt hätte.« Sie sah ihn an, hoffte auf eine verräterische Aussage, aber er schwieg und drückte sie nur an sich.

»Sie hat mich als Schlampe beschimpft, weil sie glaubt, dass bestimmt ich Dich verführt hätte.« Es kostete Alex Überwindung, nicht zu lächeln, dass Sarah seine Version anscheinend geglaubt hatte.

»Ich habe versucht, Felix alles zu gestehen, auch, dass wir miteinander geschlafen haben und dass das eine einmalige Sache bleiben wird. Aber er hat mich nur geschlagen.«

»Du hast ihm erzählt, dass wir miteinander geschlafen haben?« Alex sah sie verblüfft an. Er hätte nicht gedacht, dass sie das ihrem Mann freiwillig mitgeteilt hatte.

Am Telefon biss sich Sarah auf die Lippen. Das stimmte also schon mal.

»Ja, ich dachte, wenn ich es ihm beichte, soll er auch die ganze Wahrheit erfahren. Meinst Du, das war falsch?« Sie sah ihn treuherzig und hilflos an. Ob Sarah alles mitbekam? Sie hoffte es.

»Das ist ja nun egal, ist ja sowieso nicht mehr zu ändern. Ich hoffe nur, dass Dein Felix nicht zu meiner Frau rennt. Ich habe ihr gesagt, dass wir nicht miteinander geschlafen haben. Wenn Du Eure Freundschaft retten willst, dann bleibst Du bei der Version. Vielleicht kann ich ja vermitteln.« Er streichelte ihr über die Wange. Johanna hatte Mühe, ihren Triumph nicht zu zeigen.

»Das würdest Du für mich tun?« Sie wischte sich ihr feuchtes Gesicht ab.

»Klar«, antwortete er gönnerhaft.

»Danke, Du bist lieb«, hob sie an, um den letzten Trumpf auszuspielen.

»Ehrlich gesagt, hab´ ich es genossen, als wir miteinander geschlafen haben.« Und prompt schnappte die Falle zu.

»Ich auch«, antwortete Alex. Sarah ballte am Telefon die Fäuste und wäre am liebsten losgestürmt. Nur mit Mühe schaffte sie es, dort zu bleiben und ruhig zu atmen.

Im Hotelzimmer fing Alex an, seine Finger unter Johannas Bluse zu schieben.

»Nein, bitte heute nicht«, wehrte Johanna ab. Es kostete sie einiges an Einsatz, ihn von sich zu schieben. »Ich glaube, das ist keine gute Idee. Ich muss das erst mal verarbeiten.«

Alex machte ein enttäuschtes Gesicht. »Wie Du meinst.« Er löste sich von ihr und stand auf.

»Falls Du es Dir anders überlegst: Sarah ist für zwei Tage weg.« Er blinzelte ihr zu, zupfte sein Hemd zurecht, gab ihr einen Kuss auf die Wange und verließ das Hotelzimmer.

Aufgewühlt saß Johanna einige Momente auf dem Bett, bevor sie zu ihrem Handy griff und Sarah ansprach. Die saß im Nachbarzimmer auf dem Badewannenrand und starrte wütend vor sich hin.

»Du hattest recht«, zischte sie. »Ich denke, das war es dann auch mit meiner Ehe.«

Johanna betrat das benachbarte Zimmer, setzte sich neben Sarah und legte vorsichtig den Arm um ihre Schulter.

»Ich glaube, ich brauche jetzt was Starkes«, seufzte Sarah. »Lass uns eine Flasche Hochprozentiges aufs Zimmer kommen. Kann ich heute Nacht hier schlafen?«

Kapitel 90

Mit dem Gefühl, auf ganzer Linie gesiegt zu haben,

setzte sich Alex in sein Auto. Heute war wieder so ein Tag, wo er Lust hatte, sich seinem Geschwindigkeitsrausch hinzugeben. Er steuerte auf die Autobahn und gab Gas. Die Ausfahrten flogen nur so an ihm vorbei und er genoss den Adrenalinkick. Ein Ford C-Max machte auf der Überholspur nicht rechtzeitig Platz. Alex fuhr dicht auf, um den Fahrer zum Spurwechsel zu bewegen. Der Fahrer wurde nervös, sein Wagen fing an zu schlingern. Alex betätigte die Lichthupe, blinkte links. Der Fahrer vor ihm wurde immer panischer. Als Alex dann nach rechts ausscherte und an ihm vorbeizog, verriss der andere Fahrer das Lenkrad, kratzte an der Mittelleitplanke entlang und schaffte es gerade noch, seinen Wagen wieder in die Fahrspur zurückzubekommen. Alex gab Gas, nicht ohne laut zu brüllen: »Fahranfänger.« Der Fordfahrer brauchte einige Zeit, ehe er sich beruhigte. Er zog nach rechts, schaffte es gerade noch, die Ausfuhr zum nächstgelegenen Parkplatz zu treffen, bremste und stellte sein Auto ab. Minutenlang saß er im Auto und versuchte, seinen Herzschlag zu beruhigen. Erst dann war er in der Lage auszusteigen, um sich den Schaden zu besehen. Die linke Fahrzeugseite hatte eine ziemliche Beule, der Scheinwerfer war gesplittert, die Lampe selbst kaputtgegangen. Er überlegte, was er nun tun konnte. Er sah sich außerstande weiterzufahren. An den Wagen, der ihn abgedrängt hatte, konnte er sich nicht mehr wirklich erinnern. Es war irgendein Sportwagen gewesen, aber er wusste weder Marke, noch Farbe und schon gar nicht das Kennzeichen. Wütend trat er gegen den linken Vorderreifen, um sich anschließend ans Steuer zu setzen und sich übers Lenkrad zu beugen. Was für ein Idiot!

Der Sportwagen mit dem Idioten hatte in der Zwischenzeit die Autobahn in Neumünster verlassen, um anschließend in der Gegenrichtung wieder auf die A7 zu fahren. Den Wagen, den er beinahe abgeschossen hatte, hatte er mittlerweile schon wieder vergessen. Immer noch genoss er seinen Triumph. Felix war am Ende, geschäftlich und was seine Ehe anbelangte. Und noch schöner: die Frau seines Konkurrenten suchte ausgerechnet bei ihm Trost. Das machte das Ganze zuckersüß. Als er eine halbe Stunde später vor seinem Haus hielt, war dieses dunkel. Ach ja, Sarah war zu ihrer Mutter gefahren. Eigentlich gar nicht so schlecht, dachte er. Wenn er so strahlend nach Hause kam, würde sie ihn nur fragen, was denn los sei.

Er setzte sich im Wohnzimmer hin, entkorkte eine Flasche Rotwein, die teuerste Marke, die er besaß und nahm sein Tablet zur Hand. Noch einmal genoss er das Video, mit dem er Felix gequält hatte. Er malte sich aus, wie Johanna wieder zu ihm kommen würde, um sich von ihm trösten zu lassen. So lange er Spaß daran hatte, würde er mitspielen. Irgendwann würde er das Interesse an ihr verlieren. Dann würde er sie fallenlassen.

Er zog sich aus, ging unter die Dusche, trocknete sich ab und betrachtete sich noch einmal im Spiegel. Zufrieden stellte er fest, wie durchtrainiert er war. Er ging ins Bett und machte das Licht aus. In der Nacht schlief er wie ein Murmeltier.

Kapitel 91

Johanna und Sarah hatten in der Nacht eher wenig geschlafen, ebenso wie Felix. Die beiden Freundinnen hatten überlegt, was sie nun tun sollten. Sarah hatte mit sich gerungen, aber hatte Johanna den Seitensprung mit Alex verziehen. Ihr war klar, dass Alex weiterhin alles abstreiten würde, wenn sie ihn nicht auf frischer Tat ertappte. Und Johanna spürte nur noch Rachegefühle für Alex, dass er sie benutzt hatte, um Felix endgültig den Dolchstoß zu verpassen und sie gleichzeitig zu demütigen. Wenn sie es Felix nicht gebeichtet hätte, wäre Alex sicher zu Felix gegangen und hätte ihm stolz berichtet, dass er Johanna ins Bett bekommen hatte. Ihr eigener Mann tat ihr leid. Vielleicht gab es noch eine Chance zur Versöhnung, wenn sie ihm beweisen konnte, dass Alex sie verführt hatte. Sarah hatte sich bereiterklärt, mit Felix zu reden, wenn sie Alex überführt hatten. Johanna staunte über die neue Seite von Sarah. Es schien, als wäre diese aus ihrer Lethargie erwacht und zu einem ganz anderen Menschen geworden. Da das Hotelzimmer nur ein Einzelzimmer war, war auch das Bett sehr eng. So kam es, dass die beiden, als sie endlich müde genug waren, Arm in Arm einschliefen. Sie fühlten sich plötzlich durch die Ereignisse neu verbunden.

Johanna wachte zuerst auf. Als sie sich vorsichtig aus dem Bett stehlen wollte, erwachte auch Sarah. Sie lächelte ihre Freundin an.

»Guten Morgen, ich bin froh, dass ich bei Dir bleiben durfte.«

»Kein Problem, wir sind ja Freunde.«

»Ich hatte Dich echt zwischendurch für ein Flittchen gehalten«, gestand Sarah.

»Und ich Dich für eine naive Kuh«, erwiderte Johanna. Beide lachten. »Übrigens: mit anderen Männern lief wirklich nichts. Außer leider mit Deinem Mann«, ergänzte sie.

Sarah nickte. Sie beschlossen, gemeinsam irgendwo in der Nähe frühstücken zu gehen und weiter an ihrem Schlachtplan zu arbeiten.

In der Zwischenzeit saß Felix zuhause und wartete auf Nachricht seines Kumpels Martin. Der hatte ihn gestern Abend völlig ungläubig angesehen, als Felix seinen Wunsch geäußert hatte. Er hatte sich am Kopf

gekratzt und etwas von ‚schwierig' gemurmelt.
»Schwierig, aber nicht unmöglich?« Hatte Felix gefragt, worauf Martin genickt hatte. »Gib mir einen Tag«, hatte er noch gesagt. Felix hatte ihm 500 Euro in die Hand gedrückt und gesagt, dass er mehr bekäme, falls das nicht reichen würde. Sie hatten sich verabschiedet, wobei Felix wie ein Geheimagent dafür gesorgt hatte, dass er in die entgegengesetzte Richtung verschwand wie Martin. Warum, wusste er selbst nicht zu sagen.
Nun saß er vor seinem Telefon und wartete ungeduldig, dass sein Kumpel Vollzug melden würde.
Alex war gutgelaunt aufgewacht. Er beschloss, dass er sich eigentlich einen freien Tag verdient hatte. So rief er im Büro an, um sich abzumelden. Anschließend zog er Sportsachen an und machte sich auf zum Joggen. Ob sich Johanna bei ihm melden würde? Eigentlich war das nur eine Frage der Zeit. Er erreichte die Alster und beschleunigte. Er genoss die Freiheit, die er sich mittlerweile erarbeitet hatte, an einem normalen Arbeitstag einfach mal eine Auszeit zu nehmen. An der Alsterperle, einem kleinen Bistro an der Außenalster stoppte er und kaufte sich etwas zu trinken. Der Blick auf die Außenalster war fantastisch. Die Alsterschwäne zogen ihre Bahnen, viele Segler nutzten das schöne Wetter, um es sich ebenfalls gutgehen zu lassen.

Alex atmete tief durch. War das Leben nicht schön? Er hatte den Eindruck, dass ihm ab heute die Welt gehörte. Er trank aus, gab seine Flasche zurück und machte sich auf den Rückweg. Kurz bevor er seine Wohnung erreichte, summte sein Telefon. Johanna! Als wenn er es nicht geahnt hatte.

»Hallo Alex«, meldet sie sich. Er grinste breit.

»Hallo Johanna, wie geht's Dir heute?«

Sie zögerte einen kleinen Moment. »Ist Sarah noch weg?«

»Ja, bis morgen auf jeden Fall.« Sie schwieg.

»Hast Du es Dir anders überlegt? Willst Du kommen?«

»Ja«, hauchte sie.

»Ich bin zuhause«, sagte er. »Komm vorbei, ich erwarte Dich.«

Sie beendeten das Gespräch. Alex schloss die Tür auf, ging hinein, zog sich aus und nahm eine ausgiebige Dusche. Er trocknete sich ab und schlang das Handtuch um die Hüften. Johanna würde sicher keine lange Vorrede benötigen. Er trank eine halbe Flasche Wasser und wartete.

Kurz darauf klingelte es an der Tür. Vor ihm stand Johanna, geschminkt und mit dem knappsten Outfit, das er jemals an ihr gesehen hatte.

Kapitel 92

Wortlos zog Alex sie mit sich ins Wohnzimmer und setzte sie auf das Sofa, wobei sein Handtuch zu Boden fiel. Er küsste sie wild, wobei ihm nicht auffiel, dass sie seine Küsse kaum erwiderte. Wild war er dabei, ihre Bluse aufzumachen, so dass er gar nicht bemerkte, dass hinter ihm die Haustür aufgeschlossen wurde. Alex hatte Johanna mittlerweile die Bluse ausgezogen, wobei aufgerissen es eher traf und war gerade dabei, ihren Rock zu öffnen, als hinter ihm Sarahs Stimme erklang.

»So ist das also, wenn Johanna Dich verführt?« Alex war wie vom Donner gerührt. Er wirbelte herum und sah seine Frau, die ihn wütend anstarrte.

»Was machst Du denn hier?« Sarah sah ihn voller Verachtung an, sagte aber nichts.

»Es ist nicht so, wie es aussieht.« Er versuchte, seine Fassung wiederzugewinnen.

»Ach nein? Sie hat Dich verführt, deswegen stehst Du nackt da und versuchst, ihr die Kleider vom Leib zu reißen.« Sie spuckte die Worte beinahe aus.

»Sarah, ich kann Dir das erklären«, versuchte er, die Situation zu retten. Er merkte, dass ihm plötzlich die Felle davonschwammen.

»Spar Dir das. Ich habe Euer Gespräch gestern mitbekommen.«

Alex machte den Mund auf und wieder zu. Plötzlich war er sprachlos.

»Du hast mich mit Johanna betrogen.« Sarah stampfte mit dem Fuß auf und erhob drohend den Finger.

Und plötzlich überschlugen sich die Ereignisse. Sarah hatte die Haustür offen gelassen, als sie hineingegangen war. Zu aller Überraschung stand Felix im Raum. In der Hand hielt er eine Pistole. Entsetzt blickten alle auf ihn, der mit hasserfülltem Gesicht mal auf Johanna, mal auf Alex zielte.

Der erste, der sich halbwegs von dem Schrecken erholte, war Alex. Felix richtete die Pistole jetzt auf Alex, aber er zitterte so sehr, dass er diese nicht gerade halten konnte.

»Du Schwein«, stieß er hervor. Alex blickte Felix in die Augen und spürte, dass der genauso viel Angst hatte, wie er selbst.

»Was willst Du, Felix? Wir können doch über alles reden.« Er musste versuchen, Felix zu beruhigen. Der wäre doch nicht wirklich in der Lage, einen Menschen zu töten.

»Du willst reden, Du Arschloch.« Felix wedelte mit der Pistole herum, zögerte aber nach wie vor, sie zu benutzen.

»Worüber denn? Wie Du es meiner Hure besorgt hast?« Er sah Johanna voller Verachtung an. »Oder dass Du Deine Frau nach Strich und Faden

verarschst?« Alex merkte, dass Felix stark schwitzte. Er machte einen vorsichtigen Schritt auf Felix zu. Irgendetwas musste er tun, solange sein Gegenüber noch zögerte.
»Bleib stehen, Du, Du.« Felix fiel nicht das richtige Wort ein. Er merkte, dass es ihn irritierte, dass Alex nackt und wehrlos vor ihm stand. Dieser machte noch einen Schritt auf ihn zu, versuchte ein Lächeln.
»Komm, Felix, lass uns das unter Männern klären.« Felix zögerte noch immer. Alex war inzwischen nur noch drei Schritte von ihm entfernt. Felix sah den nackten Alex, seine halb ausgezogene Frau. Wieder erschien das Video vor seinem inneren Auge. Als er einen verstohlenen Blick zu Sarah warf, die atemlos die Szenerie verfolgte, sah Alex seine Chance gekommen. Mit einem Sprung stürzte er sich auf Felix und griff nach der Waffe. Es gab ein kurzes Handgemenge, dann ging die Pistole los, gefolgt von einem kurzen Schrei. Die beiden Männer stürzten zu Boden, Blut lief auf den Teppich. Johanna und Sarah schrien beide. Mit vor Schrecken geweiteten Augen nahmen sie wahr, dass sich einer der beiden Männer aus dem Knäuel schob, während der andere leblos liegenblieb.

Kapitel 93

Unfähig sich zu bewegen, sahen die beiden Frauen mit an, wie sich ein nackter Körper erhob. Alex war zwar mit Blut bespritzt, war aber körperlich unversehrt. Felix lag am Boden und rührte sich nicht. Eine halbe Ewigkeit starrten die Frauen den leblosen Körper an, bevor Johanna losschrie:
»Du hast ihn umgebracht!« Sie schaute Alex an und konnte es nicht fassen, dass der Konkurrenzkampf der beiden einen tödlichen Ausgang genommen hatte. Sie war sich sicher, dass ihr Mann nicht mehr lebte.
»Du hast ihn erschossen«, sagte sie noch einmal. Plötzlich wurde sie von Alex gepackt. Er drückte ihr die Pistole in den Rücken und hielt sie fest umklammert.
»Sarah, geh nach nebenan. Für das, was jetzt passiert, kann ich keine Zeugen gebrauchen«, befahl er ihr. Offenbar war er fest davon überzeugt, dass seine Frau weiterhin zu ihm halten würde. Sarah sah ihren Mann an und konnte sich nicht bewegen.
»Los jetzt«, herrschte er sie an. Sarah löste sich aus der Erstarrung und ging in die Küche.
»Tut mir leid, Johanna. Aber Du wirst mich sicher beschuldigen, Deinen Mann absichtlich getötet zu haben. Meine Version wird eine andere sein. Dein Mann hat uns erwischt. Vor Wut und Enttäuschung wollte er Dich erschießen. Ihr habt gerangelt, dabei hat sich ein Schuss gelöst. Vor Verzweiflung hast Du

Dich dann selbst erschossen.« Er nahm ihre Hand und steckte ihr die Pistole in die Hand, die er selbst weiterhin fest umklammert hielt.
»Sarah wird meine Version bestätigen. Dafür werde ich schon sorgen.« Aus seiner Stimme klang eine Kälte, die Johanna noch nie so erfahren hatte. Der Charming-Boy zeigte nun sein wahres Gesicht. In der Erwartung des nahen Todes begann Johanna zu zittern. Wie in Zeitlupe führte er die Pistole zu Johannas Schläfe. So ist das also, wenn es zu Ende geht, dachte sie. Tränen stiegen ihr in die Augen. In Erwartung des Schusses schloss sie die Augen, unfähig zu schreien oder nur einen einzigen Ton von sich zu geben. Ihr Zittern wurde immer stärker. Das war es also, war ihr letzter Gedanke.
Statt des erwarteten Schusses aber spürte sie plötzlich, wie der Griff von Alex lockerer wurde. Die Hand mit der Pistole rutschte auf ihre Schulter, was ihr einen stechenden Schmerz verursachte. Ganz langsam rutschte Alex an ihr entlang auf den Fußboden. Voll Verwunderung bemerkte sie einen tiefen Einstich in seinem Rücken zwischen den Schulterblättern. Hinter ihr sah sie plötzlich Sarah, die ihre blutigen Hände betrachtete. Johanna wurde schwindelig, musste sich hinsetzen. Minutenlang besah sie sich das Szenario. Wie durch einen Nebel nahm sie das Martinshorn wahr, das immer näher kam. Einem plötzlichen Impuls folgend griff sie das

Messer, zog es aus Alex Rücken und warf es auf den Boden.

Sarah sah sie verständnislos an.

»Jetzt sind unsere beiden Fingerabdrücke drauf«, erklärte sie. Als die Polizei eintraf, fanden diese zwei männliche Leichen und zwei völlig aufgelöste Frauen, die sich fest umklammert hielten. Zwanzig Minuten später tauchte ein Kommissar auf und besah sich das Szenario. Nachdem er die beiden Toten inspiziert hatte, war die Überraschung auf seinem Gesicht unverkennbar. Die beiden Männer kannte er doch. Beide hatte er bei dem vermeintlichen Suizid dieser Treuetesterin vernommen. Kommissar Schneider blickte die Frauen an, die dort schockiert in der Küche saßen. Eine Beziehungstat war wohl sehr wahrscheinlich.

»Kommissar Schneider, guten Tag. Ich denke, Sie müssen mich mit aufs Präsidium begleiten.« Willenlos folgten ihm die beiden Frauen. Schneider war sich sicher, dass das Entflechten dieser ganzen komplizierten Geschichte sicher einen Haufen Arbeit bedeuten würde. Unterwegs rief er seinen Freund an. Mit dem Männerabend würde das heute nichts mehr werden. Es stand ihm tatsächlich eine lange Nacht bevor.

Kapitel 94

Stunden später kratzte sich Kommissar Schneider am Kopf und rieb sich die müden Augen. Die ganze Angelegenheit stellte sich äußerst verworren dar. Die Beweislage sah wie folgt aus: Zwei tote Männer und zwei Frauen, die ziemlich widersprüchliche Aussagen machten. Fest stand, dass der eine Mann erschossen, der andere erstochen worden war. An der sichergestellten Waffe waren die Fingerabdrücke der beiden Toten, sowie die von einer der beiden Frauen. An dem Messer, der zweiten Tatwaffe waren die Abdrücke beider Frauen. Schmauchspuren fanden sich an den Händen der beiden Männer, sowie ganz schwache an denen der einen Frau, Johanna. Worin die Aussage der beiden Frauen übereinstimmten war, dass der Felix mit einer Pistole aufgetaucht war und es zwischen den beiden Männern zu einem Handgemenge gekommen war, bei dem sich ein Schuss gelöst hatte. Für das, was dann weiter passiert war, gab es dann keine übereinstimmenden Aussagen der Frauen. Die eine Frau, Johanna, behauptete, der Mann ihrer Freundin habe sie gepackt und bedroht. Sie habe sich dann losreißen können. Als er sich dann zu seiner Frau umgedreht habe, hätte sie, Johanna, ein Messer, das dort gelegen hätte, gegriffen und ihn erstochen. Sie habe ihn nur verletzen und von Sarah abbringen wollen, aber leider habe sie ihn dabei tödlich verletzt. Die andere Frau hatte eine andere Beschreibung der Geschichte. Ihr Mann habe Johanna mit der Waffe bedroht und angekündigt, diese zu erschießen. Um das zu verhindern, hätte sie ein Messer geholt, um ihn damit zu bedrohen. Auch sie behauptete, ihn nicht töten zu wollen.

Warum logen sie bzw. nur eine der Geschichten konnte stimmen. Was für ihn auch noch nicht abschließend geklärt war? Warum war der zweite Tote nackt und hatte die eine Frau eine zerrissene Bluse? Alles sprach für ein Eifersuchtsdrama, denn der Nackte und die Frau mit der zerrissenen Bluse waren nicht verheiratet. Der nackte Tote war mit der zweiten Frau verheiratet, während der erste Tote und die Frau mit der zerrissenen Bluse ein Ehepaar waren. Das hörte sich alles ziemlich verworren an. Was war das bloß für eine Beziehung zwischen den beiden Paaren?

Hatte der Nackte versucht, die Frau zu vergewaltigen? Dafür gab es keine Beweise, aber vielleicht war er auch noch nicht dazu gekommen. Aber dass sowohl die betrogene Ehefrau als auch der andere Mann gleichzeitig vor Ort waren, war schon ein merkwürdiger Zufall. Irgendwie passte alles nicht so recht zusammen.

Er goss sich noch einmal einen Kaffee ein und überlegte, wie er dieses Knäuel entwirren könnte.

Seufzend trank er seinen Kaffee und stand dann auf. Er würde beide noch einmal befragen müssen.

Johanna saß ihm gegenüber und schwieg. Man hatte ihr erlaubt, sich etwas zum Anziehen von zuhause zu holen. Sie wirkte müde. Man merkte, dass es sie Mühe kostete, wach zu bleiben. Vielleicht war das die Gelegenheit, ihr die Wahrheit zu entlocken.

»Sie behaupten also weiterhin, dass sie den Mann getötet haben?«

Sie nickte.

»Schildern Sie noch einmal, was passiert ist. Von Anfang an.«

Johanna sah ihn verzweifelt an.

»Ich habe Ihnen doch schon gesagt, was passiert ist. Warum wollen Sie das noch mal hören?«

»Weil es so nicht gewesen sein kann, wie Sie es mir erzählt haben.« Der Kommissar versuchte, freundlich zu bleiben, auch wenn seine Geduld ziemlich strapaziert wurde.

»Doch. Warum glauben Sie mir nicht?« Ihre Augen glänzten feucht. Sie tat ihm beinahe leid, aber was sollte er machen.

»Ganz einfach. Weil die andere Dame uns eine ganz andere Geschichte aufgetischt hat.« Sie sah ihn verwundert an. «Sie behauptet, dass sie ihren Mann getötet hat, weil er Sie bedroht hat und umbringen wollte.«

Johanna kämpfte innerlich mit sich. Sie hatte Sarah

diesen ganzen Mist eingebrockt und war bereit, die Tat auf sich zu nehmen. Warum wollte ihre Freundin dafür ins Gefängnis gehen? Das konnte sie nicht zulassen.

»Sagen Sie ihr bitte, sie soll aufhören, für mich zu lügen. Ich war´s.« Schneider erhob sich.

»Wie Sie meinen.« Er blickte den Beamten an, der im Hintergrund stand. »Bringen Sie sie zurück und schaffen Sie die andere her.«

Etwa dreißig Minuten später hörte er von Sarah fast die gleichen Worte.

»Es ist ja nett, dass meine Freundin mir helfen will, aber ich habe ihm das Messer in den Rücken gestoßen. Er wollte sie umbringen.«

Nun war seine Geduld zu Ende. Er schlug mit der Faust auf den Tisch. »Mir reicht es jetzt. Bringen Sie sie auch weg. Bevor wir weitermachen, brauche ich eine Pause. Die Wahrheit muss ja herauszubekommen sein.« Wütend stand er auf, verließ das Vernehmungszimmer und knallte die Tür hinter sich zu.

Er ging in sein Büro und streckte sich auf der kleinen Pritsche aus, die er für solche Fälle dort hatte aufstellen lassen.

Kapitel 95

Vier Stunden später war Kommissar Schneider wieder wach. Richtig tief hatte er nicht schlafen können, so dass er sich alles andere als erfrischt fühlte. Er kochte sich einen Kaffee, um seinen Kreislauf wieder in Schwung zu bekommen.
Es gab weitere Erkenntnisse. Bei dem Erstochenen hatte man ein Video gefunden, das zeigte, wie er und diese Johanna miteinander geschlafen hatten. Allerdings sah es so aus, als ob die Frau nichts von der Aufnahme wusste. Dieser Alex hatte feixend in die Kamera geschaut, bevor er sich auf die Frau gelegt hatte. Das war eine mögliche Erklärung, warum deren Ehemann mit einer Pistole aufgetaucht war. Die Herkunft der Pistole hatten sie allerdings bisher nicht klären können.
Zumindest hatten Johanna und Alex etwas miteinander gehabt. Es sah eindeutig nicht nach einer Vergewaltigung aus. Das erklärte allerdings nicht, warum Sarah die andere Frau deckte, obwohl sie doch auf diese sauer gewesen sein müsste. Oder kannte Sarah dieses Video und hatte ihren Mann als den Schuldigen erkannt?
Nacheinander befragte er beide Frauen noch einmal und zeigte ihnen auch das Video. Das Erschrecken war bei beiden Frauen groß, so dass Schneider der Überzeugung war, dass weder die eine noch die andere von der Existenz dieses Filmes wusste. Sofern sie davon gewusst hätte, hätte zumindest

Johanna ein deutliches Motiv gehabt. Bei Sarah war es nicht so eindeutig. Diese hätte sowohl auf ihren Mann als auch ihre Freundin sauer sein können. Das hätte dann die Tötung des Mannes erklären können, aber nicht, warum sie die andere schützen sollte.

Ihm blieb also nur noch zu bluffen. Das war zwar unfair, aber die letzte Möglichkeit, die Frauen aus der Reserve zu locken, sofern sie nicht freiwillig mit der Wahrheit rausrückten. Er ließ zunächst Johanna Burmeister noch einmal ins Vernehmungszimmer kommen.

»So, jetzt kommen wir der Sache näher. Ihre Freundin hat endlich ausgepackt.«

»Ja?« Johanna blickte ihn neugierig an. Was hatte Sarah gesagt?

»Als wir ihr das Video gezeigt haben, hat sie ausgesagt, dass Sie, Frau Burmeister, das Video kannten und vor Wut Herrn Mertens erstochen haben.«

Johanna schluckte. Was sollte Sie jetzt tun? Hatte Sarah das wirklich so gesagt? Sie wollte es doch als Notwehr darstellen. So würde es jetzt vielleicht als Mord gelten. Sie rang mit sich, suchte verzweifelt nach einem Ausweg.

»Möchten Sie dazu etwas sagen?« bohrte er nach, weil er merkte, dass sie mit sich kämpfte. Johanna wusste nicht, was sie sagen sollte. Sie schüttelte mit dem Kopf. Der Kommissar ließ sie in ihre Zelle zurückbringen.

Was sagte ihm die Reaktion jetzt? Er würde die gleiche Nummer jetzt bei der anderen Frau abziehen. Er hatte das Gefühl, der Lösung jetzt ganz nahe zu sein.

»Sie hat was gesagt?« Frau Mertens blickte den Kommissar fassungslos an. Seine Strategie schien aufzugehen.

»Ich soll meinen Mann hinterrücks aus Eifersucht erstochen haben?« Ihre Fassungslosigkeit verwandelte sich in Wut.

»Dieses Miststück. Ich habe ihr das Leben gerettet, weil er sie sonst erschossen hätte.« Sie sah den Kommissar an. Ein solches Temperament hatte er ihr gar nicht zugetraut. Der Kommissar beugte sich vor.

»Also, wie ist es jetzt wirklich gewesen?« Und dann brachen bei Sarah alle Dämme. Sie berichtete die ganze Vorgeschichte, Alex Lügen, die sie gemeinsam mit Johanna aufgedeckt hatten, den Abend und die Nacht im Hotel. Danach ihr Plan, ihn zu überführen, wie er sich an Johanna rangemacht hatte. Sie hatte ihn zur Rede stellen wollen, als plötzlich Felix mit der Pistole auftauchte, das Handgemenge, der Schuss. Und dann die Situation, als Alex Johanna gegriffen hatte und einen Selbstmord vortäuschen wollte. Das erklärte auch die leichten Schmauchspuren an Johannas Hand. Die stammten von Alex, der ihre Hand zusammen mit dem Revolver gepackt hatte. Nein, das Video hatten beide nicht gekannt.

Der Kommissar nickte. So klang die Geschichte plausibel. Als Sarah zu Ende erzählt hatte, sah er die Enttäuschung über ihre Freundin ihr ins Gesicht geschrieben.

»Und das ist die ganze Wahrheit?« fragte er. Sarah nickte.

»Vielen Dank, Frau Mertens. Ich glaube, so hat es sich wirklich abgespielt. Und übrigens«, er sah sie an. Sie stutzte.

»Ihre Freundin hat Sie nicht beschuldigt. Ganz im Gegenteil. Sie wollte die Schuld auf sich nehmen. Selbst als ich ihr weismachen wollte, dass Sie sie des Mordes beschuldigt hätten, hat sie geschwiegen.«

Sarah blieb der Mund offenstehen.

Als sie in die Zelle zurückgebracht wurde, kamen ihr die Tränen. Schade, dass es erst zu dieser Tragödie kommen musste, bis sie aufgewacht war und erkannte, was wirkliche Freundschaft bedeutete.

Als Johanna hörte, dass die ganze Wahrheit ans Licht gekommen war, musste auch sie weinen. Sie beweinte nicht nur ihren toten Mann, sondern auch die letzten Jahre, in denen sie die falschen Prioritäten gesetzt hatte. Ihr Leben würde von nun an eine andere Richtung nehmen. Und Sarah würde auf ewig ihre Freundin bleiben.